U0573318

遇见
心动的爱

德基措 著

陕西新华出版
太白文艺出版社·西安

图书在版编目（CIP）数据

遇见心动的爱 / 德基措著 . -- 西安 ：太白文艺出
版社 ，2025. 1. -- ISBN 978-7-5513-2679-7

Ⅰ . I247.5

中国国家版本馆 CIP 数据核字第 2024342LM7 号

遇见心动的爱
YUJIAN XINDONG DE AI

作　　者　德基措
责任编辑　张　笛
封面设计　李　李
版式设计　杨　桃
出版发行　太白文艺出版社
经　　销　新华书店
印　　刷　四川科德彩色数码科技有限公司
开　　本　880mm×1230mm 1/32
字　　数　294 千字
印　　张　11.75
版　　次　2025 年 1 月第 1 版
印　　次　2025 年 1 月第 1 次印刷
书　　号　ISBN 978-7-5513-2679-7
定　　价　89.00 元

目　录

CONTENTS

第一章

　　德吉自上学以来就是班里的学霸，始终以"山高不厌攀，水深不厌潜，学精不厌苦"为座右铭，以班级第一为学习目标。她焚膏继晷，磨穿铁砚，韦编三绝，一直在班级独占鳌头，在年级名列前茅，多次被学校评为"三好学生"。

　　第一学期的第一节课，班主任提前到教室，让学生们自己选择座位，德吉毫不犹豫地和高中同学卓玛坐在了一起，两个人的个子都比较高，选择坐在了最后一排。坐在德吉前一排的是王杰，等王杰坐下来后，扎西选择和王杰坐在一起，扎西和王杰也是高中同学。

　　几分钟后，待大家坐下并安静下来，班主任为了让陌生的同学之间尽快熟悉起来，要求大家进行简要的自我介绍，从第一排开始按顺序介绍。

　　德吉性格内向，特别腼腆，除非迫不得已，很少主动跟别人说话。今天，在陌生的环境、陌生的人群里，德吉显得更加胆怯、羞涩。当卓玛大大咧咧地做完介绍，过了十几秒钟，德吉才慢慢站起来，略微低着头，脸色发红，声音颤抖着说出了自己的名字，然后迅速坐了下来。

坐在德吉正前方的扎西好奇地转过头来，看了一眼说话声音又细又柔又小的德吉，觉得长相不错，但因略微低着头，未能细看。

坐在德吉旁边的卓玛抬头挺胸，气宇轩昂，总是一副很自信的模样。当扎西转过头来看德吉时，卓玛乘机仔细看了看扎西，扎西穿着一件黑色的休闲上衣，头发浓而密、黑而卷，不胖不瘦的脸上长着一对浓眉，像张飞的眉毛一样，一双又细又长的眼睛炯炯有神，又肥又大的鼻子下面长着厚厚的嘴唇。扎西整体看上去不算特别帅气，但总有一种说不出来的独特的内涵。

下课后，课间有十分钟休息时间，扎西和王杰没有走出教室，而是坐在座位上，转过身，跟后排的德吉和卓玛聊天。话题围绕来自哪个县，高中时候的同学考上了哪些大学，有什么爱好，等等。

王杰、卓玛性格特别外向，似乎有说不完的话。

扎西、德吉性格内向，不善言辞。德吉一直害羞地低着头，扎西却注视着德吉。德吉虽然长相不算特别漂亮，但非常有气质，女人味儿十足；不爱说话，但很有文化人的内涵，是百看不厌的那种。

王杰今天特别健谈，不知道是什么原因，比平常的话多好多倍，总是有问不完的问题、说不完的话语。直到上课铃声响起，他嘴里还在叽里咕噜说着什么。

扎西和王杰是高中时候的同班同学，是特别要好的哥们儿，虽然不是亲兄弟，但比亲兄弟还亲。但这个兄弟情，却因一个女生而发生了变化。

拉姆是这所学校有名的校花。瓜子脸白白净净，弯弯的一对眉毛又黑又浓，水汪汪的一双眼睛既大又亮，红润的厚唇特别性感。拉姆笑起来的样子最动人，腮上与众不同的两个小酒窝也在笑，美丽的笑容在男生们的心里留下了深刻的印象。加上飘逸的长发、苗条的身材、独特的气质，她就跟自己的名字一样是个仙女，一不小心，不仅留在男生的眼里，而且住进了很多男生的心里，再也出不来。

扎西长相一般，身材瘦削，性格内向，少言寡语。他个子比较高，喜欢打篮球，在学校里是有名的灌篮高手。扎西灌篮时潇洒的动作、自信的表情，使他无意间成了学校里最具魅力的球员。渐渐地，扎西身上一种独特的魅力吸引了众多女生，甚至校外其他女生听说后，周末时也是想尽办法进学校找扎西，假装说说话，哪怕看一眼也知足。真心喜欢扎西的女生越来越多了，他收到过校内女生和校外陌生女生的情书，收到过带话，收到过请约。但是扎西的眼里容不下别的女生，因为他心里有了喜欢的人，那就是拉姆。

扎西一直把这个秘密深藏在心底。

扎西自从恋上拉姆后，整天沉醉在爱之海，而且越陷越深，不能控制自己。特别是这段时间以来，面对最好的朋友王杰，他总是感觉很不自然，特别不好意思，像是犯下了什么滔天大罪一样内疚。

扎西听说过王杰追求拉姆的事，虽然王杰本人目前没有亲口告诉扎西，但扎西听很多同学都说过，看来这事是真的。扎西的内心世界充满了矛盾，加上性格内向，不愿意向任何人诉说，一切只能自己想办法。

不知道该怎么办的日子，扎西过了很久很久。从高二到高三，扎西的内心纠结、痛苦，但不断地收到女生写来的情书，扎西逐渐有了一些勇气和自信。经过许久的思想斗争，腼腆的扎西最终决定在某天天黑以后向拉姆表白。

拉姆比扎西低一个年级，教室在同一层楼，隔得并不远，扎西几乎每天都能在教学楼的走廊里见到拉姆。拉姆总是一副抬头挺胸、高高在上的样子。胆小的扎西有点胆怯，这也是扎西没有勇气表白的原因之一。每天晚自习下课后，扎西总是跟时间赛跑，第一个冲出教室，想要看到拉姆的背影。没有看到拉姆时，急切地想要见到，而远远地看到拉姆纤细的背影时，却紧张、害羞、心跳加速，这种感觉无法用言语来形容。办理任何事情都慢条斯理的扎西，听说追求拉姆的男生越来越多后，开始着急了，急得像热锅上的蚂蚁。

这天晚上的晚自习，扎西根本没有心思写作业，一上课就盼着早点下课，两个小时的晚自习平常对于扎西来说总是特别快的，这次却例外，过得特别缓慢，像是比平常慢了一万倍。扎西在心里默默地数着数，似乎在数自己比往常跳得快了许多的心跳。

在漫长的煎熬中，扎西终于盼来了下课的铃声，扎西以最快的速度冲出教室，比以往的速度快了很多。当冲到拉姆所在班级的教室门口时，拉姆还没有出来。扎西为了缓解紧张感，深深地吸了一口气，然后又像要把所有的激动赶走似的吐了一口气，焦急地等待着拉姆的身影快速出现在眼前。扎西不敢正视教室门口，假装若有所思似的低着头，心里在悄悄为自己加油鼓劲！大概只过了几秒钟，拉姆就和另一个女同学有说有笑地走出了教室。

"咦，这不是'灌篮高手'扎西吗？"拉姆一眼就看到扎西低着头。

旁边的女同学也早就认识灌篮高手，看了一眼扎西，笑眯眯地说："就是扎西，学校的名人。"

拉姆和女同学这么一说，扎西更不好意思了，发烫的脸红到了耳根，像被烫伤了一样。

"听说追求扎西的女生越来越多了，说不定暗恋扎西的女生也多哟。"这位女同学平常就是个多嘴的人，无意间说了这么一句。

说者无意，听者有心。这句话像是提醒了拉姆，拉姆用一种好奇的眼神一直盯着扎西。

扎西还没有缓过神，愣了好一会儿。

"拉姆，你好！"扎西终于鼓足勇气开口了，但表情很不自然。

"灌篮高手好！"拉姆面带笑容。

"请别这么叫，我不好意思，你可以叫我扎西。"扎西慢慢抬起了头。

"这么巧，平时只能在球场上见到你的风采，今天却这么近距离看到你，你有一种说不出的独特的气质。"拉姆说得扎西不知道该怎么接话。

扎西含情脉脉地凝视着美若天仙的拉姆，瞬间，全身像是激情涌流，无视周围的同学，不管三七二十一，直接进入主题，热情澎湃地说出了一直沉睡在心底的那几个字："我喜欢你！"

"不要跟我开这样的玩笑。"拉姆似乎听惯了虚情假意的甜言蜜语，不相信这是真的。

"我是认真的，不是开玩笑的。我听说追你的男生很多，但我还是要表达我的真心实意，我喜欢你已经很久了，我没有骗你，也没有玩弄你，我是真的喜欢你！"扎西越说越激动，嗓门比平常大了许多，引来了不少围观的同学，其中包括王杰。

王杰虽然没有听到扎西对拉姆说的前半句，但把后半句听得清清楚楚，一下子醋意灌满，气得情不自禁地全身打战。看到拉姆很欣慰，但看到平日里最友好的同学加最好的朋友特别特别气愤，他居然跟自己争夺同一个女生。脾气暴躁的王杰极力控制自己的冲动，强忍着没有把充满愤怒的拳头挥向扎西瘦削的脸。警告性地狠狠瞪了几眼扎西后，一气之下，王杰疾步跑向楼道，从楼梯上一步两三级台阶地跳跃着下楼去了。

面对围观的同学群，拉姆一时不知道该说什么才好，对扎西轻轻地说了声"再见"，就离开了。

围观的同学聚集在一起议论纷纷，热闹非凡。

扎西垂头丧气，回寝室的路上感叹着命运。

从这一天起，扎西坚持每天晚自习下课后都在拉姆所在班级教室的门口等着拉姆。为了能和拉姆单独聊一会儿，扎西每天都拉着拉姆第一个冲出走廊，跑出楼道，在回寝室的路上倾诉着情感。

经过十几天的交谈，拉姆对扎西有了一些好感，但还算不上真正意义上的喜欢。

没过几天，扎西和拉姆都成了学校里的焦点人物，有许多男生和女生关注，特别是各自的追求者们更加关注扎西和拉姆的举动、行踪。每天晚自习下课后，扎西和拉姆在回寝室的路上"约会"的事情，像坐上了飞毛腿导弹一样，飞快地传遍了整个学校。

王杰按捺不住心中的怒火，周末的时候盘算了很久，决定找扎西算账。策划了很久，他计划在拉姆在场的时候"收拾"扎西，这样才能体现真爱和英勇。

星期一晚自习下课后，当扎西起身离开座位跑出教室时，王杰也立即站起身，尾随扎西，冲出了教室。王杰一出门，就看见拉姆在教室门口站着望向这边。王杰马上加快步伐，怒气冲冲地追上没有留意身后的扎西，用左手抓住扎西的上衣领子，拽了一下，嘴里凶狠地骂着："谁叫你造孽，跟我抢拉姆！你休想得逞，我算是终于看透你了，你这个臭不要脸的，咱们今后绝交！"

王杰强行拉着拉姆下楼去了，到了楼道外面才松开手。

拉姆心疼扎西，对王杰的行为感到非常愤怒，一副快要哭了的样子："你是个小人，你以后再不要找我，你今天的行为让我感到恶心。幸好你的那些虚情假意的表白我没当真，不然，不知道会被你害成啥样！"

任凭王杰在后面怎么喊叫，拉姆都没有理睬，径直跑回寝室。

王杰不想让扎西看见自己不被拉姆理睬的狼狈模样，就以最快的速度跑回寝室去了。

王杰性格外向，但小气，动不动就生气；扎西性格内向，但大度，忍耐力强。被王杰弄成这样，虽然是王杰的错，但扎西没有忘记王杰的好，没有忘记同学情、朋友情，根本没有往心里去，并不在意王杰的错。他一边用衣袖擦鼻涕一边回寝室，依旧视王杰为最好的同学、最好的朋友。扎西和王杰住的是同一间寝室，王杰气得倒在床上蒙住头，全身发抖，扎西照常向王杰打招呼，王杰却装作没听见。

这个事件后，王杰几个月都没有理扎西，可扎西仍然像以前一样对待王杰，也依旧在下了晚自习后第一时间冲出教室找拉姆。

陪伴是最长情的告白。扎西想要通过每天的陪伴和持久的毅力打动拉姆。拉姆的思想观念特别传统，觉得不到二十岁，什么都不懂就开始追求异性，简直不可思议。她不想因感情的事而分心，影响学习，对于众多的追求者，全然态度坚决地拒绝，一心只想好好学习。这样也好，追求者和暗恋者，谁也不会得罪。

开学几周后，为了增进同学之间的友谊，周五晚上，班长牵头组织全班同学开展了新同学联谊活动，活动中做了抢板凳、抢答问题、蒙眼摸象等多种游戏，最后一项活动是跳交际舞。音箱里传来了萨克斯演奏的经典轻音乐曲子，乐曲既轻柔又浪漫，特别适合当天的氛围。性格外向的男同学都大胆地站起来，邀请女同学跳舞，内向的同学则坐在自己的座位上当观众。

音箱里一传出音乐的声音，王杰就立即站起来大步走到坐在对面的卓玛跟前，彬彬有礼地伸出右手，邀请卓玛跳舞。王杰本来是想邀请德吉跳舞的，没想到，别的男同学抢先一步邀请了德吉。为了缓解尴尬，他只好假装请卓玛跳舞，以作掩饰。

卓玛的手一放到王杰的手心，就被王杰宽大的手抓得紧紧的，像是抓着价值千万的宝物一样。不知道怎么回事，卓玛像触电了一样，一股热流情不自禁传遍了全身，一种莫名其妙的激动涌遍了全身，心跳随着舞步也似乎加快了许多，不一会儿，原本就暗红的脸蛋更加通红，像熟透了的樱桃似的。卓玛紧张得不敢说话。虽然和王杰个子差不多高，但她一直低着头，双眼不敢直视王杰。王杰跟着节奏，跳得不算太好，但没有踩到对方的双脚。王杰伪装成一副昂首挺胸的模样，实际上是在悄悄地观察邀请德吉跳舞的男生的动静，眼睛像孙悟空的火眼金睛一样敏锐，根本没有在意卓玛。

卓玛的情绪从来没有这么慌张过，她误以为王杰大步走过来第一个邀请自己跳舞，是对自己有好感。一想到这些，她更加激动，不知道该说什么，只是静静地、柔柔地随着柔和的曲子缓慢地挪动着步伐，像是等着王杰开口。不过，直到第一首曲子结束，王杰却什么也没说，松手回到了自己的座位上。

第二首曲子，是藏族民歌轻音乐。这次，王杰想以最快的速度去邀请德吉，然而，还没有迈出去几步，就被另一个机智的男同学抢先了，那个男同学就站在德吉旁边。王杰只好又一次假装邀请坐在德吉左边的卓玛跳舞，卓玛的心里别提有多高兴了，巴不得王杰每次都请自己跳舞，盼望着舞曲长一点、再长一点，长到不结束。卓玛的手心直冒汗，虽然王杰和卓玛保持着一定的距离，但卓玛的心似乎已经和王杰的心贴在了一起，有一种想要直接倚靠王杰的身体的冲动。王杰在意的是德吉，虽然躯体在跟卓玛跳舞，但内心却当作是和德吉在跳舞。脑子里计划着这一曲一完，就直接站在德吉旁边，下一曲开始时必须邀请到德吉。

　　第三曲的时候，王杰如愿以偿地邀请到了德吉跳舞。德吉性格内向，不善言辞，腼腆地低着头。德吉在今天之前，从来没有跳过交际舞，但不敢说没跳过，轻轻地随着王杰的脚步随意地挪动着舞步，心如止水般静静地欣赏着音乐。王杰为邀请到德吉而激动，这种激动绝不是冲动，也不是在瞬间产生的。王杰像是吃了兴奋剂一样，总是踩到德吉的脚，只能多次说"对不起"。

　　德吉对王杰的道歉毫无反应，只是像应付了事一样随意地转动着身体。无意间，德吉瞟到扎西孤苦伶仃地坐在那边，像是在发呆。男同学里只有扎西没有请女同学跳舞。扎西性格孤僻，特别是在女同学面前显得更加害羞、忸怩，很少和女同学说话，更别说请女生跳舞了。在扎西看来，会打球的男生才是最帅的，其他方面无所谓。德吉本来没有留意扎西，一念之间，不知道怎么回事，这一瞟让她感觉到扎西有一种说不清的魅力，这是一种潜伏在体内的魅力，吸引了德吉的眼球，想要关注扎西的想法瞬间在她心底萌生了。

德吉从踏入大学校园的第一天起，就对这里犹如油画般的优美景色赞叹不已。

一进校门，一棵棵绿油油的树整齐地排列在道路左右两边，好像一个个威武的士兵一样英姿飒爽地守卫着学校。嫩绿的树叶让人心旷神怡，神清气爽。学校中间是一个大花坛，里面的花草排成美丽的图形，紧紧围绕着一棵茂盛的小桂花树，桂花的香气扑鼻而来，校园里处处弥漫着清香。花坛四周是绿茵茵的草坪。德吉站在这里，仿佛置身于一片五彩缤纷的花海，沉醉于一个绿树成荫的公园，抬头仰望，有高大挺拔的参天古树直冲云霄；低头俯瞰，有翠绿欲滴的小草浅笑；静心倾听，小鸟的歌唱声婉转动听；细细体会，那清新的空气带着缕缕的清香荡涤心灵。

再往里走，教学楼、宿舍楼、食堂、图书馆等不高、不新的建筑错落有致，给校园平添了别样的风采。

这是一个收获的季节，新生们迈进心仪已久的大学殿堂，收获着考试拼搏带来的成功和喜悦，来来往往的同学都带着灿烂的笑容，善意地点头，让学校处处洋溢着和谐与温馨。这里清凉、静谧，是远离浮华与喧嚣的一块净地，更增加了莘莘学子的求知欲。德吉从未走出过县城，看到公园般的美景，感恩父母和老师的辛勤培育，她才能够考上环境这么漂亮的大学。她下定决心要在这舒适的环境里，珍惜时间，专心学习，在知识的海洋里遨游，以最优异的学习成绩报答父母和恩师。

下一曲音乐，是英语版的迪斯科，同学们三三两两地站起来，跟着节拍随意跳动着。几分钟后，只有扎西、德吉坐在原位上一动不动，若有所思的样子。德吉悄悄地用余光看了一眼扎西，扎西略微低着头，全身黑色的衣服使扎西显得特别深沉。德吉的心里涌动着一股奇怪的感觉，这种感觉突然间袭来，陌生但又似乎有点熟悉，德吉沉浸在这种感觉里。扎西的心里也涌动着少男少女们共有的感觉，这种感觉既甜蜜又幸福。她根本没有在意周围和音乐的停止，心里只有一种潜在的、使人兴奋的热流在沸腾。她犹如夏季里在辽阔无垠的大草原上热血沸腾的牦牛，控制不住自己。

王杰比起老老实实、少言寡语、单纯无比的扎西，自我感觉特别良好，面对任何事情和困难都有一套自认为不错的计谋。王杰并没有连续邀请德吉跳舞，依然假装沉稳地和别的同学跳舞，心里关注的、眼睛观察的当然还是德吉，不想让德吉觉得"烦"，保持着一点点距离。俗话说："距离产生美。"王杰想用自己的方式假装与德吉保持距离，但又时刻留意德吉的举动。

最后一首音乐很快就结束了。跳舞的同学身上都汗味很重，有些疲劳。休息了一会儿以后，他们才开始慢慢地打扫卫生，布置课桌。德吉、扎西恋恋不舍似的缓慢地从座位上站起来，似乎还是沉浸在各自的世界里，并没有缓过神来，一副鬼迷心窍的样子……

这一天，对于德吉、卓玛、扎西、王杰来说，都是不同寻常的特殊日子。这一天来得特别突然，在毫无准备的时候瞬间就来临了，这是被情爱包围的一天，也是充满甜蜜味道的一天，也许，这一天会成为他们各自青春记忆里刻骨铭心的一天。青春的爱，是充满期望的，充满信心的，也是充满激情的。那些爱，或是一厢情愿的渴慕，或是无限真诚的爱恋，都想要执着地进行下去。内心深处，仿佛生发出某种特殊的东西，钻出身体，包围着四周。当然，这一夜，正值青春的男女们，总是沉浸在想象里，沉迷在梦想里，痴迷在兴奋里，如同食用了大量兴奋剂，彻夜无眠。

第二章

时值收获的秋季，对于正是朝气蓬勃、血气方刚、风华正茂、热血沸腾的青年们来说，希望收获爱情、收获甜蜜、收获永久。特别是第一次走出大山的莘莘学子，虽然思想保守、非常内敛，但激情像正在熊熊燃烧的烈火一样。对于爱，对于情的欲望更加强烈，似乎他们体内的荷尔蒙比其他任何时候都多很多。机会难得的集体活动，莘莘学子已经盼望了很久。

这个星期六，天特别晴朗，难得的好天气，没有压得人喘不过气来的雾霾，班干部们经过讨论，决定组织这次到公园里游玩的活动。一大早，同学们三三两两有说有笑地来到操场集合，之后统一分批次坐公交车去公园。虽然未能坐在德吉旁边或附近，但为了引起德吉的注意，王杰故意提高嗓门唱起了藏歌，不顾周围乘坐公交车的乘客们异样的目光，一直唱到了下车。公园离学校不远，在嘻嘻哈哈的说笑声中，同学们很快到了公园门口，许多同学在公交车上挤得汗流浃背，急于下车。只有德吉慢慢挤出人群，因为晕车，她动作迟缓，还未来得及下车，公交车司机就关上了后门。王杰在车外急得大叫，公交车司机这才开了门。德吉平时坐公交车不怎么晕车，可是今天晕得特别厉害，闷热的天气，加上公交车里的拥挤人群，头痛得特别难受，像是被什么重物击中了一样，沉甸甸的。王杰本来打算先下车后以歌声迎接德吉的，但看到德吉的脸色和木讷的表情，已经没有心思再唱歌了。

"怎么啦？脸色不好看。"王杰疑惑地问。

"晕车，难受。"德吉像挤冻住的牙膏一样慢慢地从嘴里挤出了这几个字。其实，德吉难受得连话都不想说。

王杰一下子不知道该怎么办才好。之前，他从来没有遇到过晕车的人，只是听说过晕车难受。想了想，他只好问德吉要不要买药。德吉摇了摇头。

"我去给你买一瓶矿泉水。"王杰立即向商店门口跑去。

德吉无精打采地蹲在地上，轻声说了句"不要"。

德吉不舒服的主要原因其实是痛经，晕车倒还不算特别厉害。王杰好心好意去买矿泉水，根本不知道女生在经期是不能吃凉性食物的，况且德吉也没提及生理期的事。

等王杰买到矿泉水，回到同学群里时，第二批乘坐公交车的同学已经赶到了，扎西未能挤进第一辆公交车里，急匆匆下车后就马上来到了德吉身边。扎西还没来得及问德吉为什么蹲在地上，其他同学就已经围了过来，个个都关心她，问她哪里不舒服。德吉只是小声说晕车。扎西一时半会儿没有想出什么好的办法，只能站在旁边默默地凝视着。

扎西看在眼里，疼在心里。

扎西对于什么事都很含蓄，包括情感、爱意，都没有表露在外在的行为上，只是在心里甜蜜着，以自我陶醉的形式在内心深处慢慢滋生。怠慢的性子始终在扎西身上暴露无遗，再加上笨嘴拙舌，更不会安慰女生，只能默默地关注着德吉的一举一动，心里不停地祈祷她赶紧好起来，不然，今天在公园玩不开心了。

卓玛知道德吉晕车了，但不知道她今天是生理期，并没有热情地关心德吉，看到德吉慢慢站起来才扶住德吉，让德吉倚在自己身上。

王杰立马打开矿泉水瓶盖，把矿泉水瓶子硬塞到了德吉手里，德吉说了好几遍不要，王杰还是强行硬塞了过去，并礼貌地说了一句客套话："要不要去医院？我去叫的士。"德吉依然轻轻地摇头。

"应该不要紧，很快就会好起来的。"王杰笑眯眯地注视着德吉。为了让德吉很快好起来，王杰故意面带笑容，谁也看不出他是装的。他心里其实不好受，看到德吉难受的样子，特别心疼。

同学们在班长的带领下，嘻嘻哈哈、高高兴兴地走进了公园。周末了，景色迷人的公园里人潮涌动，王杰并没有被特别吸引眼球的景色迷住，而是在担心德吉晕车的症状还没有缓解过来，一直走在德吉身旁，多次过问怎么样了。德吉假装说没事，依然无精打采，面色难看。

扎西并没有紧跟着德吉，其实心里也在担心，只是没有表现得像王杰那么明显罢了。任凭王杰在德吉面前大献殷勤，扎西都"无动于衷"。扎西始终有一种奇妙的直觉，总感觉德吉是不会在乎王杰的，更不会做王杰的女朋友。

　　的确如此，德吉根本没有在意王杰的言行，反而心里有点失望，多么希望嘘寒问暖的是扎西而不是王杰。德吉自从那场晚会以后就想着、等着、盼着那一刻的到来。但是，那一刻却那么遥远，远得犹如隔着几个世纪。

　　游玩的同学三五成群慢慢移动着，公园的面积特别大，组织并带队的班长并没有要求大家统一行动，而是让大家分头自行安排，下午五点在公园门口统一集合。不一会儿，同学们几个人组成小团队后散开了。德吉晕车的症状还没有缓解，找了个供游客休息的椅子坐了下来。卓玛坐在了德吉旁边，因为她们俩是同桌，卓玛没跟其他人一起去。

　　王杰当然是跟着德吉，站在德吉的左边。扎西不太合群似的，没跟其他人一起去，只好蹲在德吉旁边，观察着德吉的脸色。德吉的心里终于感到安慰了，虽然扎西不说话，但德吉的心情至少比刚才愉悦了很多，晕车反应和生理期叠加的疼痛一下子减轻了许多。这种迹象立刻就显露在了脸上，苦相瞬间消失，圆圆的脸蛋微红，像是涂抹了淡淡的胭脂，王杰和扎西看到也高兴了。只有卓玛坐在德吉右边，有些不高兴，那表情犹如吃了某种苦涩而又酸楚的东西一样，卓玛在努力克制着自己的情绪。卓玛性格外向，注定所有的喜怒哀乐和心里的想法都会立即表露在脸上和行为上，根本无法掩饰。即使能够掩饰，卓玛也绝不会伪装，直爽的习性藏不住情绪的变化，就像纸里永远包不住火。卓玛平常算不上话痨，但在朋友面前话不算少，今天却有些异常，少言寡语、精神不振。微风吹过，早上刚喷在头发上的啫喱水已经失去了效果，零散的短发乱七八糟地盖住了脸颊，卓玛却没有心情去顾及发型，任微黄的头发在风中飞舞。

王杰在不经意间，看到了卓玛凌乱的头发，说："卓玛，你的发型乱了，需要理一理。"

王杰一说话，卓玛似乎感到一点安慰。她立即举起双手把翘起来的头发往头皮上压了压，效果不好，依然有点乱，乱得跟此时的心情一模一样。

王杰特别关心德吉，说话都变得特别温柔，不停地问她好些了没有。此时，他像是想要甩掉扎西一样再次问道："德吉，好些了没有？如果好点了，我们就去前面转转，看看有没有茶馆，有的话我们在那儿休息，好不好？"

德吉等待的是扎西的回话，而扎西始终保持着自己的风格，沉默不语。德吉依旧低着头，像是在思考什么深奥的问题，没有立即回答王杰的问话。王杰以为是晕车还没有好转，就没再追问，还是站在旁边，像一个忠实的守护者一样注意着德吉的举动。沉默的氛围保持了好久，看着涌动的人潮，卓玛终于按捺不住了："走吧，珍惜时间，去其他地方转一转，一个地方待久了不舒服。"卓玛其实是心里不舒服，那种不舒服的感觉无法用言语来形容……

德吉不想让大家因为自己而不高兴，只能慢慢站起来，轻声说了句："走吧。"

公园里人多、拥挤，王杰聪明，抢先和德吉并排走在前面，扎西和卓玛紧随在后面，边走边欣赏着公园里如画般的美景。

公园里到处是桂花树，层层叠叠、郁郁葱葱的绿叶子里隐隐约约能看见星星点点黄色的桂花，微风吹拂，送来阵阵芬芳，扑鼻的清香沁人心脾。还有其他各类名贵树木苍翠挺拔，大小不一，形态各异，几只小鸟歇息在树枝上，叽叽喳喳地叫着，正唱着秋天优美的歌曲。走在人行道上，两旁的菊花、向日葵、牡丹等多种花卉以最美的姿态热情地招待着每一位到公园里赏花的游客，使秋天的公园显得更加生机勃勃。

再往前走，不远处，有一片水面宽阔的湖泊，湖面平静的时候，宛如明镜，清晰地映出天空。长长的柳枝垂在岸边，倒映在湖水中，犹如少女舒展美丽的青丝。岸边停靠着几只人工划桨船，湖中心有几个游客缓慢地划动双人船，欣赏着美景。

看到别人乐呵呵地划船的样子，王杰心动了。为了抓住机会，跟德吉单独待一会儿，从未坐过船也从未划过船的王杰激动地大声叫了起来："德吉，我们两个去划船。"德吉听到"我们两个"几个字，并不乐意地说："我不会划，我不去。"

"我也没划过。没事，我来划，你坐在旁边就行了。尝试一下，不要怕，有我在。"王杰边说边拉着德吉的左手往停靠船只的岸边快步走去，根本不顾后面的扎西和卓玛。

扎西一副不急不慢的样子，当然也愿意一起去。倒是性子急的卓玛有点着急了，看着王杰的背影急切地说："我们也去。"

德吉和拉姆有很多相似之处，拉姆在情感专一的扎西心里依然占据了一定的位置，扎西脑海中闪现的似乎还是拉姆的影子，也许，只有时间会让扎西淡忘。但对于情深意浓的情感专一者来说，淡忘或者彻底忘记是多么不容易！对于忠诚、老实的扎西来说，更是难上加难。

王杰拉着德吉快步走到乘船售票处买了两张票，把其中一张给了站在扎西前面的卓玛。卓玛想坐船，但扎西并不想坐船。如果有四人座，那肯定要坐，如果是两人座，扎西只想跟德吉坐，不愿意跟卓玛同坐。王杰拉着德吉划船去了，卓玛跟着走了过去，用很不高兴的口吻对扎西说："你划不划？你不划，我去划了。"

扎西望着德吉窈窕的背影，摇了摇头，在岸边的椅子上坐了下来，不由自主地抬起头，深沉的双眼望着天空，几朵小云时而飘到这儿，时而飘到那儿，如同一个个淘气的孩子追逐嬉闹，玩着捉迷藏。扎西心灵深处渴望和德吉在一起，像这些云朵一样快乐着、幸福着。

王杰高兴得像只快乐无比的小鸟，情不自禁地吹起了口哨，又哼起了藏族流行的歌曲，快活的笑意写在王杰脸上。他心里洋溢着甜蜜的愉悦，沉浸在欢乐的海洋里，只顾着急切地寻找空船，并没有在意德吉的心思。德吉对刚才王杰强行拉走她的行为特别不满，但嘴上没说什么。德吉站在岸边，悄悄地观察着扎西。扎西似乎若有所思，一副闷闷不乐的样子，仰望着天空发呆。

"德吉，快过来，我找到空船了。"王杰实际上离德吉并不远，故意提高嗓门大声叫喊，像是在隔岸呼唤。

德吉望着湖水，无动于衷。

王杰立即跑过来，拽着德吉，强行把她拉到船上，让她坐到副驾驶位上。

"你使那么大的劲，我的手臂都疼！"德吉有点生气，气的是扎西冷若冰霜。她始终在想，如果王杰和扎西能互换一下，那该多好。

王杰依然笑得那么灿烂："对不起，是我错了，请美女原谅。以后我注意，一定改正错误。"

"坐好，我要划船了，你就欣赏风景。"王杰抬起右手轻轻拍了拍德吉的右肩，也算是给自己鼓鼓劲。他心里有些忐忑不安，他是第一次划船，上船时也没问木船管理员该怎么划，有什么动作要领。木船载着王杰和德吉慢慢移动着，刚开始，还算比较平稳，王杰心里也有了一些底气。不一会儿，船开始加速，像是要寻求刺激一样，越来越快。德吉的心跳也随之越来越快，她甚至有些害怕，但她没有说出口，也没有表露在脸上，只是紧紧地抓住把手，保持着沉默。她平常就习惯于沉默。

卓玛望着正在奋力划船的王杰和沉默的德吉，安静地坐在岸边等待着木船管理员通知有空船。

没有耐心的等待，是多么漫长，多么令人急躁，多么令人烦恼。卓玛一边一秒一秒地数着时间，一边祈愿不用数太久。然而，命运像是在捉弄卓玛，她等了许久，依然没有接到通知。这时的卓玛心慌意乱，对着湖水大喊大叫起来："王杰，快回到岸边来。"

对于卓玛的叫喊，王杰置之不理。他依然奋力划船，根本就不想理。

王杰的这种态度让卓玛有些气恼，情急之下，她再一次用最大的声音叫唤起来："王杰，快回到岸边来！"

王杰玩得正高兴，又一次听到卓玛的叫唤，他用尽全身的力量，划得比原来快多了，像是在参加划船比赛一样飞快地向离岸的方向划去。虽然木船摇晃得特别厉害，但王杰想尽快划到听不到卓玛喊叫声的地方，和德吉慢慢悠游。

然而，王杰未能掌控好木船，船直接失控，像一只饥寒交迫的猛兽扑向美食一样扑向湖中心人工小岛边的巨型石头。

德吉被吓得连续尖叫了好几声。平时胆量比较大的王杰也被吓得惊慌失措，粗气直喘，直流鼻血。王杰像是被吓傻了，愣了一会儿，才慢慢地对德吉说："你没什么大问题吧？我们划到岸上，我送你去医院。"

胆小的德吉被撞得头晕眼花，只感觉全身在瞬间麻木了，没有感觉到疼痛。王杰睁大双眼，一边从衣兜里取出手纸塞住鼻孔，一边仔细看了看德吉有没有外伤。德吉右手手背蹭破一点皮，额头也蹭破一点皮，其余地方看起来没有伤痕。

"还好，只有一点点外伤。对不起！是我不好，我向你道歉！"王杰深深地叹了一口气，抬起右手狠狠地掐了一下自己右脸上的肌肉，算是对自己的惩罚。真没想到，好事居然变成了坏事，王杰在心里悄悄地自责。

德吉像是遭遇了一场噩梦，还未缓过神来，对于王杰的道歉，似乎没有听见。

她右手的手指感觉到了疼痛，但她一直忍着。王杰向木船管理员挥了挥手，示意求助。

"等一会儿，我叫了管理员。"王杰愧疚地看着德吉，声音低了很多。

木船管理员开着汽艇，很快就把王杰和德吉接到了岸边。这时，王杰才发现刚才急着坐船，连救生衣都忘记穿了。

看到这一幕的卓玛，当然也被吓坏了，立即去售票处退了票。

站在岸边的扎西，自然开始心慌了。他以最快的速度跑到德吉身边，用一种特别心疼的语气说："走，带你去医院。"

"不用了，我会带的。"王杰的语气充满了敌意。

"我不放心，我要跟你们一起去。"扎西的气愤显露在了语气上，他提高了嗓门，一副凶巴巴的样子。充满火药味的话引来了一些围观的人。

"有什么不放心的？我又不会杀人！"愤怒的王杰像个无恶不作的坏人一样，对着扎西狂吼起来。

扎西平常就不爱说话，面对王杰的恶意攻击，一下子不知道该说什么。他被气得直打哆嗦，只想举起拳头向王杰脸上猛击过去。动手打人，总像是扎西身体的某一件附着物，时常伴随着扎西，但扎西除非愤怒到了极点，一般情况下是不会打人的。性格内向、不善言辞的孤僻人物，打人也许能解气，但解决不了问题，反而成了伤人的凶手。扎西是遗传了阿爸的这个性格特点。

扎西的阿爸，年轻时候霸气十足，脾气暴躁，是远近闻名的"暴君"。其实，这种不理智的性格会影响到周围的人，特别是孩子，从心理学角度讲，会给孩子留下阴影，甚至伴随孩子的一生。扎西从小就在恐惧中长大，甚至阿妈怀着扎西的时候，阿爸的脾气也特别不好。虽然阿爸在骂完人后会立即消气，高高兴兴的，不闷在心里，一切恢复正常。但孩子在娘胎里似乎就有记忆，它们隐藏着，只有适当的条件下，才会蠢蠢欲动地显露出来。这个严重的心理阴影一直伴随着扎西，对扎西的人格造成了影响：恐惧，恐惧，还是恐惧。

家丑不可外扬。扎西的阿妈当初是经别人介绍，在家人安排下与扎西阿爸结婚，凑合着过日子。这日子过得多么不开心，只有扎西阿妈自己最清楚，她从未透露给其他任何人。只有扎西，成为阿妈唯一的幸福源泉。

日积月累，扎西的脾气越来越古怪，他把所有的苦闷藏在心底，就像休眠火山一样，一旦喷发就一发不可收拾。一次，他与阿爸发生了口角，两败俱伤，父子之间几个月都没有说话。扎西从来不是个主动的人，没有主动道歉，也没有主动说话，苦闷仍然存在。在近亲们的劝说下，扎西才勉强和阿爸说话，但话不多，并尽量躲避阿爸。内心的恐惧已经促使扎西选择躲避，他万分害怕再次发生类似情况。从此，扎西做任何事都万分小心，说任何话都特别注意，见任何人都非常胆怯，孤僻和暴躁无形中成为扎西的性格特点。

扎西的右手已经举到了半空，被围观的好心人及时阻拦了，避免了悲剧的发生。

卓玛退完票，急匆匆跑到德吉身边，大声说："你们赶紧去医院，我去找班长请假。"

卓玛不想看到王杰与德吉暧昧的场景，害怕自己伤心，就找了个找班长请假的理由，没有跟王杰和德吉一起去医院。

王杰拉着德吉的手向公园门口方向走去。王杰急着走出公园，只顾往前看，德吉却几次望向身后。

扎西尽力克制着自己即将失控的情绪，"嗵"的一声，一屁股坐在了地上。他始终低着头，直到围观的人群散开，才慢慢抬起头，望着天空，像是在浩瀚无边的天空中寻觅着某种解压的宝物。扎西沉闷的心绪压抑得太久，只有见到德吉，这种状态才会得到缓解。然而，今天的突发事故，使得扎西心情不好，看着王杰和德吉的背影，他依旧愤怒。

王杰以最快的速度拉着德吉走到了公园门口，打了一辆的士飞速向医院奔去。还好，医院的急诊中心里病人不多，他们没过一会儿就挂上了号，并进行了检查。德吉右手食指骨折，需要治疗一段时间，其他没有什么问题。王杰忐忑不安的心这才稍微平稳了一些，总算没有酿下大祸，心情也就比刚才好多了。他庆幸自己有了在德吉面前表现的机会，乐滋滋地说着甜言蜜语，陪着德吉输液。

德吉的心情依然不好，生理期的疼痛、手指的疼痛，再加上刚才王杰和扎西的争斗都让她高兴不起来，她想着扎西这会儿在哪里，在干什么，心里想着什么。她多么希望现在陪在身边的是扎西，而不是王杰。德吉开始莫名其妙地厌烦王杰，不想见到王杰，也不想和王杰心平气和地说话，心里有一股不知道从哪里来的、什么时候来的怒火。德吉说不清、道不明这种感受，有心痛的味道，又有悲哀的味道：特别害怕扎西不主动，非常害怕扎西永远不来找自己，极其害怕永远跟扎西没有缘分。德吉像一个不知道自己命运的小动物一样难过，总是死气沉沉。

大学的课程，下午几乎都是自学或复习，不用集中上课。每天中午在食堂吃完饭，王杰都按时主动要求陪德吉去医院输液。医院离学校不是很远，德吉每天坐公交车去医院。她反感王杰像个侍从一样跟随，说了无数次让他不要跟来。可王杰脸皮厚，再加上爱慕之心的鼓励，决定珍惜这次机遇，绝不放弃来之不易的机会，不要成为终身的遗憾。

王杰觉得，只有跟德吉多接触，才能慢慢产生感情，擦出火花。王杰的想法、做法跟扎西完全相反，他不断地通过努力，争取空余时间多陪伴德吉，从而打动德吉。但实际上，他还不太了解女生的心思，更不了解德吉的心思。

德吉的心思从来不会赤裸裸地表露出来，更不会向别人透露，跟扎西有相似之处。

王杰虽然不是特别狡猾的人，但总是喜欢给自己制订一些计划，任何事情都按照计划办事，实践中却发现变化总是比计划快得多、多得多。对于德吉，王杰深思熟虑后在脑海里制订了一个计划：只要热情努力，只要坚持，总有一天会打动德吉，这只是时间问题，反正离毕业还早，而且也不是什么急事。对于其他事情，王杰没有自信；对于这件事，王杰总是自信满满。自信就像是一盏明灯，照耀着王杰梦想成真的道路。因为自信，王杰更加热情；因为自信，王杰更加努力；因为自信，王杰更加拼搏。

王杰过于热情，过于殷勤，反而使德吉越来反感他，甚至感到厌烦。但德吉在最后一次输液的那天下午，还是临时决定请王杰在医院附近吃小吃，算是对王杰这段时间在医院陪伴她表达谢意，顺便想试探一下扎西有什么样的反应。

人，是世界上最复杂的动物，人心也是世界上最难测的。德吉始终搞不懂扎西的想法，也难以猜到扎西的想法。虽然德吉平常不是喜欢主动的人，但这一次，她像是被上天施了魔法一样，一直主动猜测扎西的想法，这股无形的力量在德吉的体内涌动。

人，无论做任何事情的时候，都需要勇气。主动是勇气，争取是勇气，放弃也是勇气。有些人，有的时候就是输给了勇气。主动，是性格内向的人所缺少的，他们需要胆量和说服自我的勇气，这勇气，像是德吉突然收到的一份意外的情感上的礼物，使她倍加珍惜。最重要的是，勇气使德吉不想让外界的声音像洪水一样淹没自己心底的声音，不想让被动像灰尘一样沾满自己心灵的房屋。德吉自己也觉得特别奇怪：怎么瞬间像是从梦境里醒过来一样有了主动的意识？这可是德吉有生以来从未有过的状态，比魔术师们施用得非常奇异的魔法还要神奇许多，简直无法用言语来形容。从此，德吉对热情奔放的王杰话语越来越少，基本保持沉默；接触越来越少，基本保持远离。

说到一起吃饭，期待这样的时刻的王杰当然高兴极了，而且是德吉主动提出一起吃饭，他简直不敢相信这是事实。王杰错误地以为德吉对自己有好感，更加意气盎然，精神振奋，自我陶醉在想象的世界里……

医院附近的餐馆都是盒饭、川菜、小面等小型餐馆，德吉和王杰随便找了一家小吃店。德吉的饮食习惯基本上是中午吃饭菜，晚上吃面食。德吉点了一份很久没有吃的排骨刀削面，王杰也点了一份排骨刀削面。

"我要跟你吃一模一样的食物，这样才会更香。"王杰始终说个不停，像是几个世纪没有见过面一样。

"你这话说的感觉有点像没话找话说。"德吉坐在王杰的对面，低头喝着茶杯里的开水，始终躲避着王杰含情脉脉的眼神。

德吉一直看不透别人的眼神，但相信"眼睛是心灵的窗户"这句话。她总能感受到别人眼神的内涵，包括扎西深邃莫测的眼神。

王杰笑眯眯地准备接话时，突然，有个男人站在餐桌旁边打断了问话："德吉，好久不见，在吃饭哪？"

德吉听这声音很耳熟，猛地抬起头看了看那个男人，是格桑老师。

"格桑老师好！一起吃饭吧。"德吉边说边从凳子上礼貌地站了起来，表示对老师的尊敬。

格桑老师仔细反复打量着王杰，视线在王杰身上停留了许久，像是在用心欣赏一幅稀有的名贵画像。

"老师，请坐。"王杰也礼貌地站了起来。

格桑老师坐在了德吉身旁，好奇的目光依然在王杰身上游弋。

王杰中等个子、微胖，黝黑的圆脸上充满了笑意，浓眉大眼，厚厚的嘴唇，看起来并不帅气，但显得霸气，特有一股聪明人的精气神。

"这位是……"格桑老师试探性地问了一下。

"同班同学王杰。"德吉像是在抢答一样立即快速说道。

德吉粗略地看了几眼格桑老师。格桑老师虽然微笑着，但比以前消瘦了不少，苍老了许多，饱经风霜的脸上布满了皱纹，而且两鬓及发际线周围的头发斑白，特别显老。

格桑老师这几年过得确实不如意：从学校辞职后，到处找工作但始终碰壁；想做些能吃饱肚子的小生意，却又没有本钱，而且本身也不是做生意的料。他基本上靠着朋友的接济生活。

格桑老师的狼狈和落魄使其阿爸怒火攻心，心脏病发作，突然离开了这个世界，亲朋好友都在传言说格桑老师的阿爸是被格桑老师活活气死的。俗话说："人言可畏。"这些传言对格桑老师的打击不小，他总是觉得对不起阿爸，责备自己。所有的苦难都堆积起来，让他在低落的情绪里消沉了很长时间。

情绪就是心魔，你不控制它，它就会吞噬你。在朋友的劝说下，格桑老师渐渐坚强起来，不再在意别人的流言蜚语。

"好久不见，你一点都没变。"格桑老师强装笑颜说道。

"格桑老师，您怎么在这儿？"德吉转过头，看着格桑老师的侧面。

"我的一个亲戚病了，我来看望她，出来的时候就看到你了。"格桑老师自己也不清楚，为什么对德吉说了一句善意的谎言。

"这么巧呀！"德吉有点难以置信。

"这就说明我们很有缘分，有缘千里来相会嘛。只有有缘分才会在茫茫人海里相遇，这是一种自然而神秘的力量。你跟王杰来到同一个城市、上同一所学校、在同一个班级，也是缘分。真羡慕你们这些大学生，可以学习好多知识。我们那个时候流行上中专，也是一种趋势，大家都是这样。说得不好听，就是学习成绩好的考上了中专……"格桑老师话还没说完，就被服务员打断了，问他点什么吃的。

"两位先点，多点一些，我请客。"格桑老师把菜单推到了德吉面前。

王杰默不作声，他观察到格桑老师看德吉时的眼神不太对劲。

也许，今后会有越来越多的竞争者，王杰决定要加倍努力，坚持到底，不受任何因素的影响，勇敢地追求爱情。为了真爱，他愿意付出一切。"加油！加油！加油！"王杰在心底悄悄地鼓励自己。王杰从来没有这种鼓励自己的激情，不知道从哪里来的一股神奇的力量。

"老师，您是教什么的？"王杰直视着格桑老师。

"以前教体育，不过我早就辞职了。不说这个了，点菜。"格桑老师机智地转移了话题。

"你们俩想吃什么菜？"格桑老师没有看菜单，而是仔细地看着德吉。

"什么都行，您点。"王杰说了句客套话。

格桑老师并没有看菜单，注视着久别重逢的德吉的侧脸，向服务员报了常吃的菜名：水煮肉片、凉拌黄瓜、炝炒土豆丝、三鲜汤。

几年不见，德吉更有女人味儿了，格桑老师心里有一种说不清的激动和欣喜。这是自从他爱上德吉以来时刻盼望、梦寐以求的相遇场景，仿佛拂过一阵春风，暖融融的，把格桑老师的心都融化了。此刻，他忘记了所有痛苦，沉浸在幸福的世界里。前段时间他总认为，人生最美好的事情是相遇；这段时间才明白，其实难得的是重逢。有那么一瞬间他突然觉得，坚持等待是值得的。所以，他下定决心继续等待，等待德吉大学毕业。等待的同时，他也力争让自己在各方面都有所改变，而且变得更好，希望沉淀的时光和氤氲的流年让自己更配得上那个等待的人。

虽然有很多问题困扰着格桑老师，但格桑老师有勇气面对现实，抛开一切烦恼，朝着目标勇往直前。今天见到德吉，他在心里默默祈祷，希望甜美的日子早点到来！这也是这段时间以来他最大的心愿！

"辞职了？那您现在靠什么维持生计？"对于辞职这件事，王杰跟大多数人的想法一样，觉得只有有毛病的人才会这么做，所以好奇地问了这么一句。

"目前暂时在一个宾馆当保安。以后还不确定。经历过酸甜苦辣，那才叫人生。不能活在别人的嘴里，也不能活在别人的眼里，过上自己想要过的日子，才能幸福、快乐！你

们毕业以后都是国家干部了，要积极为建设美丽的家乡做贡
献。今天我请客，你们参加工作以后用第一个月的工资请我，
怎么样？"格桑老师后面这句话像是说给德吉听的，故意凑
近德吉说。

德吉低着头，假装看着茶杯，没说话。

王杰一副皮笑肉不笑的样子，假惺惺地应付着说："好的。"

德吉还是一副若有所思的样子，不声不响。

格桑老师和王杰边喝水，边聊着王杰毕业参加工作后想过
什么样的生活。

饭菜很快就端来了，男人吃饭都是狼吞虎咽，女人吃饭都
是细嚼慢咽。德吉今天像是想让味道在嘴里多停留一会儿似的，
吃得比平时慢多了。

王杰对格桑老师辞职并且看上去很疲惫的原因很感兴趣，
也很好奇，但今天毕竟初次见面，不好意思多问。他顺着格桑
老师的话题，应付性地随意聊着，时间很快就过去了。

格桑老师突然间陷入一种反应迟钝的状态。

德吉吃完后立即站起来说："格桑老师，我过去一下。"

格桑老师这才反应过来，立即站起来说："你别客气，我
买单。"然后他快步向吧台走去。

等格桑老师付完款，走到餐馆门口时，德吉说："谢谢老
师！我们坐公交回学校了，再见。"

"再见！"格桑老师慢吞吞地从喉咙里艰难地挤出了这两
个字，瞬间感觉快要哽咽了。

望着德吉和王杰离去的背影，格桑老师想起自己任教时的

往事。那一天，他度日如年；那一夜，他彻夜难眠。

那天是个艳阳高照的日子。下午，炎热的天气使得特别怕热的德吉精神不振，没有了往常那样可爱的笑容。体育课上，该轮到德吉跑一百米时，德吉浑身无力，想请假，可是又害怕被看起来特别严肃、要求特别严格的体育老师批评，只能慢吞吞地从队伍里走出来，走向白色的起跑线。德吉望了一眼格桑老师，轻轻地动了动嘴唇，最终还是不敢请假。跑步，对于一些人来说，特别容易，但对生理期的德吉来说，特别为难。时值夏季，德吉只穿了一条特别单薄的白色校裤，不一会儿，白色裤子就染上了红色。德吉自己没有注意到，却被格桑老师发现了，他立即叫住了德吉，小跑到德吉跟前，注视着大汗淋漓的德吉，小声说："你的裤子被染红了，现在就回寝室去换裤子。"

德吉一听到这句话，气色不好的脸一下子就红透了，轻声说了句"谢谢老师"，就快步向寝室走去。

晚自习下课后，德吉跟几个女同学正在回寝室的路上，突然被格桑老师叫住了。德吉吓坏了，以为是因为下午没有继续上体育课而被老师留下。没想到，格桑老师却微笑着说："德吉，你过来一下，我有话对你说。"格桑老师个子不高，身材瘦削，长相不错，总是一副非常严肃的样子。今天，格桑老师却面带微笑，说话语气特别温和，与往日相比，简直判若两人。

德吉停下脚步，低着头，等着格桑老师发话。格桑老师见另外几个女学生没走，就说："德吉留下，其他人可以回寝室了。"

"老师再见!"几个女学生快速离去。

待那几个学生走后,格桑老师变得更加温柔、和蔼了,深邃的目光透过近视镜片凝视着德吉。

"作为女生,这几天,你要注意保暖,不要喝冷水,也不要吃太冰冷的食物,这几天不要剧烈运动。"格桑老师强调说。

"谢谢!"德吉点了点头,声音低得自己都听不清。

"你回寝室吧。晚安!"

德吉立即转身离去。

那时,格桑老师是一名来自外县农村的老师,父母思想特别保守,想包办格桑老师的婚姻,介绍同村一名女子跟格桑老师谈恋爱,并让那名女子来到格桑老师任教的学校当了清洁工,住在校外亲戚家。到学校没多久,格桑老师的女朋友脾气越来暴躁,经常无缘无故、像是吃了炸药一样跟格桑老师吵架、打架。越吵,格桑老师越烦;越烦,格桑老师越上火。但格桑老师从不会把私人的情绪带到工作上来。

德吉回到寝室,同学们都已经躺在床上,平时多嘴的一个女同学看到德吉回来,马上提高嗓门问:"被格桑老师批评了一顿吧?"

"嗯。"德吉点了点头,不想多说什么,脱掉衣服、鞋袜,立即上床睡觉了。

"听说格桑老师的女朋友经常跟格桑老师打架,格桑老师把你当出气筒,这个老师不好。"这个女同学像是在替德吉打抱不平。

这段时间，学校里罹患水痘的学生比较多，由于传染得快，导致很多学生回家休养。德吉也未能幸免，被传染，回家休养。

格桑老师听说德吉生病了，特别想去德吉家里探望，但因为评定职称等各种原因，始终未能去成。

评定职称对于老师来说，是人生大事，关系到今后职位晋升，而且与工资挂钩。这一次初级职称评审，八个考试合格的人员中只评上了两个，而且年龄都小，刚参加工作没多久。前两次评审未通过，格桑老师没有任何怨言，但这一次，他特别失望，感到前所未有的愤怒、忧愁、痛苦：辛辛苦苦付出那么多，为什么落榜的总是我？我是哪里得罪了评审组？难道我是评审组的"眼中钉"？凭什么后面来的先评上？——格桑老师越想越气，从早到晚都在想着这件事。以前，他可不是钻牛角尖的人，也不是个带有消极情绪的人。谁也不清楚，是自控能力变差了还是环境所迫，他在之后始终无法重新振作，甚至有时候饭都不想吃。

格桑老师和女朋友的矛盾越来越深，双方的痛苦也越来越多，逐渐反目成仇。

当初父母强制性要求格桑老师按照自己的意愿结婚时，格桑老师就尽力反对过。阿爸不知道怎么想的，居然拿自己的命来要挟。格桑老师只好妥协，答应结婚，但一直未结婚。有些人能日久生情，格桑老师不仅没有产生感情，反而早就开始反感，有时候看到女朋友就无缘无故地生气，直眉瞪眼，义愤填膺。

格桑老师独自沉思默想，他打算立刻分手、辞职、离开。这些经历，坚定了他这样做的决心，无论哥哥怎么劝说都不管用。工作是"铁饭碗"、不能冲动、思想不要消极……这些劝告他根本听不进去，而且特别不耐烦。

随着时间的流逝，王杰的爱越来越浓烈，扎西的爱也越来越浓烈，浓得余生难以放弃，浓得像深深地刻在额头的皱纹一样再也消不掉！

几个月以后，热血沸腾的王杰终于按捺不住发自内心的情感，急于向爱慕已久的心目中的公主表白。至于选择什么样的方式表白，这个问题他思考了很久，写情书、一起吃饭、看电影、送礼物、送鲜花，感觉这些都很平凡而又俗气，不一定能够打动德吉。想来想去，他最终决定以德吉的兴趣爱好作为切入点，这样更有把握。经过一段时间的观察和了解，王杰发现德吉和大多数藏族女生一样，喜欢跳锅庄舞，但不擅于唱歌。而王杰则相反，平常喜欢唱歌，不喜欢跳舞。为了德吉，为了爱情，王杰愿意改变自己：变得喜欢跳舞，从不喜欢看书变得喜欢看书，从不喜欢学习变得喜欢学习。他觉得，这样才能和德吉情趣相投、志同道合。王杰自己也没有想到，在校园里会收获一份刻骨铭心的爱情，并为此而改变自己。

学校的舞会，每周五和周六晚上在食堂二楼学生活动中心如期举办。场地很简陋，除了有彩色灯光，就只有一些塑料板凳供大家中场休息。舞场的环境看似特别差劲，但并没有影响学生们跳舞的心情，浪漫的氛围使跳舞的学生越来越多，像是有一股无形的力量吸引着学生。甚至很多学生情侣毫不犹豫地将这里作为约会的最佳地点，对视在暗淡的灯光里，相拥在轻柔的音乐里，迷醉在彼此的爱恋里。两个小时，快似两分钟一样一闪而过，舞池里心醉神迷的男生们恨不得把时间变慢。直到散场，小情侣们还是难舍难分，流连忘返。

王杰考虑了很久，才决定在这个舞厅里表白。虽然不懂得浪漫，不曾有过浪漫的举动，但他还是觉得在这里表白比较合适。王杰一向相信自己的直觉，尤其是在感情问题上，特别喜欢凭着直觉跟着内心的指引做判断。他有信心能够在这里获得成功，收获甜美，收获幸福。

星期五下午没有课，于是，王杰在星期五上午第四节课时写了一张字条，悄悄地扔到了德吉课桌上。德吉拿过字条看了看，上面龙飞凤舞地写着十几个大大的字："今晚七点半请你到食堂二楼舞厅跳舞，一定要来！"德吉看完字条立即揉成一团塞进衣兜里。这一幕，被心细的卓玛看在眼里，心里再次既羡慕又妒忌。自从看到王杰对德吉特别热情后，她内心深处慢慢滋生出一股敌意，像春天里被雨水滋润后猛长的野草一样，越来越浓密，越来越茂盛，越来越疯狂。

过去的事情，卓玛本想通过时间的洗礼渐渐淡化，并努力争取忘记。然而，事实上，却是难以淡忘。高中时候的情景时常像反复回放的电视剧一样一幕又一幕浮现在脑海、显现在眼前，令她越想越难受，越难受越仇恨，仇恨德吉，埋怨命运，抱怨生活。

为什么命运这么不公平？——许多人曾经有过的念头也出现在卓玛心里，像一个毒瘤一样变大。从此，爱说爱笑的卓玛话语变得越来越少，脸上的微笑也越来越少，她不想搭理德吉，更不想和德吉说话。她们俩从同学变成了陌生人，从同桌变成了敌人。卓玛在心底深处，对自己郑重承诺：决不能让他们得逞，要争取自己的幸福！从此，卓玛独来独往，不跟同学交流，更不交谈心事，而是心事重重，谋划多多。这突然的改变让人难以置信，卓玛真的像是完全变了个人。

平常不爱打扮的王杰，今天刻意精心打扮了自己。他趁下午没有课，去学校附近服装店买了一套黑色休闲装，稍长的头发理成了平头，黝黑的脸庞洗了又洗，前后洗了好多次，用面霜把脸擦得发亮。同寝室的同学开始开玩笑了："王杰，今天又要去约哪位美女？"这话问得王杰不好意思了，他莫名的紧张，比吃了大量兴奋剂还要兴奋。他坐立不安，不停地看手表上转动的指针，从不着急的王杰嫌时钟转得太慢太慢了。天气已经够闷热的了，心急之下，王杰更感觉全身冒汗，热得有点头昏脑涨。这是怎么回事？王杰不断地问自己，问了很久，也没有问出答案。

王杰提前十几分钟来到女生宿舍楼下，等着德吉出现。大概等了半个小时，依然不见德吉的身影。王杰只好在女生宿舍门口的安保室里通过呼叫机呼叫了德吉，宿舍里没人应答。

怎么办？怎么办？王杰急得像热锅上的蚂蚁，真的不知道该怎么办。他想，自己还是再等等，也许德吉是上厕所了，或者有其他事情。王杰这样安慰着自己。突然间，王杰开始心慌，慌得来回在门口踱步，睁大眼睛仔细观察着来来往往的所有女生。直觉告诉王杰：今晚没戏。果然，事实证明了王杰的猜测，等了几个小时，德吉的身影还是没有出现。王杰失望、气愤、忐忑不安，无奈之下，只能落寞地回宿舍去。

第二天，也就是星期六早上，阴雨绵绵，跟王杰的心情一样。王杰早早地起床，还未吃早饭就来到女生宿舍楼下安保室，请求宿舍管理员呼叫了德吉。德吉吃过早饭，背上书包，正打算去图书馆看书。王杰谎称自己有好多作业不会做，需要请教德吉。

呼叫机里传来了卓玛高亢的声音："她不在，出去了。"

王杰想了想，决定还是再等等，心里在默念："一定能等到，一定能！"

王杰正在想万一没来该怎么办时，突然，一个熟悉的身影闪现在眼前。从远处看，德吉今天穿了一套紧身黑色休闲装，低着头走路，像是在思考什么问题，看起来精神不振。待德吉走过后，王杰悄悄地跟在后面，忽然从德吉背后用双手蒙住了德吉的双眼。德吉不用猜测是谁，从身上的味道就能闻出是王杰。经过德吉输液的那段时间的近距离接触后，只要王杰在附近，德吉很快就能闻出王杰身上特殊的体味。

"怎么搞突然袭击？是不是你在跟踪我？"德吉有点不高兴。

王杰听到德吉不正常的语气，马上把手放了下来，笑脸相迎，说："纯属巧合。"

"我才不信呢。说，什么事？"德吉停下了脚步。

"没什么事，只是想跟你一起过周末。"王杰说得有些委婉。

"那就算了，我要去图书馆看书。跟你不是一个道的，你还是找别人去共度周末吧。"说完，德吉快速向前走去。

"我也要去图书馆看书，走，一起去。"王杰本来打算带德吉去情侣都喜欢去的操场上坐一会儿，现在只能随机应变，改变主意。看来，王杰是要饿一个上午了。但他心甘情愿。

"不欢迎！"德吉狠狠地甩下一句话。

"我还是厚着脸皮要来，不过，你放心，我不会影响你的。"王杰为了爱，脸皮确实越来越厚了，比城墙还要厚很多。

德吉没再说什么，看到王杰，就不想说话。

德吉加快速度往图书馆方向走去，边走边想该怎么甩掉讨厌的王杰。

王杰在想，趁着在一起，干脆中午请德吉吃顿饭，再聊聊天。

校园里最流行的一句话是："图书馆里看书的是没有对象的，操场上踢球的是没有钱花的，餐馆里吃大餐的是约会的，电影院里看影片的是谈恋爱的。"德吉从小就喜欢看书，而且特别喜欢看小说，毕业后的理想是从事与文学有关的工作，比如报社记者、杂志社编辑等。图书馆是德吉上大学以来光顾最多的地方，她的大部分时间都花在了看书上面。对她来说，看书是最享受的事情，也是一件非常快乐的事情，这个爱好，将会伴随德吉的一生，不离不弃。

对于不喜欢看书的人来说，去图书馆是一件痛苦的事情。王杰在图书馆里如坐针毡，加上肚子特别饿，无精打采地坐在德吉旁边，在桌上放了一本封面崭新的武侠小说，像是眼里进了沙子一样根本看不进去，思绪乱如麻。

乱七八糟的一堆问题涌上王杰的心头，该想的、不该想的，无论如何都放不下。一个上午，漫长得像是几个世纪。王杰实在无聊，中途只能假装上厕所，来回走动了好多次，但仍无济于事。他感觉这是有生以来最头疼、最难熬、最难受的日子，想着是为了德吉，心里才慢慢地稍微舒坦了一些。

德吉从小喜欢文学，文学使人快乐，精神愉悦，充满激情。她坐在图书馆里，陶醉在小说的世界里，沉浸在忘我的境界里，根本没有留意周围。其实，德吉和王杰来到图书馆不久，扎西也悄然一人来到图书馆，坐在一个很不起眼的角落里，悄悄地观察着德吉和王杰的举动。

早上一起床，扎西就有一种感觉，觉得德吉会去图书馆看书。于是，吃过早饭后，他毫不犹豫地去了图书馆。扎西总是这样暗中悄悄关注着德吉，这种关注不知道要持续多久。几个月？几年？几十年？扎西似乎还没有真正行动的勇气和信心，但他也不担心德吉被其他竞争对手抢走，不操心德吉会成为别人的女朋友，像是对德吉了如指掌。

看见王杰坐在德吉身旁，他只是在内心深处醋意大发，怒火冲天，对王杰的怨恨越积越多，越积越烈。

"图书馆要关门了，走，吃饭去。"王杰准备请德吉去学校外面幽静的地方吃川菜。

"你自己去吧，我去食堂吃饭。"德吉去食堂是为了能在食堂看一眼扎西。

"天天吃食堂，顿顿吃食堂，该换换口味了，我请你去外面吃。"为了能让德吉同意去外面，王杰还故意加了一句，"今天我请客，下次你请客。"

德吉还是不想去，但一下子没有找到不去的合适的理由。

"你不去，我就不让你出图书馆的门。"王杰只好用这样的话来逼迫德吉。

"你想强迫我？"德吉又不高兴了。

"不是，不是这个意思，你误会了。请原谅，语气重了一点，我只是想和你共进午餐。"王杰只能嬉皮笑脸地赔罪，笑眯眯地继续说，"好不容易盼来的周末，给我个面子嘛，再加上我们又是坐在前后桌的朋友，一起吃顿饭有什么嘛。我以前经常请教你学习的问题，以后还要经常请教你呢，今天请你算是答谢。"

一脸严肃的德吉突然扑哧一声笑了出来："你从小就这么油嘴滑舌吗？居然找了个这样的借口。"

王杰笑了笑，对自己说的假话被揭穿感到不好意思。

"同学之间要多交流、沟通，不能一意孤行，更不能自我禁锢，难得的机会，走嘛。"王杰想尽力说服德吉。

德吉感觉到此话不无道理，自己确实太不善于交谈了，多年来习惯了沉默寡言、独自安静的生活，喜欢独来独往，偶尔才跟同学说上一两句话。这样久了，除了上课时坐在周围的几个同学，班里很多同学长什么样她都不知道，更别说是交谈了。她一边收拾文具盒一边在考虑去还是不去。

"你想吃什么？我请客。"王杰整个人比刚才精神了许多，语气里充满了欣喜。

"什么都行，你定。"但德吉心里仍对王杰的步步进逼不满。

一听到这句话，王杰马上乐开了花，主动背起德吉的书包，情不自禁地吹起了口哨。

学校大门口离图书馆很近，此时，天空云雾蒙蒙，德吉特别喜欢这样的天气。她喜欢雨中漫步，在这种天气里，能找到诗情画意的感觉，让她心情舒畅。她一边走，一边有一种想要把此时的心情通过文字表达出来的欲望。从来没有出现过的想法突然横冲直撞而来，像是要给德吉一个意外的惊喜，也许是灵感到了该降临的时候。德吉沉醉在自己的快乐里，没有听清王杰在说什么。

为了制造浪漫的气氛，王杰带着德吉去了学校大门口附近的一家咖啡店，这样可以一起坐得久一些。时值午间，咖啡店里空无一人，光线暗淡，壁画浪漫。王杰非常满意自己选择的这个地方，有一种立即想要表白的冲动。"加油！"王杰在心里默默为自己鼓了鼓劲。

王杰走在前面，选择了一个靠窗的位置坐了下来，德吉坐在了王杰对面。

"环境还不错，很浪漫。"王杰看了看德吉说，故意把"浪漫"两个字说得比较重。

"我从来没有来过这种地方，看起来还不错。"德吉东张西望着回答。

"那就不要急着回去，难得来一趟，好好享受周末，不要忙于学习。来，先点菜，吃完再慢慢聊。"王杰巴不得和德吉一起坐到半夜才回学校。

　　德吉拿过菜单看了几遍，没有什么特别想吃的，就随便点了一份牛肉面（在学校每天吃米饭和蔬菜），点了一杯菊花茶。

　　王杰本来是想点干锅的，看德吉点了面条，就也随着点了面条，饮料点了咖啡。王杰从初中开始就喜欢喝咖啡，他舅舅是商人，经常去印度、尼泊尔等地进货，每次回来都给王杰带印度的咖啡。逐渐地，王杰像是喝上瘾了，根本离不开咖啡。由于自己特别喜欢，王杰给德吉推荐了咖啡。德吉听说过有咖啡这个饮料，可从来没有喝过，光是闻到味道就感觉难受，甚至讨厌这种味道，但只能忍着。

　　王杰坐下来时就在想该怎么样提起昨天失约的事。

　　德吉虽然眼睛在四处张望，但心里在想：如果现在坐在对面的是扎西该多好。

　　服务员很快就把面条端过来了，王杰狼吞虎咽，德吉像是没有胃口一样，一根一根挑着面条，慢慢往嘴里塞。

　　沉默中，面条很快被吃完了。王杰用餐巾纸抹了抹嘴，然后像是欣赏奇异罕见的瑰宝一样目不转睛地注视着德吉。

　　面条不好吃，德吉只吃了一半就把碗推到了一边。她慢慢抬起头，看着窗外，似乎一下子没有找到合适的话题，不知道该说什么。

　　"你最近忙吗？"王杰想旁敲侧击地问问昨天的事。

　　"还是老样子，算不上忙，只是每天过得很有规律，寝室、食堂、图书馆，就这几个点。"德吉喝了一口茶水说。

　　"昨天晚上去图书馆了吗？学习要和休息相结合，看书看多了对眼睛不好。"王杰细心观察后，发现德吉眼睛里有一些红血丝。

德吉一向不会轻易向别人透露心事，很多事情都深深埋藏在内心深处。对于失约的原因，说不说真实的情况，德吉犹豫着要不要说出真实情况，纠结了好一阵子，最终还是决定说实话："我猜到你叫我来就是想问昨天没有赴约的原因。昨天卓玛看到字条后回寝室大发雷霆，就差没有打我了，难听的话都说尽了，可能是她对你有意思吧，她跟我断绝了朋友关系。我心情特别不好，就去足球场转了几圈。今后，你不要再来烦我。"

王杰根本没有想到会是这个原因，特别惊讶。

"对不起，我在无意中伤害到了你，今后再不会这样了。"王杰清了清嗓子，连续喝了几口赠送的茶水，决定在这里向爱慕已久的德吉表白。

王杰充满激情的双眼始终凝视着德吉，激动地说出了心里话："你猜得没错，确实是这样的。那是因为我喜欢你，这句心里话完完全全是真诚的，并不是像某些人一样是玩弄感情，伤害彼此。我是真的喜欢你，虽然没有昂贵的礼物送给你，没有浪漫的举动送给你，没有甜言蜜语送给你，但我有一颗最真诚的心永远伴着你。我是真的喜欢你！"

"谢谢你的好意！我们现在还都是学生，未来的去向也没定，在校期间，我只想一心一意学习，没有想过其他事。谈感情的事，为时过早。"德吉并没有说真话。

大家都说，大学是爱情的摇篮、啤酒的海洋、方便面的世界。王杰在没上大学之前就听说过这种传言，那时候就有一种不能在大学期间交爱情白卷的想法。对于德吉，他确实是真心实意的，并不是为了打发时间或玩玩恋爱游戏。

"我可以等，等多久都可以。我不会影响你的学业的，虽然以前我不喜欢学习，不专心学习，但我现在变了，喜欢学习了，喜欢以你为榜样，以后还请学霸多多指教。"王杰只好这么说。

"算不上指教，共同探讨。我的爱好就是看书，所以多数时间都花在学习和看书上了。你的爱好是什么呀？"德吉想引开话题谈谈别的。

一下午，德吉和王杰聊了生活、学习、学校里发生的趣闻乐事，再没有提及关于感情的事。下午五点左右，他们才在德吉的要求下回学校。

日复一日，时间比什么都流逝得快，快得无法形容，快得让人难以置信。王杰耐不住寂寞，几次都想约德吉，可一拖再拖，拖得自己都不敢相信。这期间，在听别的同学聊天时，听说过其他班的几个男生在追求德吉，还有情书满天飞。这些传言给王杰带来了一些压力，但王杰不畏惧，勇往直前。

想来想去，王杰决定还是请德吉到舞厅跳舞比较合适，既可以近距离接触，又可以近距离说话，而且比较浪漫。

星期五，对于王杰来说，就是最吉祥的日子，也是最盼望的日子。这一天，王杰起得比哪一天都早，从头到脚用心打扮了一番，像是要做新郎的样子。

上午的课程，王杰根本没有心思听讲，人坐在教室里，心早就飞到教室外面去了，一直想着和德吉一起的浪漫场景，自个儿在心里悄悄地乐滋滋，脸上还时不时露出一点傻傻的笑容。还好，他的座位在倒数第二排，不容易被老师发现。

上午最后一节课，老师一说下课，王杰就迫不及待地转过身对德吉说："德吉，稍等一会儿，我有几个学习上的问题需要请教你。"说完，他故意慢吞吞地收拾书本和文具，在教室里只剩下几个同学时，又转过身，假装问着问题。

卓玛故意坐在座位上假装练字，心里在想："看你问问题能问多久！"

扎西也没有离开座位，自从上一次发生一些事情后，他就换了座位，单独坐在教室最左边且最后面的角落里。王杰已经感觉到了整个教室的尴尬氛围，想了想，只能假装找出很多问题，问到教室里剩下的同学因没有耐心而走出教室。其他同学如果实在不走，他再随机应变想办法。

卓玛虽然和德吉吵架了，不说话，但为了细心观察王杰的举动，并且能离王杰最近，仍然坐在自己原来的座位上，默默关注着王杰。

王杰一边注视着德吉，一边不停地"请教"问题。问题问得不少，可德吉的肚子咕噜咕噜像个定时闹钟一样不停地叫唤。德吉生活作息一贯很有规律。德吉看到王杰还没有休息的意思，就直接说："我肚子饿了，晚了食堂里打不到饭，我要去吃饭了。"

"没事，我请你吃午饭。"王杰心里当然巴不得赶不上食堂开饭的时间。

"谢谢，心意领了，我还是去食堂，外面的不好吃。"德吉抬起头望了望，这时，才发现扎西还在角落里坐着。

"那带你去吃好吃的。"王杰想尽力说服德吉去学校外面吃。

"我真的不想去，请你不要强迫我，好不好？"德吉有点不高兴。

王杰想了想，怕德吉生气，只好说："好，好，走嘛，那我们去食堂，我请客，表示对你辅导作业的谢意。"

"不用了，心意领了。"德吉边说边收拾书包，并用余光悄悄地观察着扎西的举动。

扎西想走在德吉和王杰的后面，这样才好掌握他们的去向。

一说去食堂，卓玛有些欣喜，放慢了收拾书包的速度，决定跟在扎西的后面。

食堂离教室只有二百米左右，王杰话语不断，德吉为了不让跟在后面的扎西误会，基本上保持沉默，而且和王杰保持着一定的距离。王杰却故意靠近德吉，甚至想贴着德吉，想在她耳边低声说出晚上约会的事。

他们在半路遇见同班的一对情侣。看到王杰和德吉并排走，扎西和卓玛一前一后跟过来，男同学笑嘻嘻地开玩笑说："哦哟，最近又发展了两对，我今天才知道，恭喜你们两对，祝愿你们爱情甜蜜！"

德吉被这句话说得一下就慌了，担心自己最在乎的扎西受到这句话的影响，大声解释说："你不要胡言乱语，没有的事不要造谣，再说的话我就告到老师那儿去。"

"美女，不要生气嘛，我只是开个玩笑，看把你急的。对不起，不要生气，当我没说过。"男同学见德吉生气了，只好赔礼道歉。

德吉压根没有理会，迈开大步向食堂方向走去。

王杰向那两位同学挥挥手，快步紧随德吉。

由于来得晚，食堂里人不多，他们不需要像平常一样排着长队等待很久。

德吉本想多吃一点，但食欲都被刚才那个同学的话赶走了，只买了一两面条，就找了个空位置坐了下来。

扎西虽然买饭时离德吉比王杰与德吉的距离还远一些，但扎西的心思没有在吃饭上，只买了一点点饭菜就以最快的速度坐在了德吉的对面。

王杰买完饭菜过来找德吉时，德吉周围已经坐满了人，而且扎西就坐在德吉的对面。王杰既自责又后悔，内心充满了怒火。王杰本打算就站在德吉旁边站着吃饭，以表诚意，但看到扎西，怒气充满了全身，就找空位置去了。

这对于卓玛，是一件值得高兴的事，她的目标就是不让王杰得逞。王杰找的位置对面刚好有一个空位置，卓玛笑嘻嘻地赶紧走过去坐了下来，心里甭提有多高兴了。吃多少已经不是什么重要的事情，抓住机遇才是最重要的事情。看到平时满面笑容的王杰把脸拉得很长很长，卓玛故意说："怎么，吃醋啦？"

王杰像是不认识卓玛一样，根本不理睬。

"生气对身体不好，好好吃饭。有健康的身体才有精神谈情说爱。我看出了你对她有意思，但强扭的瓜不甜，你们也不可能，据我观察，她看上的不是你，是扎西。"卓玛拿着筷子并没有吃饭，而是观察着王杰的表现。

王杰依然只顾猛往嘴里塞饭，没有吱声。

"你怎么努力都没用，我比你了解她。她并没有你想象中那么好，根本配不上你，你趁还没有深陷其中止步为好。你没听说吗？到处都在传言她作风不好，好多同学都这么说，男生最在意的是女生的作风问题，这可是大问题，你可不要成为作风不好的人的玩具。我说的都是实话，你算是班里同学中我最好的朋友，一般的同学我是不会跟他说的……"卓玛话还没有说完，王杰就像是吃了炸药似的咆哮着甩下一个"滚"字，连饭盒都没拿就冲出了食堂。

最激动的当然是扎西和德吉了。德吉一激动就脸红，从小就这样。今天她的脸显得格外红，像个熟透了的红富士苹果，那么鲜红，那么耀眼。

面对扎西，德吉一下子不知道该说什么好。

扎西的心波涛汹涌，难以平静下来，不敢直视德吉，低着头，犹如一个做错了事的孩子，看着饭盒。过了好一会儿，他才低声说："我知道他在追你，听说了你们一起去外面吃饭的事，也听说了很多人给你写情书的事，但我有一种说不出来的直觉，你不会答应他们的，是这样吗？"

"嗯。"德吉一直在等着扎西开口，她一向习惯于先等别人开口，绝不会主动先说话。

这个回答，扎西非常满意，一直板着的脸上终于有了笑意。

"那你还没有遇到有感觉的人？"扎西总是喜欢旁敲侧击。

德吉像是徘徊在人生十字路口，没有勇气立刻下定决心，保持着沉默。

但喜悦早就涌进了德吉的心里，她仿佛荡漾在幸福的春水里，想着：我该怎么说？假如错过了，以后还会有机会吗？德吉在疑惑中暂时拿不定主意，只好边吃饭边再想一想。还没有想好，突然走过来一名男同学打断了她的思路："扎西，吃完饭去打球吗？我已经约了好几个同学，现只差你了，我刚才一直在找你。"

没有等到德吉的答复，扎西以为自己的直觉是错误的，以为德吉是以沉默回答了问题，只好对男同学说："可以。现在就去，午饭我不想吃了。"

扎西心里闷得慌，只有一种忧伤的味道，想通过打球来解解闷，只有打球，才是让扎西最快乐的事情。

"那你还是先吃饭吧，我在这儿等你。"男同学就站在扎西的旁边。

扎西自顾自地拿上饭盒，看了一眼低头吃面的德吉，说："我们先走了，你慢慢吃。"

扎西突然离去，德吉的心里像是吹进了冬日里的寒风，凉了一大截。虽然面条一根一根地塞进了嘴里，但她感觉什么味道也没有，特别难吃，从来没有吃过这么难吃的面条。她坐在食堂的座椅上思索了很久：人与人之间的相遇是一件多么神奇的事，能和自己爱慕的人在一起是多么幸运，一些言情小说里刻画的爱情让人痴迷沉醉，特别幸福，真让人羡慕；现实中的爱恋，却要经历艰难跋涉。自己的爱情是否会如愿？缘分会怎么样？命运会怎么样？

王杰离开食堂，去女生宿舍楼下门口等着德吉。过了半个小时，仍不见德吉的踪影，王杰开始着急了，心里开始胡思乱想：他俩是不是去约会了？他到底是施了什么勾魂术？他们会去哪里？要等多久？

王杰越想越气，越想越恨卓玛，好事都被卓玛搞成了坏事。他整个人像个霜打了的茄子——蔫了，从不叹气的王杰不断地唉声叹气。

"既然来了，那就坚持等着吧。说不定，她很快就会回来的。"王杰这样安慰着自己。

王杰做任何事，从来不会轻易放弃，这一点遗传自阿爸的性格。当年，阿爸经过坚持不懈地努力，多番周折，才追到了王杰的阿妈，幸福地在一起了。阿爸常常教育王杰："世上无难事，只怕有心人。"

没过多久，德吉很不开心地慢慢走了过来。王杰远远地就看到了低头走过来的德吉，看到德吉是一个人，精神振奋了许多，脸上也堆满了笑，感觉到了还有希望，快步向前走去，热情地迎接德吉。

"我的心，在等待，永远在等待……"王杰为了表达自己的心情，不知道该用什么样的语言来形容，现场发挥轻声唱了这首耳熟能详的歌曲中的几句。

"今天怎么变了个花样？"德吉突然问了这么一句。

"让你开心呗，你开心，我快乐。快乐的时候都会唱歌，改天我学学最近流行的歌唱给你听。"王杰挡住了德吉的去路。

"还是唱给你自己听吧，我没兴趣。"德吉摇了摇头。

"慢慢会有的，我会改变。"王杰笑眯眯地看着德吉。

"晚上七点半到食堂二楼舞厅跳舞。我在舞厅门口等你，一定要来呀。"王杰提高嗓门说。

"我不去，我要在寝室里看书，没心情跳舞，你还是请别人去吧。"德吉确实心情不好。

"我只请你，因为只在乎你，我有好消息告诉你。不要长时间看书，对眼睛不好，要适当休息。来嘛，你不答应，那我就在这儿拉着你不走了。"王杰只能这样。

"你又强迫我。我发现你的脸皮越来越厚了，跟劫匪一样。"德吉特别不高兴。

"那我只能求你了，求求你。"王杰使了一个软硬兼施的招数。

德吉低着头，不说话。王杰见势就说："就这么定了，我不送你了，你回寝室休息，我去吃午饭了，我午饭还没吃呢。"

傍晚，王杰再次把自己打扮了一番，早早地就来到舞厅门口等着德吉的到来。

等啊，盼啊，王杰失望了：等到八点半，德吉还是没有来。最终他还是去女生宿舍楼门口的安保室呼叫了德吉，呼了几次，德吉说不想去。王杰不肯死心，又连续呼了几次，德吉依然没来。实在没法，王杰只好给管理员五十元钱，让她去宿舍把德吉叫下来。这招管用，德吉总算来了，但拉着脸，看起来特别不高兴。

"你为什么总是强迫我？"这次是德吉迫不得已地主动开口了。

"因为在乎你、爱你，这不是强迫，这是爱的表现。我一直都是爱你的，而且是真心的。缘分让我们遇见，遇见美好、遇见爱情、遇见幸福。"王杰说了一些从来没有说过的甜言蜜语，这些话是他到图书馆看杂志时学到的。

"不要提爱呀、情呀什么的，我没兴趣。我们仅仅是同学而已，再加上我们不合适，我现在不会谈的，只想着学习的事。再提的话，我就生气了，以后再也不理你了。"德吉说的是真的。

"好嘛，别生气了，我只想让你开心，不想让你生气。作为同学，请你跳舞，现在只剩一个小时左右了，没多少时间了。走嘛，算是散散心，也许那里会是个让人忘掉烦恼的地方。"王杰脸上堆满了笑容。

德吉想了想，觉得王杰说得不无道理，再加上对扎西有些莫名其妙的气愤，就跟着王杰去了。德吉确实想散散心，她没有去过舞厅，换个环境也许真的能换个心情。

昏暗的灯光、轻柔的音乐、缓慢的舞步，舞厅里充满了浪漫、甜蜜的氛围，很容易让人陷入迷人的梦幻中。进了舞厅门，付完款后，王杰就一把拉过德吉走到舞池中间人员最集中的地方慢慢地跳起交际舞，一牵德吉纤细滑嫩的手，王杰立即感觉到全身的血液都像是汹涌的浪潮在翻腾，久久不能平静，有一种想要把亲爱的德吉拥入怀抱，送上温暖一吻的冲动。王杰不爱学习，其他方面算不上样样都精通，却门门都会，比如喝酒、打牌、唱歌、跳舞等等。没事的时候，他还喜欢追剧，在影视剧里，相对喜欢情感类的，看到剧里的情侣、夫妻暧昧的举动，甚是羡慕。虽然还没有吻过女孩，但一种美好的、异样的感觉早就有了，特别是遇到德吉以后，王杰决定把初吻献给梦中情人。这是王杰盼望已久的事。

王杰沉醉在浪漫的氛围和丰富的想象里，从未有过的一种奇妙的感觉袭来。

舞会是连续播放几首歌曲才休息，德吉终于盼来了休息时间，马上走到舞池边上找了个空凳子坐了下来。不知怎么回事，德吉感到全身疲惫，不想再跳舞了，东张西望地看着别人，似乎在看有没有认识的人。她正向右边望过去，却从左边突然来了一个男生，温柔地说："美女，来，请跳舞。"

德吉一看这个男生，不认识，搪塞说："对不起，我不会。"

男生直接拉了德吉的手，说："别客气，来，我教你。我是比你高一级的，是藏族。"德吉只好慢慢移动步伐，敷衍了事。

王杰自以为安排得周密，万无一失，却没有料到会出现这样的插曲。好不容易争取来的机会，怎么会这样？王杰在心里狠狠自责，站在一边等着德吉和陌生男生跳完一曲过来休息。

结果令人失望、气愤、难过。那个陌生男生请德吉跳舞后就再没有松开德吉的手，直到舞会结束，王杰没有说上一句话。

屡遭失败的王杰火冒三丈，极度心酸。对今天舞池里突然冒出来的这个男生心生恨意，王杰始终没有猜透他是故意的还是无意的。走出舞厅门口时王杰问了一句："刚才那个男生对你说了什么？"德吉也觉得奇怪，那个男生光是跳舞不说话，也许是不认识的原因吧。德吉没有多想，王杰倒是越想越复杂，但也没有分析出什么名堂来，反而给自己增加了不少心理压力和思想负担。"什么都没说。"德吉快步走着回答。

王杰把想说的话都留在了肚子里，只能改天再找机会。王杰把德吉送到女生宿舍楼下，说了晚安后就回宿舍了。躺在床上，王杰辗转难眠，从未有过的失眠今夜降临了，他越躺越烦躁，越躺越气愤，越躺越难受，犹如忧伤洒满了全身。

第三章

一去不复返的时光总是在悄然地飞快流逝，带走了青春，带走了岁月，带走了回忆。回忆总是那么美好，王杰时常喜欢回忆，有回忆就有憧憬，美丽的憧憬总让人充满希望：希望缘分再也不要溜走，希望再次相约，希望再次遇见。王杰希望在最短的时间内能和德吉牵手。

秋天是收获的季节，总给人带来喜庆，带来诗意，带来憧憬，更带来希望。而今年的秋天，非同一般。憧憬，让王杰在遐想中信心百倍；憧憬，让王杰心中燃起希望的火苗，期待着拥有一个完美的结局。

学校附近有很多出租房，刚进大学时，王杰就听别人说过。经过几番思想斗争，王杰做出了一个连自己都感到惊讶的举动——租房。

学校里的男生、女生宿舍是分开的，学校不允许随便进异性的宿舍。个别有胆量、有经济实力、思想开放的男生为了便于谈恋爱，悄悄地在学校附近租住单间房。虽然极个别的女生和男友在出租房里同居被学校发现后退学了，但仍有一些学生情侣冒险同居。

星期一下午没有课。上午第四节课下课后，王杰迫不及待地强行拉着德吉快步走出教室，边走边说："跟我来，我有话对你说。"德吉生气了，说："你捏得我手痛，放开我！"

"对不起，是我太着急了。我中午想请你吃饭，不要说不去，必须去。"王杰越来越霸道了，思想、言语、行为都不再柔和了。

"你不要再强迫我！"软弱的德吉非常生气。

王杰越来越习惯于采取强制措施，明明知道强迫是卑鄙无耻的，但别无他法，只有这样才有成功的希望。他假装若无其事的样子说："你放心，不会的。同学之间是有友谊的嘛，一起吃顿饭有什么吗？多一个朋友就是多一条路。我们自从进大学的第一天起就是朋友，现在可算是老朋友了，不要介意。"

王杰从小受到舅舅的教育。舅舅因无法生育子女，一直把王杰当成自己的亲生儿子，关于生活上的想法都毫不保留地讲给王杰听。在舅舅的影响下，王杰比其他任何同学都显得成熟，不像一些同学一样只知道埋头苦读。

最近，王杰变成了一个非常有心机的人，这是因为爱。有的爱，是付出所有；有的爱，是默默无闻。

王杰让德吉无话可说，德吉也没有找到一个不去的合适的理由，只能任凭王杰主宰，像一只被主人牵着鼻绳走的绵羊一样温顺地跟着去。

聪明的王杰先请德吉在学校门口餐馆里吃了午饭，谈论的只是学习和生活上的话题，然后带着德吉去了出租房里。出租房里面只有一张又宽又长的双人木床和床上用具，被罩和床单都是浅红色，印有特别逼真的大红色玫瑰，看似特别浪漫。德吉在床沿坐了下来，单纯得没有一点防备意识。王杰没有立即动手，尽量找些话题聊天，让德吉的心理放松下来，待时机成熟再按计划实施行动。

王杰总是聊着过去的事情，今天像是在上回忆课，满脑子浮现的都是过去的故事，想要在德吉面前阐明自己的纯洁、专一、真诚、用心，为今后的发展做铺垫。

德吉去了一趟走廊边上的厕所，回来一进房门，就被王杰紧紧拥住，王杰如饥似渴地强行吻了德吉紧闭的双唇，德吉一下子号啕大哭起来，气得用力挣脱后狠狠地掐了几下王杰的手腕。王杰只好松手，特别气愤的德吉拿上书包往外飞奔而去，德吉飞跑的速度似乎能够赶上跑步运动员的速度。她的脑袋里一阵"嗡嗡"作响，愤怒的大火在胸中久久燃烧，脸色涨红，恨不得把王杰狠狠地揍一顿，揍得他再也动不了。

德吉不想让同宿舍的同学看到自己狼狈不堪的样子，更不想被得意扬扬的卓玛再次嘲笑，直接去了操场。操场上空无一人，万分宁静，特别适合一个人独自哭泣。德吉低头坐在观众席的台阶上，泪水、鼻涕怎么也止不住。反正四下无人，哭吧，悲吧，痛吧……

扎西早晨一醒来，精神不振，有些烦躁，坐立不安，总有一种不祥的感觉，觉得可能会有不好的事情发生。扎西在惴惴不安中度过了大半天。接下来，不知道会发生什么事情，他越猜越不安，越猜思绪越乱，越猜心情越糟糕。临近吃晚饭的时间，但他没有一点食欲，平常在这个时间点早就饿得像是几天没吃饭一样。干脆去操场转一转——扎西突然间像是有神仙指点似的有了这样一种想法。

德吉坐在操场入口处的台阶上，扎西一看到德吉，精神百倍。但德吉低着头，扎西开始担心了：不会是发生什么不好的事情了吧？

扎西没有贸然打扰德吉，沉默着在德吉身边坐了下来，过了好长时间，才低声问："怎么了？谁欺负你了？我去找他算账。"

时时刻刻暗恋的扎西坐在身旁，德吉似乎得到了安慰，极度悲痛的哭泣声减弱了许多，但还未完全恢复常态，断断续续地轻微抽泣着，不说话。

扎西依然相信自己的直觉，没再追问，但能够感觉到应该是发生了不好的事情，大胆地将日夜思念的德吉拥入怀抱，用实际行动表达了心意。没有甜言蜜语，也没有豪言壮语，更没有山盟海誓，他只是用普普通通的无言的爱温暖了德吉，距离因拥抱拉近了，呼吸因拥抱急促了，心跳因拥抱加速了。他们想让时间停止在这一刻，直到永远，分分秒秒都不分离。爱，就是这么简单，有缘分就有爱。缘分从来都是可遇不可求，有些人遇见就能住在心里，荡起一阵阵涟漪，像雕刻在石头上的玛尼一样永远无法被抹去，在美好的岁月中永恒。

甜美的陪伴，让人久久沉醉；甜蜜的时光，短暂得让人不愿离去，谁也不愿意先开口说回去。天色，已经渐渐暗淡下来，那种黄昏时分朦朦胧胧的感觉，那么迷人。德吉一直痴痴地喜欢着扎西，扎西就是她心仪已久的白马王子。这一时刻，是德吉有生以来最美好、最幸福的时刻，与心上人相依相偎，在平平淡淡的爱恋里融为一体。遇见就是最美好，有缘千里来相会。德吉一贯相信缘分，能够相遇，就心满意足。她容易满足，不会过分自私，不会只想满足自己的需求。

德吉擦掉眼泪和鼻涕，深深地叹了一口气，慢慢抬起头，半睁着红肿的眼睛，提醒扎西去吃晚饭，然后回宿舍。

扎西也沉醉在幸福里，和德吉有很高的默契度，心有灵犀一点通，用沉默表示了自己目前还不想去吃饭。

扎西第一次喜欢黄昏时这种特殊的美妙的感觉，坐在德吉身旁，嗅着德吉飘逸的长发上独特的味道，遇见了最美的白雪公主，憧憬着未来的许多美好。喜悦，占据了扎西整个身心。

过了一会儿，扎西带着德吉慢慢地在操场上散步。他们转了几圈，话语不多，似乎都在思索着什么。直到晚上九点半，他们才依依不舍地离开操场，各自回宿舍去了。十点钟关大门并熄灯，他们再不回去，就无法回宿舍了。虽然极个别同学在外租房或住宾馆，但扎西、德吉都还未开放到那个程度，加之德吉从小家教特别严格，是远近闻名的乖乖女，不可能干出一些出格的事情。

那一天，天气特别晴朗，阳光格外灿烂，犹如扎西的心情，特别美好。他们所在的城市一年四季几乎都是这样的天气，使人心情也豁然开朗。

扎西体态略胖，白净的脸上挂满了笑容，穿着一件浅灰色藏装、一双黑色藏靴，戴着深黑色大框墨镜、棕色礼帽，一副风度翩翩的样子。身旁的女人，穿着黑色印花藏装，化着淡妆，戴着一副棕色的变色太阳镜，右手撑着一把浅色的绸缎太阳伞，又黑又粗的长辫子超过臀部，气质非凡，一副典型的藏族女人的模样。这个女人不停地向过往车辆招着手。今天比往常打车难，人们成群结队地去膜拜唐卡上的大佛、观看藏戏表演，过一年一度的比藏历新年还要热闹的"雪顿节"。

"雪顿"，在藏语里是喝酸奶的意思。"雪顿节"又叫"藏戏节""展佛节"，是这个地方所有节日里比较隆重、节目内容比较丰富的节日之一。

扎西和那个女人坐的士到达目的地，观看藏戏的场地周围人山人海，水泄不通，只能站在远处聆听藏戏表演者的说唱声。

王杰没有因为此次事件而泄气，而是加倍努力，依然充满激情，特别热情，似乎有一种"不达目的，决不罢休"的信念。

德吉却被气得第二天请了一天病假，从未请过假的德吉去图书馆里待了整整一天，想通过看书来消消气，减少伤感。

德吉一到教室，就跟别的女同学换了座位，离王杰远一些，离扎西近一些。一到下课时间，她就走出教室，假装上厕所。

这一招不管用，王杰直接等在女厕所门口，找一些话题聊天。德吉根本不理睬，王杰却为爱痴、为爱狂，像一个疯子一样自言自语，笑颜常开，半真半假地"装疯卖傻"。有时候他故意在半路撞击德吉，结果适得其反，德吉越来越反感，越来越讨厌，越来越气愤。

有一天，在很多同学在场的时候，德吉冒出这样的话语："王杰，请你自重，你再欺负我，我就去报警！"

从此，王杰虽然有了一点收敛，但仍在想尽办法接近德吉。

接近德吉，是从接近德吉的新同桌措姆开始的。他有的时候给措姆买零食，有的时候请措姆吃小吃。措姆要求越来越高，"贿赂"措姆还真不容易，想要得到德吉更不容易！王杰明明知道德吉看上的是谁，但野心和往事促使王杰非得要和扎西争夺，而且必须赢。赢，哪有那么容易？不仅要有机遇和缘分，还要付出代价。特别是追求德吉这种女生，更是难上加难。但再难，王杰也愿意为之付出一切代价！

德吉进校没多久，就被老师选入系舞蹈队，队员都是俊男靓女，长相、气质、身材都很好。而且舞蹈队经常要练习，聚集的时间越来越多，德吉的芳姿、丽影、笑靥深深地刻在了某些男生的心里，让他们的心湖再也无法平静。有的，深深埋在心底，只是默默关注；有的，不愿埋在心底，勇敢表达爱意；有的，做事不果断，犹豫不决。人生中，相遇最美。

德吉一心只想着学习，根本没有兴趣——细看那些大同小异的情书,有的甚至根本就没有打开过就直接扔进了垃圾桶里。她没有兴趣赴约，拒绝了所有的邀请；没有兴趣欣赏玫瑰和礼物，当作没有看见。

王杰似乎听到了一些风声，再加上卓玛有时候夸大其词的宣传，压力越来越大，争强好胜的王杰对自己说：只许胜，不许败！

所有学生都盼望暑假早日来到。讨好措姆的王杰莫名其妙地特别着急，在临近期末考试的时候，酝酿了许久，谋划了策略，还演练了好几遍，有一种"万事俱备，只欠东风"的架势。

措姆和德吉不在一个宿舍，但最近对德吉越来越热情了，以前不怎么搭理德吉的措姆，像是被施了魔法一样，简直变了个人。她过于主动，过于热情，过于贴近，德吉有时候都不敢相信这是措姆。她有事没事都爱往德吉所在的宿舍里去，连一颗糖也要和德吉分着吃，还喜欢没话找话说。单纯的德吉虽然看在眼里，但没说什么，也没有放在心里。德吉从来没有过复杂的心思、盘算的心机，纯洁到有时候被蒙在鼓里都不知道，像一个儿童一样天真烂漫，别人说的话基本上都毫不怀疑地相信。

这一天的天气，异常闷热。德吉特别怕热，一热就头痛。这段时间，德吉的心情莫名其妙地沉闷，说不出来的一种滋味在心里慢慢生长。特别是油嘴滑舌的措姆在身旁的时候，尤为明显。

德吉准备去图书馆时，措姆突然闯进了宿舍，打扮得花枝招展，长长的脸上，堆满了笑容，门牙左右两侧的两颗长长的龅牙露在外面，看上去一副凶相。

"嗨，亲爱的美女，在忙吗？"措姆的嘴巴越来越甜了。

"不忙，准备去图书馆看书。"德吉一贯说实话。

"不要整天看书，对眼睛、颈椎都不好，久坐不利于健康。今天就别去看书了，我准备去亲戚家里吃饭，你基本上不出校门嘛。所以，我带你出去转转。"措姆边说边开始拉德吉的手。

"谢谢你！我不去，去陌生人家里我害羞。再加上我晕车，不想坐车，也不想出去，我只想去看书。"德吉用力甩开措姆的手。

"我亲戚是位老奶奶，家里只有她一个人。走嘛，不会耽误太久，如果无聊的话我们就早点回来。奶奶家离学校不远，走嘛，我们两个自从成为同桌以后，就升格为姐妹了，比亲姐妹还要亲。路上我一个人，没说话的对象，没有你的陪伴好无聊。走，就这么说定了。"措姆边走边把德吉强行往门外拉。

迫不得已，德吉只能服从。一路上，措姆假装聊着各种各样的话题，说个不停，一会儿介绍"奶奶"所住的小区和房子，一会儿介绍这座城市的美食、建筑，像是相声演员在锻炼口才一样，说得不停歇。

德吉没有心思听措姆的"演说"。本来就对措姆的强迫不满，加上站在拥挤的公交车中部位置，晕车严重，头痛欲裂，她后悔没有坚定地拒绝措姆的要求。"奶奶"家离学校确实不远，但在德吉看来，走了很久很久。

刚下公交车，德吉感觉都快站不稳了，想要回去。她在公交车站的椅子上坐了一会儿，正准备开口，却被措姆抢先了："怎么了？哪里不舒服？脸色都变了，你要不要去医院？"

"我晕车……"德吉低着头。

德吉话还没说完，就被措姆打断了："那没事，休息一会儿就到了。走，我扶你，小区不大，很快就到了。"

措姆像扶着一个高龄重病的老奶奶一样扶着德吉缓慢走向小区。

到了"奶奶"家门口，措姆故意用力敲了敲门，没有回应，便拿出钥匙开门后把德吉扶到客厅沙发上躺下了。措姆假装嘘寒问暖，在德吉身旁坐了一会儿。见德吉气色比刚才稍微好了一点，她站起来大声说："德吉，奶奶不在家，我去门口买菜，你想吃什么？我给你做。你先休息一会儿，我很快就回来。"

"我什么都不想吃。"德吉的声音特别低沉，像个病入膏肓的老人一样，闭上眼睛静静地躺着，等待措姆回来。

等啊，等啊，等来的不是措姆，而是一个男人。他笑眯眯地向德吉走来，狡诈的脸上露出阴险的坏笑："嗨，亲爱的，晕车好些了吗？但愿没有什么问题，不然，好多男人为你担心。特别是我，时时刻刻在想你，分分秒秒在念你，没有你，我活着没有什么意义。我的生命就是为你而生，我的爱情就是为你而生，我的一切都是为你而生，这世界上，最爱你的人是我。"王杰像个饿狼一样瞬间扑到德吉身上，再一次凶猛地强吻德吉，并用右手解开德吉上衣的纽扣，却突然间"啊"的一声尖叫起来。原来德吉气急之下狠狠地咬了一下王杰的舌头，王杰这才松手，但依然紧紧压着德吉。

瘦弱的德吉不知道从哪里来的一股神奇的力量，一下子推开王杰，痛哭着离开了这个像地狱一样的地方。

又一次失败，王杰瘫坐在沙发上，舌尖刺痛，感觉到被咬伤了。落得这个下场，他气得直打哆嗦，没一会儿就离开了事败的地方。

人海茫茫，人与人之间能够相遇、相知、相爱，是必然，也是偶然，冥冥之中，有一种说法叫缘分。缘分，确实是个奇妙无比的东西，认识一个人靠缘分，了解一个人靠耐心，征服一个人靠智慧。自认为聪明的王杰仍然未能征服德吉，难以征服心灵，更难以征服躯体。既然我得不到你的心，那我要得到你的身。王杰曾多次这样下定决心，鼓励自己。为了心中的爱，他愿意付出一切。但他屡遭失败，暂时有些气馁，时间会冲淡一切。

第四章

　　临近期末考试，往常专注于学习的德吉没有心思复习，也没有心思参加考试。恶魔一样的王杰在她心中留下的伤口难以愈合，从未有过的悲痛始终留在德吉心头，她吃不香、睡不甜、学不好。期末考试成绩排名一下子从前几名下滑到了中等。这个假期，德吉无脸面对父母，明显消瘦了。

　　王杰把所有心思和精力都花在征服德吉这件事上，绞尽了脑汁，想尽了办法，最终，他还是决定用自认为最好的办法。

　　暑假里，因为天气过于炎热，同学们都回家乡了。王杰认为，这就是上天给予的最好的机遇，机不可失，失不再来。王杰告诫自己：必须成功！

　　夏季，是草原最美的季节，这个季节，有一种特殊的魅力，能愉悦精神。

　　家乡的夏天，静谧、秀丽、多姿、美不胜收。当时光的脚步走进七八月时，全国大多数地区早已炎热难耐。而在草原，天高云淡，鸟语花香，空气清新，最高温度不超过二十五摄氏度，酷暑和炎热与这里无缘。清晨和傍晚有些凉意，漫步在草原，会让人心旷神怡、神采飞扬，更能洗涤心灵。

回到家乡，同学们的心情好转了许多，王杰的心情跟草原上成双成对高声欢唱的鸟儿一样，欣喜若狂。

王杰的家乡离德吉的家乡有几百公里路程，为了尽快到达，王杰对父母说去男同学家，花高价租了一辆出租车，以最快的速度赶到了德吉的家乡。精心策划的计划将于今天落实，王杰激动不已。已经十几天没见过德吉，他总是想象着见面后的场景，像是几十年没见德吉一样，兴奋得难以自控。

王杰以前从来没有来过这个地方，也从未想过会到这个地方。这里虽然陌生，但有爱恋的人，他并没有感觉到生疏，再加上地方不大，很快就找到了德吉的家。

德吉的家在县城郊区，不是当下盛行的普通住宅楼，而是一处独特的藏式独院住宅，看起来很大。王杰在门口望了一会儿，才敲了敲门。几声犬吠之后，一个中年男人微笑着开了门，一看是陌生人，收起笑容问："你找谁？"

"叔叔好，我是德吉的男朋友，叫王杰，我是来看望你们的，德吉在家吧？"王杰边说边把左手提着的手提袋故意换到右手，暗示带来了礼品。

一听"男朋友"这三个字，德吉阿爸特别不高兴，思想观念陈旧、特别霸道的阿爸没有想到德吉竟会干出这样"丢人"的事。满腔怒火熊熊燃烧，突然间，头晕目眩，他气得一下子说不出话来。

"我们谈了很久了，应该来拜访二位……"王杰背诵着来这里之前准备的台词。

"你是谁？"这时，一位瘦削的穿着一身脏分分的藏装的矮个子驼背中年女人也出来了。

"应该是德吉的阿妈，长得很像。"王杰想。

"阿姨好！我是德吉的男朋友，叫王杰。我和德吉已经谈了很久了，这次是专门来拜访二位的，带了一点家乡的特产，表示一点心意。"王杰看德吉的父母都没有让他进门的意思，故意又说，"我是外县来的，今天包车过来，觉得没有想象中那么远，可能是急着见二位吧，也不觉得累。很高兴能见到二位，德吉在家吧？"

一听这句话，一向热情好客而又心软的德吉阿妈慈祥地说："外县赶来的，肯定累，进屋休息。"

德吉的阿爸却愤怒得咬牙切齿，转过头，瞪着德吉的阿妈，狠狠地从大大的嘴巴里甩出一句话："明天就让她回来，我要打死她，干出这么不要脸的事，让我怎么活？都怪你！"然后，他大步冲出了家门。

德吉的阿妈眼含泪花，尽量忍住。自从嫁给德吉阿爸以后，吵吵闹闹的日子已是家常便饭，在德吉姥姥的劝说下，她一直是一忍再忍，如果换作其他女人，可能早就离婚了。母女俩一直在担惊受怕中度日，失眠的日子自然而然越来越多。

王杰以为德吉阿爸是假装生气，并没有在意，只是看到德吉阿妈身体瘦弱、精神萎靡，一副病态，就有话直说了："阿姨，您不舒服吗？我送您去医院。"

"不用了，谢谢你的好意。来，快进来休息一会儿，我们刚吃过午饭，我去给你准备午饭。"德吉阿妈的声音哽咽。

"好，我没吃午饭，就不客气了。德吉去哪儿了？"王杰始终没有看到德吉的身影。

"坐下来慢慢聊。德吉去乡下她姥姥家了，过几天才回来。"德吉的阿妈转过身用衣袖擦了擦眼泪。

王杰进门后把手提包硬塞给了德吉的阿妈，说是家乡的特产贝母，略表心意，要她必须收下。

王杰坐在客厅里边喝茶边看电视，眼睛在东张西望，心里想的却是德吉。他有一种莫名其妙的感觉，感觉德吉婀娜多姿的身影就在眼前晃动。

心动的爱，刻骨铭心。遇见心动的爱，为此痴迷，为此疯狂。王杰这辈子最疯狂的事情，就是爱上了德吉，最大的希望就是有德吉陪着过一辈子。

动作麻利的德吉阿妈在厨房很快就做好了午饭，为了快捷，做的是牛肉面，端到客厅放在了王杰面前。德吉的阿妈做面条时一直在想着一个问题："怎么会突然冒出来一个'男朋友'？凭着我对女儿的了解，觉得她是不可能有男朋友的，这是怎么回事？"

德吉阿妈坐在王杰斜对面，仔细观察了王杰，对王杰的第一印象就是他身上似乎透露出狡猾、不诚实。

待王杰吃完面条，抛砖引玉似的慢慢聊起了德吉及大学校园生活。王杰为达到目的，始终没有说出实情。

德吉阿妈仍然不相信王杰说的是真的。

他们一边看电视，一边聊着天。过了很久，王杰仍然没有离开的意思。德吉的阿妈害怕丈夫回来看到王杰还在，会将他暴打一顿，只能直话直说："你包了车，今天不回去吗？"

"我要等德吉回来，几天没见，我有好多话跟她说，特别想见她一面，我就在家里等她。需要干什么活儿，您给我安排就行了，都是一家人，别客气。"王杰的语气里充满了强硬的味道。但他心里在想："为什么他们一家人都不欢迎我？我有那么令人讨厌吗？我偏要留在这里。"

"你留在这里，德吉她爸会被气疯的，我和女儿也不会有好日子过。再加上德吉几天都不会回来的，你谅解一下。你们现在还是学生，应该专心学习，不应该做丢人的事。你最好还是赶紧回去，德吉回来以后我会好好教育她。"德吉的阿妈在尽最大努力劝说王杰。

王杰却很有理由的样子说："在学校里谈恋爱很正常，大学校园里到处都是成双成对的恋人。你们思想还没有解放，那只是你们上一代人的想法，现在时代不一样了，连初中学生都在谈恋爱呢，何况我们都快大学毕业了，早就是成年人了。叔叔那儿，他回来后我向他解释，不会有问题。"

德吉的阿妈再没有找到合适的理由，只能假装看电视。德吉的阿妈没有工作，不用去上班，只是偶尔到建筑工地打小工，这段时间因身体不舒服，就在家休息。她边干家务活儿，边想能够说服王杰的理由，时间一分一秒地过去了。挂在客厅电视柜正上方墙上的正方形塑料钟表的嘀嗒嘀嗒声似乎越来越大。她想了很久，还是未能想到更有说服力的理由。

眼看快到下午下班时间了，德吉的阿妈慌张起来，已经知道了结局："一场本不该发生的悲剧又要发生了，也许，命运注定我这辈子只能过着悲惨的生活！"

果不其然，正如德吉的阿妈预料的一样，怒火还未完全熄灭的德吉的阿爸，下午下班回家一进客厅门，一眼就看见王杰还没走，胸中的愤怒火上浇油，边咆哮边顺手拿起放在门口的拖把向王杰冲过去。

王杰立即站起身飞速向门外跑去，这时，才意识到德吉的阿爸是真的生气了。德吉的阿爸反过身，把拖把打向措手不及的妻子。德吉阿妈未来得及躲避，背部被击中，本就因骨质增生而疼痛的后背更疼得难以忍受。她号啕大哭起来，趁第二下还未打到之机，以最快的速度逃出客厅，跑到厨房里把自己反锁在里面。德吉阿爸还在客厅里辱骂："都怪你，生了这么个不要脸的东西。生女招祸，如果当初你生个男的就不会发生这么多不该发生的事。总有一天，我会打死你们。"

王杰根本没有想到，德吉的阿爸是个超级霸道的家长，也根本没有料到，会是这样的结局。他逃走后，躺在宾馆的双人床上，东想西想，觉得德吉的阿爸确实非常令人害怕，但思虑许久，还是决心不放弃。他认为，德吉的阿爸接受自己只是时间问题而已，如果以后和德吉成婚了，大不了不跟他们一起住，就算没有房子住，也可以在外面租房单独住。

第二天，恰好是周末。德吉的阿爸决定去乡下把德吉强行接回来，审问到底。她不专心学习，尽干些丢人的丑事，他一定要狠狠地教育，必须让她认错并及时改正。

德吉的阿爸是坐客车去的乡下，一个小时就到了村里，村子不大，没走多久刚好遇见德吉的姥爷到村口倒垃圾。德吉的姥爷一脸惊讶问道："怎么搞突然袭击？有什么急事？"

"带那个不要脸的寡妇回去。"德吉的阿爸看起来怒火中烧。

"哪个寡妇？"德吉的姥爷心里猜测着所谓的"寡妇"是谁。突然，他脑子开窍似的猜到可能是指德吉，同时也猜到可能是发生了什么突发事件，听语气，应该是一件非常糟糕的事。

"不是要住十几天吗？怎么突然要带走？"姥爷最心疼德吉，不希望她那么快回去。

"有事。"德吉的阿爸像是去赶集一样疾步向前走去。

一进大门，德吉的阿爸就连续吼叫起来："德吉，出来。德吉，出来！"

正在二楼上看小说的德吉，以最快的速度跑了下来，由于紧张，在楼梯上一不小心扭了脚，疼得德吉眼冒泪花。到院子里远远地看见阿爸气势汹汹的样子，她预感到自己又要挨揍了，顿时恐惧感袭来，害怕得不敢跟阿爸说话。

"你这个臭不要脸的，不好好学习，跟着男人跑！"德吉阿爸的辱骂惊动了所有姥姥家的人，他们都从屋里走到了院子里，但大家都不敢说话。

德吉和其他所有人都感到莫名其妙，奇怪德吉阿爸为什么骂得这么难听。德吉愤怒到了极点，气得泣不成声，头晕眼花，一下子瘫在地上。

这时，姥爷回到了自家院子里，只有姥爷敢跟德吉的阿爸说话："你怎么能这样？我去村里找车，赶紧送医院。"

姥姥、舅舅、舅母把德吉包围起来，一边安慰，一边问她怎么样了。

本来就心情不好的德吉伤心得只想让阿爸把她打死算了，只是摇头，不说话。

按照姥姥的吩咐，舅舅慢慢把德吉背回一楼卧室躺下，关上了房门，以免她遭暴打。

姥姥让德吉阿爸进屋喝茶，德吉阿爸并没有理会，坐在了院子里姥姥平常晒太阳的时候坐的木椅上。

今天是个阳光灿烂的日子，本该高高兴兴的一家人都板着脸，谁都不敢说话。德吉阿爸向来就这样，暴躁、霸道、强势、猖狂，张口就骂人、抬手就打人，家人和亲戚都习以为常了。天生的脾气，加上后天的因素，让他变本加厉，越来越嚣张，极似一个报复心极强的恶鬼。有人说他是天生的；也有人说，他的脾气跟职业有关；还有人说，他的脾气跟心态有关。世界上的人，是有情绪的高级动物，并不是机器人，难免有时候情绪过激、愤怒过极，姥姥和家人都以沉默表示原谅。

德吉满肚子委屈，阿爸无缘无故地把人伤害得这么深，她越哭越伤心。再加上这么难听的话语，更让她悲痛欲绝。

姥爷很快就回来了，找了一辆小面包车，车就停在大门口。"儿子，把德吉抱出来，车子来了，等我几分钟，我也要去。"姥爷不放心，担心德吉阿爸又会像火山喷发一样暴怒，决定一起去离村不远的县医院。

尽管脚还是在疼，德吉还是坚持要自己慢慢走过去坐车。姥爷让德吉坐在了前面，自己和阿爸坐在后排，谁都不说话。

平时开朗活泼的司机见势不妙，改变了常态，保持着沉默，装作在一心一意开车。

到医院，已经是下午时分了，大家都没有吃饭，也没有胃口吃饭，谁也不想提吃午饭的事。为了让忐忑的心平静下来，德吉的姥爷扶着德吉做了检查，德吉的阿爸则在医院门口休息。

下午，医院里人不多，没过多久就检查完了。还好，德吉的伤不严重，只需在脚踝肿胀处涂药，再口服几天药就可以了。结果一出，姥爷脸上终于露出了笑容，还轻轻地在德吉的额头上亲了一下说："到门口一起吃饭，吃完饭我们就可以回去了。再不要哭了，哭泣的女孩不好看。"姥爷的心情瞬间好了许多，微笑着叫德吉的阿爸一起去门口吃饭，似乎已经忘记了前面发生的事情。司机说吃过饭了，怎么请也请不动。

医院门口的小吃店特别多，姥爷选了一家川菜馆，扶着德吉在中间的位置坐了下来，阿爸去上洗手间了。她刚坐下，一个熟悉的身影就出现在眼前。

"德吉，吃饭呐？脚怎么了，让老人扶着？"这个男人含情脉脉地凝视着德吉。

"格桑老师，您怎么在这儿？"德吉礼貌地站了起来。

"原来是老师呀，请坐，一起吃饭。我是德吉的姥爷，她爸马上就来了。"姥爷一听到"老师"两个字，立即站起来给老师递茶水。

"很有缘分，我们总能偶然遇见。你的脚怎么啦？"格桑老师在德吉旁边的椅子上坐了下来。

德吉的阿爸刚到餐馆门口，没有完全熄灭的怒火又被添了一把柴，燃烧得更旺了："你怎么跟一个男的坐在一起？你不要脸，我还要脸，你这是在跟我作对，我非打死你不可。就该在你一生下来时就掐死！"

德吉压不住心中积累的愤怒，大声说："这是老师！"

"你这狼心狗肺的东西，还敢顶撞我，你是想把我活活气死，不要脸的恶魔！"德吉阿爸不管周围人的围观，破口大骂起来。

德吉的姥爷在格桑老师面前羞红了脸，立即到门口叫了一辆的士车，强行让德吉的阿爸上车回家，并付了车费。

德吉又一次涕泗横流，格桑老师一下子吓得不知道该怎么安慰。他看在眼里，痛在心里，难受极了，只好低着头，假装看着杯子里的茶水。

姥爷在德吉对面坐了下来，把菜单递给了格桑老师："老师，点菜，多点一些喜欢吃的菜。"

"还是您点，我这会儿不饿，不怎么想吃，平常就这样，饿了才吃。"格桑老师把菜单推到了姥爷面前。

姥爷看着菜单，没有安慰还在哭泣的德吉，越安慰越伤心，最好还是什么都别说，慢慢地她自然会有好转。

"德吉的脚没有什么大碍吧？我看她精神不振，是怎么啦？"格桑老师特别担心德吉。

"她不小心扭了脚，刚去医院检查了，吃几天药就好了。老师去医院探望病人了吗？您家人病了吗？怎么样了？"姥爷看了几眼格桑老师后，看着菜单问道。

"不是，我只是路过这里，看见德吉在这儿，就进来了。"格桑老师没有说实话。

"老师是个好职业，桃李满天下，到处都有您的学生吧？您是德吉初中老师还是高中老师？"姥爷聊着天，消了一些气。

"我是德吉初中时候的体育老师。你们俩坐一会儿，我去给德吉买湿巾擦擦眼泪。"格桑老师其实是找借口出去透透气。

德吉没有一点食欲，姥爷自个儿津津有味地吃着，点的菜有德吉最喜欢的回锅肉、青椒肉丝、土豆丝和三鲜汤。姥爷偶尔给德吉夹些菜，但德吉实在是咽不下去。但她怕姥爷会担心，就往嘴里硬塞着菜。

他们快要吃完的时候，格桑老师才拿着一小包湿巾缓慢地走了进来。

"老师，快吃菜，再不来就要被我们俩吃光了。来，看看菜单，喜欢吃什么就点。"德吉姥爷边吃边看了几眼格桑老师，从老师的神情看出似乎他对德吉有种特殊的感情，心里在想："女婿怒不可遏会不会是因为他？可德吉不是那种人。"

"谢谢！我这会儿不想吃，跟你们坐一会儿，我就得走了，还有事。你们吃好。"格桑老师轻轻地把湿巾放在了低头吃饭的德吉面前，依然坐在德吉左边。

能够见到德吉，格桑老师已经很满足了，他精神愉悦了，心情欣喜了，唯一担心的是德吉的身体健康问题。她不仅脚受伤，而且看上去憔悴了许多，精神不振，闷闷不乐的样子，肯定是发生了什么事情。但在老人面前，他不好多问。

"现在是假期嘛，工作不忙，老师空了到乡下家里坐，那边的风景跟这边不一样，而且近，一个小时就到了，在路边搭车很方便。"德吉姥爷向来热情好客。

"谢谢！最近身体不舒服，以后空了一定去。"格桑老师说得很客气。

德吉姥爷饭量大，胃口好，还没有吃完。

德吉终于抬起头，用纸巾擦完嘴，略微转过头，看了格桑老师一眼。格桑老师比之前见面的时候显得更加苍老了，比实际年龄老好多，跟初中见到的时候大变了模样，而且消瘦，看上去像个退休多年的老人。

"时间过得真快，转眼间，德吉快要大学毕业了。恭喜你了，离参加工作的时间不远了。岁月不饶人，我们这些老师虽然老了，但看到学生有出息，特别高兴，不在乎自己老去。"格桑老师强装笑颜。

"谢谢老师！您多保重！"德吉的想法都简短地表达在了这句话里。

"你也要保重，不然，关心你的人都会担心。学习时不要太累了，身体健康会受到影响，要劳逸结合，学会适当休息。等到你大学毕业，我们师生聚一聚，你们初中毕业以后咱们从来没有聚过，想念你们呐。还好，今天路过这里，遇见了你，初中毕业那么久了，很少见到其他学生。"格桑老师说得有点哽咽，有些话到嘴边却没有说出口，端起茶杯喝了一口茶水，以此掩饰激动。

格桑老师慢慢站起来，找了个借口说："我有事，先走了，你们慢慢吃。"

"老师，请慢走。"德吉礼貌地回应了一句，并站了起来，以表尊敬。

德吉姥爷放下碗筷，抹了抹嘴，站起来说："老师，慢走。空了一定要来乡下。"

格桑老师依依不舍地再次看了几眼德吉，然后快速离去。

"姥爷，我们回去吧，司机等久了不好。"德吉心情不好，只想回去躺着。

"好，你先上车，我结完账马上来。"姥爷看出了孙女的不愉快。

德吉立即上了车。坐在车上，德吉紧闭双眼，静静地坐着，像个闭目养神的人，内心世界却充满了忧伤。

姥爷和司机都是开朗、话多的人，一路上聊着东南西北各种话题，很快就到家了。

德吉的阿爸在回家路上依然暴怒，一进大门就大吼大叫起来："臭不要脸的，快出来，生出这么一个女儿！"

德吉的阿爸一贯这样，不分青红皂白，而且骂人的语句都是全世界最难听、最刺激人的恶言恶语。他总是轻易相信别人的话语，却从来不相信家人。这是不断引起家庭战争的导火索之一。

德吉阿妈昨天的疼痛还没消，吃完饭，就在自个儿卧室里休息，一边摇着金黄色的转经筒，一边口念祈祷平安无事的经文。她一听到丈夫的吼叫声，就立即把卧室门反锁了，直到德吉阿爸晚上去卧室睡觉。

随着德吉日渐成熟，难免吸引一些爱慕者，闲言碎语一传十，十传百，并且在流传过程中被加工了不少，宛如狂风迅速吹到了德吉阿爸的耳朵里。他怨愤的日子越来越多了，无尽头。

过了十几天，德吉阿妈身上的疼痛才有所缓解，但心理上的疼痛永远都无法消除。不管怎么样，德吉的阿妈把所有的苦难都深深地埋在了心底，长期恶性循环，已无法安慰自己，神经高度紧张，整日以泪洗面、忧郁缠心。

最近，德吉阿妈特别想念女儿，想念父母，想念乡下，儿时的欢快生活像影片一样浮现在脑海里。中老年，是喜欢回忆的年龄段，德吉的阿妈近期把时光倒回到了无忧无虑、快乐无比的儿时的幸福日子。

童年，是一生中最难忘的日子，尤其是家乡的夏天。但一切都回不去了，美好的回忆只能珍藏在心底；留在内心深处的只有根深蒂固的悲伤，只能忍辱负重前行。

这天一大早，德吉的阿妈心惊胆战地向丈夫请了假，匆匆吃完早饭后，坐客车回乡下去了。

在乡下的日子里，家人明白了事情的真相。家人都说，信佛之人，慈善为重，对王杰的做法并没有计较，更没有放在心上，像是什么事都没有发生一样。

快乐的日子总是短暂的，离开学的日子越来越近，德吉再也不想见到罪孽深重的王杰：万一他继续恶作剧的话怎么办？德吉为这事发愁，想了几天也没有想出好办法，迫不得已，只能请教阿妈。

阿妈不是女人中的情场高手，她纯朴、善良、忠实，没有太多情感经验，绞尽脑汁，根据德吉说出的实情，想了一个自认为特别好的办法。

乡下像是人们常说的梦中的香巴拉，是一个忘记忧愁、忘记痛苦的绝佳场所。德吉和阿妈的身体、心情都好转了许多。经过一段时间的休憩，德吉去上学了，阿妈回到了充满火药味的家。

回到学校，见到扎西，德吉受伤的心得到了一些安慰，在平平静静的日子里努力学习各种文化知识，特别对于自己喜欢的文学，更是加倍刻苦，课余时间都花在图书馆里。

特别有规律的日子，日复一日，在无意间悄悄滑过，没有烦扰的几十天，很快就过去了。德吉的内心渐渐轻松起来，以为王杰已经彻底死心，放弃了行动，再也不会发生令人气恼的事情了。

中秋佳节，花好月圆。恰逢周末，适合聚会。班委们特意选择这样的日子在教室里举办联谊会，似乎蕴含特殊的意义。这晚的月光，比平常更加皎洁，像是特意营造浪漫的氛围。这样的时刻，有心人盼望已久。

平常上课的教室，经过班委们一番精心装扮，极似一个浪漫、唯美的舞池，布置得比学校的舞厅还好。同学们陆陆续续走进教室后都对环境赞叹不已，默认是班委们的杰作，没人过问是谁设计的。

德吉和新同桌卓嘎缓缓地走进教室时，班长刚好在门口站着，一看到德吉和卓嘎晚来，就风趣地说："你俩打扮了那么久呀，只差你俩了，我们都等了好久了。"

卓嘎本身骨子里有一种傲气，一听这话，更加傲气了："难道我和德吉不值得等？等几分钟算什么，有些人要等一辈子呢。"

说是联谊会，实际上是舞会，为了让全班同学都舞动起来，组织者专门把所有桌椅都架了起来。没有椅子坐，就算休息也只能站着。全场只有音乐播放员可以在椅子上坐着。

卓嘎就地和德吉随着音量极低的轻音乐缓缓地挪动着步伐，音乐播放员见势就把音乐声调大了许多，舞会算是正式开始。

王杰假装和一名男同学在跳舞，视线却始终没有离开德吉的身影。扎西独自站在墙角，看似在想什么事情，暗地里也在悄悄地观察着德吉的一举一动，看见她在跟着女同学跳舞，扎西忐忑的心踏实了。

一看到德吉，扎西总是喜欢走神，痴迷在使他神魂颠倒的想象世界里。

一个小时，对于有些人来说，过于短暂，对于另一些人来说，过于漫长。音乐声一停，王杰飞速冲到德吉面前，拉着德吉的手用最响亮的声音深情表白："德吉，我爱你！爱你已经一千多天，还要爱你一万年！我是世界上最爱你的男人，请你做我的女朋友。"平常被王杰买通了的男生都在这时大叫起来："答应他！答应他！答应他！"

站在角落里的扎西被气得满脸通红，像一头被激怒的西班牙斗牛，无法控制的愤怒在心里翻腾。他往王杰脸上吐了一口唾沫，然后，飞奔离开了教室。

王杰像中了邪一样，瞬间倒在地上。

教室里开开心心的同学们一下子被这突发事件震惊了，甚至慌乱，有的女同学被吓得尖叫，有的跑出了教室。班长比其他同学稍稍沉着，立即安排两名同学去住在校区教工宿舍的班主任家里汇报。几个高壮的男同学把倒在地上的王杰抬出校门，送往医院，剩下的同学打扫卫生。

德吉原本平静的心在一秒钟内就提到了嗓子眼儿，心跳加速，根本不敢往后想。她非常非常非常憎恨王杰，特别特别特别担心扎西，此时的心情，无法用言语来形容。她低着头，趁同学在打扫教室卫生的时候，快步离开回宿舍去了。

王杰心脏病突发，幸好抢救及时，脱离了生命危险，需要住院治疗几十天。班主任通知了王杰家人。平日里性情温善的王杰阿爸，一听到这消息，气得直打哆嗦，下定决心要"算账"。

这次行动，扎西特别解恨。他知道自己惹了祸，未来的日子还是个未知数，可并没有为此而担忧。

心中有爱，就有力量，也有希望。

几十个在医院里的日日夜夜，王杰并没有感觉到漫长。经历了这么多的坎坷，他还是没有放弃，始终坚持，一心只想得到梦寐以求的爱。

班主任调查到王杰本身有心脏病，只是因受到刺激才犯病了，不能完全责怪扎西，但扎西负有一定的责任，所以极力劝告扎西和王杰私了。老师的劝告，学生们基本上会听从。可王杰的阿爸怎么劝也不听，临出院的时候，向校领导报告了此事。

没过几天，德吉就看不到扎西了，听说他从此不上学了，不知道是什么原因。

那一天来得特别快，德吉根本没有想到扎西会这样。她心里难受极了，但无能为力，只能在心中默默祈祷他在今后的日子里万事都如意。

扎西离开学校的那一天，细雨绵绵，正如他此时的心境。宿舍里的东西，他什么都没有带走，也没有向德吉告别，怕控制不住自己，让彼此都伤心。

德吉也是怕控制不住自己，在同学面前装出一副若无其事的样子。她心里却明白，也许往后再也见不到扎西了，更别说相爱。

这是德吉有生以来最痛苦的一天，她心如刀绞。

之后的日子，德吉奋力学习，以弥补扎西的离去带来的孤独感、失落感。写作水平不差的德吉开始每天坚持手写日记，把所有的心情都用文字表达出来，时常在日记里对心中的白马王子诉说着校园生活。

王杰康复出院后，没有按照医生吩咐在家休息一段时间，而是迫不及待回到学校，对德吉比以往更加热情，充满了不竭的激情。没有了最强的对手，他似乎信心更足了，在同学们异样的眼光里昂首挺胸，不在意这些。当初班长答应不告诉任何人，出事那天的舞会是王杰为了追求德吉精心策划的，后来却在喝醉酒后和同学聊天时说漏了嘴。

班长也喜欢德吉。他属于慢热型，但特别在乎德吉，又羞于表白，向来自卑。他长相一般、身材一般、口才一般，一直把秘密藏在内心深处。他在上高中最后一学期的时候，暗恋过别班的一个长相普通的女生，但未曾表白，只能成为回忆的片段。班长输给了自己，输给了胆怯。

消息好像长了一双奇特的翅膀，很快在校园里传开了。

德吉成了女生关注的焦点、男生仰慕的名人。

变化最大的是舞蹈队里以前追求德吉的那名男生——多吉，鲜花、礼物、情书，他都常托和德吉同宿舍的女同学送去，还多次约德吉吃饭或看电影。但德吉对任何男生的追求都一概置之不理。

德吉是否在考验他们的耐力？他们是否表现得不够真诚？这些是追求德吉的男生思考得最多的问题。

没有抓住心仪女生的心思，怎么用心都等于盲目地行动，费力不讨好。

大多数女生都是情感动物，哪些男生是真心实意的，哪些男生是虚情假意的，其实是能够感觉到的。德吉不是爱张扬的人，心中的秘密只有自己和扎西心知肚明，虽然从来没有用语言来表达，但心有灵犀一点通。

德吉能够感受到多吉的真诚，但心里永远容不下第二个男生了，扎西悄然无声地占据了她的整个心房，刻骨铭心；同时她也能够感受到王杰的笑里藏刀。她的内心略微不安，期待毕业的日子早点到来，也许，毕业以后所有的事情都会有所改变。

多吉心眼不坏，自从喜欢上德吉以后，特别是多次追求德吉没有成功后，像是中了邪一样，开始有所改变。

德吉近期以来几乎都是把饭菜装在饭盒里拿到宿舍吃。这一天，不知道怎么回事，她买完饭菜就近在食堂吃了起来。

"亲爱的，我来了。"王杰故意提高嗓门，小跑着过来了。王杰还没有到德吉身旁，多吉不知道从哪儿突然冒出来，笑眯眯地坐在了德吉右边的空座位上。看到这一幕，王杰气得说不出话来，直接跑步过去把盛满几样菜的方形饭盒扣在了多吉头上。多吉猛地一下站起来，看了一眼后面，原来是可恨的情敌王杰，怒火中烧，瞬间挥起右拳向王杰脸上打去，打了好几下后被旁边的同学劝回宿舍。王杰一时痛得头晕目眩，为了面子，强撑着，想要装出男子汉的英雄气概，但踉踉跄跄，像个不倒翁。王杰一边用袖口擦鼻血，一边强装笑颜说："亲爱的，慢慢吃，我等你。"德吉早就吃不下去了，根本不想跟王杰说话，长久的怨恨积满了全身心，恨不得把王杰剁得粉身碎骨，拿上饭盒，头也不回就离开了食堂。

王杰一屁股瘫坐在椅子上，任凭周围的同学看热闹，并没有去医院。过了许久，待其他同学走得差不多的时候才慢慢离开，去找了班主任。

几天以后，多吉受到校内通报批评的处罚。

看来，不使用非一般的招数是得不到德吉的，多吉和王杰都在这么想，全部心思都用在了追求德吉这件事上。尤其是野心勃勃的王杰愈加疯狂。他决心不管使用什么手段，不惜付出任何代价，一定要把德吉弄到手，像是在买一件私人宝物似的。

多吉性格开朗，但不张扬，也不虚伪。现在为了心动的爱，愿意改变自己，甚至付出一切。

再三考虑以后，多吉还是决定实施一个具有轰动效应的计划。

多吉最近精神抖擞，面色红润，兴高采烈，面对每一个同学都笑容满面，十分热情。

德吉是多吉的女朋友的消息，像卫星发射一样不胫而走，传遍了校园。还传到了家乡，传到了所有关注德吉的男生的耳朵里。随处能听到同学们议论德吉和多吉的种种传言。德吉并未对这件事感到惊讶，心里已经明白了，不择手段，是某些男生的共性，怎么躲也躲不过。

感到惊讶的，只有王杰。"为什么？为什么？为什么？"他不停地在思索，吃不香，睡不好，越想越气愤，想尽了办法，还是失败；咨询了同宿舍的同学，也没有什么好的方法。怎么想，都不服气。于是，他给自己拟定了一个目标：成为女朋友算什么？又不是结婚了，即使是结婚了，可以离婚嘛，无论如何，必须夺回来！必须赢，不许输！

有了目标，王杰更加努力，更加疯狂，有时候下课后立即跑到德吉旁边趁她不注意在她脸颊上轻轻吻一下，然后迅速跑开。这可激怒了性情温顺的德吉，她越来越暴躁，有一次在全班同学面前犹如一只凶猛的母老虎般怒吼起来："你再这样，我就去报警！"

王杰知道德吉没有那个胆量，不会报警的，只是吓唬，根本没有在意。

多吉比德吉低两个年级，长相帅气，学习差劲，除了也是舞蹈队队员，跟德吉没有什么共同点，但特别聪明，并不圆滑。王杰强吻德吉的事，早就传到了多吉耳朵里，他尽量忍耐，但每个人的忍耐力都是有限的，他真想收拾收拾像个精神病人一样的王杰。

多吉不爱学习，也不爱看书，跟德吉恰恰相反，最近去图书馆却越来越频繁，并且紧挨着德吉坐着，装作很认真的样子，心里其实在想：怎么约？约到哪里？怎么表白她才会答应？

每个星期六的上午，德吉都会去图书馆。多吉已经掌握了德吉的作息规律。这个星期六，对于多吉来说是个非常重要的日子，会不会成功，关键在于今天，而且机会难得。

一大早，平常不爱打扮的多吉新买了一套深色的西装（因为多吉比德吉低两个年级，怕德吉嫌他年龄小，故意打扮成很成熟的样子），又黑又密的头发被啫喱水喷得油光发亮，黑色的皮鞋擦得可以当镜子。吃过早饭以后，他就径直去了图书馆。

王杰的座位已经被多吉占据了。从此，王杰再也不去图书馆了。

多吉笑嘻嘻地走到德吉身旁时，看见德吉正低着头在笔记本上写着什么，就没有打扰，在图书架上随便抽了一本小说假装在看。等德吉写完，抬起头时，多吉才轻声问："在写小说呀？"

德吉看都没有看一眼坐在旁边满怀激情的多吉，摇摇头。

"我还以为你把我们俩的故事写成小说了呢。"多吉连说话都在尽力往爱情上套。

"写个日记而已。"德吉怕多吉看日记的内容，立即把日记本装进了书包。

"这个习惯好呀，写着写着，说不定哪天就成了作家了。把我们的故事写成小说出版，也许会引起轰动。你创作，我搞后勤服务工作和销售工作。现在开始，你要保护好水汪汪的大眼睛，眼睛坏了，以后就没法创作了。走，我请你去动物园逛逛，开开眼界。听说郊区有个著名的动物园，路线我都打听好了，跟着我来就行了。"多吉边说边背上了德吉的书包。

"我不舒服，不想去外面。"德吉确实不舒服，处于女生的生理期。

多吉双手拉了拉德吉的右手说："别总是把自己关在这里，出去透透气就好了，聊聊天，适当休息。"

德吉有了笑容，没有拒绝多吉的邀请。

多吉的心里乐开了花，他暗喜谈到文学很有用。他从来没有这么激动过，看来今天是个吉祥的日子。一路上，多吉尽量说着能让德吉开心的话，坐着公交，聊着聊着，很快就到了动物园门口。

在动物园门口，照相的工作人员拉着游客拍照。多吉倒巴不得照相，而且和德吉一起照更好。德吉则不然，平常就不喜欢照相，今天更不愿意照。

多吉站得像个军人似的，工作人员立即把德吉拉到多吉旁边："情侣哪有单照的，都要合照，而且要照得开心，说三次'茄子'就开始照了，表情自然一点。"

照片几分钟以后就打印出来了，多吉特别满意，德吉则很不高兴，保持沉默，什么也没有说。

多吉沉浸在甜蜜、幸福的世界里，没有细心留意德吉的变化。

德吉的心情越来越糟糕。

"这是我们的第一张合照，我今后要随身携带，珍藏到永远。刚好两张，你一张，我一张。"说完，多吉温柔地亲了一下照片里的德吉。

德吉看都没有看一眼，直接装进了多吉背着的书包里，打算等到回学校以后在没人的地方把合照撕碎扔进垃圾桶里。

时值周末，动物园里的游客特别多，售票处的队伍排得很长很长。多吉希望人多，因为这样就可以慢慢地拖到晚上再回去。

德吉因为生理期，无精打采，腰部疼痛，心情特别不好，只想早点回去躺在床上休息。看到排得像一条长龙一样的队伍，禁不住唉声叹气，感觉时间过得特别特别慢。

多吉走到买票的队伍里，让德吉找个地方坐下来休息。

多吉站在弯弯曲曲的队伍里，转过头，一直望着在广场对面商店门口坐着的德吉，像是盯着一个孩子一样，害怕她丢了似的。

买到票时已经快下午两点了，多吉和德吉就在小吃店里点了面条吃。

德吉吃饭的时候低着头，一直没说话。德吉的阿爸在德吉小时候就开始对她严厉管教，什么都要按自己的要求来，没按要求办理就必遭暴打。德吉天生就性格内向，再加上后天因素，变得更加内向，很少与别人沟通、交流，甚至有点交往恐惧症，只有在阿妈面前，才会放松自如地说话。

多吉平常不是话痨，但怕德吉无聊，边吃面边聊着班里同学之间有趣的事情，吃得特别慢。

德吉从来不喜欢欠人情，吃完了就立即站起来准备去付款。多吉动作麻利，迅速放下筷子，跑过去抢先付了钱。

"哪有女生付款的道理？你别太客气，今天全天都由我请客，你玩开心就行了。"多吉回到座位上背上了书包，剩下的面不想吃了。

"那算我欠你的，改天还。"德吉把"你""我"分得特别清楚，一向都是这样，界线划分得非常明确。

"不要把'你''我'分得那么清楚，太见外了，现在开始，心要往一处想，劲要往一处使。毕业以后就是一家人了，离毕业没多少时间了，刚才把合照都照了嘛。"多吉以为德吉是间接答应了求爱。

这话说得德吉很不高兴，她止住脚步，站在餐厅门口说："谁说是一家人？你做梦吧。你到处宣传谣言，我还没有找你算账呢。"

多吉只好笑嘻嘻地求饶："别生气了，走吧，别人会以为我们在吵架。我错了，对不起，请原谅。"

动物园内面积比较大，场馆多，需要几个小时才能看完。多吉小时候就喜欢看电视里介绍各种动物的节目，而且看得很认真，今天也不例外，仔细地观察着每一种动物。

德吉没有心思观看动物，心里想的是扎西：他会在哪儿？现在过得怎么样？毕业以后还会见面吗？……她小时候没怎么看过电视，对动物也没有兴趣，时不时地催促多吉看快一点。

快到下午五点钟时，动物园的广播里传出即将关门的通知。这时，多吉才依依不舍地来到在熊猫馆附近休息的德吉身边，休息了一会儿以后，才带着德吉离开。

坐公交回学校的路上，多吉为了不让德吉感到时间过得太慢，一直在讲以前在电视里看到的动物是什么样，今天现场看到的动物又是什么样，还问德吉喜欢哪些动物。德吉随便说了几个常见的动物的名字，敷衍了事。

他们到学校门口时，天已经黑了，多吉等了一天，终于等到了天黑。

多吉在前一天到学校门口看了几家有包间的中档餐馆，但没有预订，准备根据德吉的喜好来确定去哪一家，将决定权交给德吉。往后的岁月里，他一切都愿意听从德吉的安排，不会像其他男生一样强势、霸道，这一点胜过了很多男生。

德吉当天身体不适，再加上晕车，整天都精神不振，也没有食欲，没有跟着多吉往餐馆方向走动。

多吉以为是德吉客气，劝了劝德吉，说她就算不吃饭，也可以休息一会儿。

德吉为了少走路，就选了第一家，那是一家川菜馆，二楼上是包间。多吉带着德吉去了最里面的那间包间，圆桌比较大，可坐十人，为了便于交谈，多吉紧挨着德吉坐着。二楼上人少，安静，适合边吃边交谈。

多吉非得让德吉点菜。德吉只好给多吉点了水煮肉片和炝炒土豆丝，给自己点了一份牛肉面。

多吉上高三的时候，谈过一个女朋友，不过只谈了两个月就分手了。那女孩是公认的校花，追求者众多，而校花却偏偏喜欢多吉，主动追求多吉，而且猛追不舍，还在大庭广众之下公然吻过多吉的脸。被逼无奈之下，多吉只好答应。但接触几次后，校花性格过于开朗，脾气过于暴躁，而且虚伪、懒惰等一系列问题让多吉头痛万分，觉得她的外表跟内在相差太大，仿佛两个人，最后明智地选择了分手。

多吉善于察言观色，感到德吉身体不适，就嘘寒问暖，倍加热情。从图书馆出来时，他就准备去买止痛药的，但一路上都没有发现药店。待德吉点完菜，多吉假借上厕所，去附近商店买了热水袋，在餐馆里灌满热水后交给了德吉，让她放在肚子上。在那天之前，身为女生的德吉都不知道这招对痛经有用。

德吉不好意思地低下了头，轻声说："谢谢！"

德吉发现多吉跟其他男生确实不同，特别会体贴女生、关爱女生，非常暖心。菜未上桌之前，服务员先端来了面条。多吉把面条端到自己的面前，拿起筷子搅拌好后才端给德吉："先放半分钟左右，不要吃太烫的，对胃和食道都不好，也不要吃凉的，对身体不好。先喝一点水，走了一天，口干。"

德吉喝了一口水，说："好的，谢谢！你很会关心别人。"

"慢慢地吃面，一会儿我们吃完了再聊。难得的机会，不要急着回学校，离十点钟关门还早。"多吉一直深情地凝视着德吉，多么希望永远都这么幸福地和她在一起，这是自从喜欢德吉以来他最大的心愿！

德吉只吃了几口面条，不知道怎么回事，可能因为今天晕车反应比较重，全身不舒服，喉咙像是被堵住了，面条实在咽不下去，只能喝些水。多吉知道德吉没有胃口，没有劝，他不喜欢劝，也特别讨厌在聚会时劝吃菜、劝喝酒，给人一种强迫性的压抑。

"你先闭上眼睛，我有个小小的礼物送给你，倒数十秒再睁开。我准备了很久，但愿你喜欢。"多吉露出一脸最温柔的笑。

"礼物我不要，心意领了。"德吉一副很严肃的样子。

"这是我的一点心意，你一定要收下。如果你不喜欢，就扔到垃圾桶里。但你至少也要看一眼。"多吉着急了，他从来没有这样恳求过谁。

多吉从上衣右侧衣兜里掏出一个大红色的盒子，打开让德吉看了一眼之后，立即站起来将里面的项链挂在了德吉脖子上："中间的吊坠专门做的心形，代表我的心，只有你才配得上这条项链，但愿它永远陪伴着你。"

"好了，看到了，麻烦你取下来装好，我说过我不要。"德吉的态度依然坚决。

瞬间，多吉"扑通"一声，像个求婚者一样，单膝跪在德吉面前："人的一生，在不同的阶段会遇见各种各样的人，遇见容易，但遇见心动的爱不容易，有缘分的人才会走在一起。有些爱是虚假的，有些爱是真诚的。请你相信我，我是真的爱你，这个世界上，我是最爱你的人。假如你在学校里不想谈，我可以等到毕业以后，等多久都可以，因为我遇见的是心动的爱。"

德吉被多吉的言行震惊住了，这太突然了，她根本没有想到多吉会来这一套，一下子不知道该说什么。

德吉低着头，思索了一会儿，才慢慢地说："你起来，没必要这样，也不值得这样。礼物，你先帮我保管。我可以答应你，但我有一些要求，不知道你能不能接受？"

多吉为了表示诚意，并没有站起来，嬉皮笑脸地说："当然愿意接受，你说，什么条件都可以。"

"你先起来坐到椅子上去，我再说。"德吉喝了两口茶水，待多吉坐到座位上以后继续说，"正如你所说，我不想在学校里谈，我想专心学习。谢谢你！你让我感动，但感动不等于心动。毕业之前，我可以假装和你谈，毕业以后的事谁都难以预料，只能到时候再看情况了。"

一说到假装谈，多吉误以为是德吉要考验自己，爽快地答应了："好的，听你的，怎么样都行。"

德吉是害怕再次遭到王杰骚扰，才答应假装和多吉谈。

"金项链收好，不然我要反悔了。"德吉边说边用双手把项链从脖子上取下来放在多吉面前。

为了买这条项链，多吉付出了不少心血，平常省吃俭用，甚至连荤菜都不吃，周末外出打工。这些苦，多吉都藏在心底，没有告诉任何人。总的来说，今天的结果多吉还算满意。

"我不舒服，想早点睡，回学校吧。"德吉快速站了起来，她早就急着回去。

"你慢慢走，我去一楼结账。"多吉背上德吉的书包快速向一楼楼梯口走去。

德吉并没有按多吉说的慢慢走，而是低着头快速走着，走到餐厅门口跟一个男人撞了个满怀："对不……"话还没有说完，男人抢过话头："是我，不用道歉。"

德吉抬头一看，是再熟悉不过的格桑老师，特别惊讶："老师，您怎么在这儿？"

这时，多吉急忙赶到了门口，看见德吉和一个年长的男人站在门口，以为是德吉认识的人，就说："亲爱的，走吧。"

听到"亲爱的"三个字，格桑老师一下子开始猜测：难道他是德吉的男朋友？不可能吧，但愿不是。

"这位是谁？"格桑老师压不住醋意，大胆地问了一句。

"我的同学，是舞蹈队队友。"德吉忙着解释。

格桑老师这才松了一口气。

聪明的多吉看出了格桑老师眼神中的不正常，反问："您是谁？"

德吉像刚才那样快速答道："我上初中时候的体育老师。"

"老师这么晚了要去哪里？"多吉好奇为什么格桑老师会突然出现在这里。

"到这儿吃晚饭，在门口恰好遇见了德吉。"格桑老师其实是专门过来打探德吉身旁这位男生的身份的。他就在公路对面的宾馆当保安，早就看到德吉和一名男生进了这家餐馆，下班后就赶过来了。

"老师再见！"德吉和多吉异口同声。

多吉像一只骄傲的孔雀，自以为是德吉间接答应了，得意扬扬。

"再见!"格桑老师艰难地说出了这两个字。

不见的时候忍不住想要相见;见过了吧,心里总会难受几天,更加想念。正如风既能吹灭烛火,也能把火煽得更旺。

匆匆一面,未来得及多说几句,只能在回忆中重逢,在梦境中遇见。能够见到德吉,格桑老师就心满意足了。关于德吉的一切,留在他灵魂深处永远不变,他已经习惯了凄凉的离别的滋味,坚强地说声"再见"不算太难。心动的爱,永远不会离去。

多吉随身携带着和德吉在动物园门口的合照,经常拿出来看,特别是课间十分钟,必看无疑。这个举动被很多男同学看在眼里,一传十,十传百,飞速传遍了校园,还传到了校外,传播速度、广度令人吃惊。

格桑老师思考了好几天,还是不明白到底是什么情况。他宁愿相信德吉说的才是真的,但照片又是怎么回事?疑问像一个特别牢固的铁笼完全罩住了格桑老师,未解之谜犹如被风吹起的沙尘,令人伤神。

愁眉苦脸的王杰,并没有停止进攻,一直在思索最佳策略,时常在想:赢家必定非我莫属!

时间是个奇怪的东西,有人勤奋,有人悠闲;有人刻苦钻研学习,有人努力追求爱情。对于在等待德吉的男性来说,岁月过于漫长,长得像是度过十几个世纪。大学校园生活看似平静,却暗流涌动。王杰发誓要为心动的爱拼到底,这种拼搏精神，连他自己都觉得惊讶。

终于盼到了寒假。王杰酝酿了好久，决定抓住这次寒假的机会实施计划。

同学们各自乘坐长途汽车回家乡去了。

德吉想请求姥爷帮忙找一家实习单位，就直接去了乡下姥爷家。今年的冬天格外寒冷。德吉回到乡下后，外面几乎天天都飘扬着鹅毛大雪，积雪深厚，她只能每天宅在家里。这样挺好，每天学习、看书、写日记，她过得非常充实，心不再那么乱。

再大的风、再大的雪、再厚的冰，都阻挡不住王杰的路。他冒着生命危险带着男同学再次去往德吉家。两天的风雪路，并没有让王杰觉得疲惫，反而让他精神振奋，激动不已，像是去见多年不见的恋人。

第二天傍晚时分，王杰才到德吉家门口。车子停在路边后，司机坐在车上，王杰和同学下车敲门。敲了好一会儿，德吉的阿妈披头散发，穿着一件脏兮兮的褐色藏装开了门，很不欢迎他的样子："你怎么又来了？"

"阿妈，您好！我是来告诉您俩好消息的，赶了两天的路才到的，现在又冷又饿。这位是我的同学。"王杰面带笑容，像是真的有"好消息"一样。

"那进来坐一会儿。我不舒服，本来准备睡觉去。德吉的爸爸在看电视。"德吉的阿妈信以为真了。

王杰提着一个纸盒，带着男同学顺着院子里已清除过积雪的人行道快速走进客厅。

德吉的阿爸正躺在藏式沙发上看电视，没有留意外面的动静。

"阿爸，您好！不好意思，打扰了。好久不见，特别想念，我趁放假专程来拜访二位。带了一点家乡的特产，表示一点心意。"王杰的嘴像抹了蜜一样甜。

德吉的阿爸瞟了一眼，又是那个家伙，装作认真看电视的样子，没有理会。

德吉阿妈给王杰和王杰的同学各倒了一杯茶水，低声说："看一会儿电视，我去给你们做饭。"

"我自己来，您休息。"王杰装得很客气，从藏式沙发上站了起来。

"我来，你不熟悉，再加上你们奔波两天了。"德吉的阿妈总是那么善良。

"谢谢！麻烦您了。"一路上饥寒交迫，王杰确实累了，但强振精神，装作毫不疲惫的样子。

德吉阿妈去厨房热了中午吃剩的牛肉包子，没过多久，就端着一盘热腾腾的包子放在了王杰和同学面前的长方形桌子上，各配了一小碟蘸水。

"趁热吃，别客气，凉了就不好吃了。"德吉的阿妈想早点睡觉。

王杰和同学没有客气，像是饿了几天几夜一样狼吞虎咽地吃着，一大盘包子几分钟就吃完了。

"阿妈做的包子特别好吃，是我吃过的包子里最好吃的，以后，我要向您学习，学做饭、学干家务活儿，一定好好孝敬长辈。"王杰把这些话背得滚瓜烂熟。他用纸擦了擦嘴巴和手指，走到德吉的阿爸旁边半蹲着，看着德吉的阿爸说：
"为了能让二老早点休息，我就直话直说了。我这次来，是
告诉您俩一个好消息。德吉现在是我的未婚妻，待毕业以后
我们立即举办结婚仪式。看，这是我们的合照，这位同学是
我俩的证人……"王杰话还没有说完，德吉的阿爸气得全身
像触电了一样颤抖，猛地从藏式沙发上站起来，说不出话来，
只凶狠地甩出一个字："滚！"

"您不要生气，保重身体要紧。"王杰并没有被德吉阿爸
吓到，依然蹲在旁边。

德吉的阿爸暴跳如雷，瞬间使尽全身力气往王杰身上猛
踢，王杰直接被踢倒在地上，忍着疼痛，默不作声。王杰的同
学倒是被吓到了，看到德吉阿爸还在踢，赶紧扶王杰起来向德
吉阿妈说了声"再见"，就匆匆离开了。之后，只有邻居听到
一声响彻夜空的惨叫。

几天后，德吉的阿爸去德吉的姥爷家教训德吉。姥爷见架
势不对，在大门口拦住了德吉阿爸，没让他进门，避免了一场
祸难的发生。

这次寒假，比以往的寒假时间短一些，毕业班的学生要自
己找单位实习几个月。

德吉姥爷是一名退休干部，托人在县城里给德吉找了一家
实习单位。虽然实习的工作任务跟大学所学的专业毫无关系，
但德吉勤奋、努力、好问，在姥爷的教导下对工作热情、主动，
在单位老同志的带领下，不仅很快进入了角色，还取得了不错

的成绩。

德吉的清纯、诚实、勤奋，再加上独一无二的淑女气质，像磁铁一样吸引了不少男人的眼球，甚至改变了一些男人的命运。

德吉的实习单位工作量不大，没有想象中那么忙，交流时间更多一些。"传、帮、带"是这个单位的优良传统，每到一位新成员或实习生，都由一名老同志进行指导。

德吉的师傅是一名年轻帅气的藏族小伙子，名字叫顿珠扎西。德吉的出现像是一份意外的惊喜，顿珠扎西的心再也无法平静。

顿珠扎西的家离单位不远，但他中午下班都不回去，和同事在单位附近随便吃点，有时会去茶园打麻将。

这一天，窗外又飘着鹅毛大雪，冷飕飕的，但顿珠扎西的心却是暖融融的。中午快下班的时候，顿珠扎西笑眯眯地问："德吉，中午回去吗？不回去的话我请你吃饭，可以吗？"

德吉想了想，说："中午都没有回去。我是您徒弟，应该我来请。"

办公室里有一张棕色双面桌，只有顿珠扎西和德吉共同办公。顿珠扎西站起来，缓缓地走过来站在德吉身旁。办公室里有空调，德吉没穿外套。顿珠扎西从侧面目不转睛地盯着德吉的胸脯，色眯眯地说："我请，我是拿工资的嘛。你是个学生，等你拿工资了再请我。我们之间，不用那么客气。"

顿珠扎西身上太浓的香水味呛得德吉打了一个喷嚏。

"打喷嚏，说明有人想你，不知道是哪位帅哥在想你。这个天气，适合吃火锅，大门口有家重庆味火锅很好吃，去那儿怎么样？"

"您定，听您的。"德吉敬重地说。

"那就走吧，下班了，外面冷，你穿好衣服，我来锁门。"顿珠扎西高兴得情不自禁地吹起了口哨。他无论何时何地，总是像吃了糖丸一样面带笑容，似乎从来没有过忧愁。

德吉在去火锅店的路上总是与顿珠扎西保持着一定的距离，害怕单位同事说闲话。顿珠扎西却有意紧挨着她，有一种想要牵住德吉的手的冲动，却怕德吉误认为他轻浮，假装谈论一些工作上的事。

火锅店里顾客不多，顿珠扎西和德吉找了个角落里的位置坐了下来。顿珠扎西让德吉点菜，德吉点了几样自己平常喜欢吃的有绿叶菜。顿珠扎西随便点了几样荤菜，心里一直在琢磨：怎么会突然遇见心动的爱？缘分这东西太神奇了。

顿珠扎西从上初中开始，追求过不少女生，但只有初中时候的初恋是真爱，其他的都只是游戏，并没有上心。他是远近闻名的花花公子。他初中时候喜欢的是班花，并轻易追到了手，谈过一段时间后，像是过了有效期，觉得平淡无味，没有一点刺激感，最终主动提出了分手。

此时的德吉多么希望坐在对面的是同学扎西，不管是曾经还是现在，或许包括未来，她最大的心愿就是和同学扎西永远在一起。

也许是对面的男人名字跟扎西有点相似，阴天里非常脆弱、善感的德吉特别想念同学扎西，一种从未有过的说不出来的感觉涌上心头。她的眼眶突然湿润了，怕坐对面的顿珠扎西发现，她低下了头，假装系鞋带。那晚在操场上相依相偎的幸福场景历历在目，这一幕永远定格在德吉的心里。

菜品很快就被服务员端来了，顿珠扎西先往锅里放了德吉点的一些素菜。根据多年的情场经验，他对异性多少有些了解，看出了德吉的异常："怎么啦？有什么心事？跟我说说，虽然我不懂心理学，但也许能帮你解惑。你看起来很沉重，有什么烦恼？"

"没什么，只是身体不舒服。"德吉从来不会向任何人透露心事。

"好嘛，不愿意说就不强迫了。作为师父，我应该关心你，作为爱你的人，应该倍加关心。你出现我面前的第一天，就给了我与众不同的感觉，那一夜，我激动得彻夜难眠，等了那么多年，终于等到了这一天，等来了遇见心动的爱的这一天。这辈子我都不会忘记那一天。你好似仙女，那么美丽，有着非凡的气质，再加上那么优秀，应该会遇到这个世界上最爱你的人，遇到真爱就像遇到神一样难能可贵。我知道，有不少虚情假意、图谋不轨的情场玩家追求过你，极个别稀少得像宝物一样的真心爱你的异性也追求过你，但你仍然是单身，这说明你是个聪明、机智的女生，在等待真爱的出现，等待我的出现。在所有男人里，我是最爱你的人，直到永远！"这些甜言蜜语，顿珠扎西自己也不知道曾经不负责任地跟多少个女生（女人）说过，但这次，他确确实实是发自肺腑地说出来的，不再像是背诵课文一样。

德吉根本没有料到，师父请客是为了说这些话。管他是真的还是假的，无所谓，反正是不可能的，德吉就保持着沉默，假装在考虑。

"来，素菜煮好了，趁热吃。"顿珠扎西善于讨好女人，不停地往德吉碗里夹菜，还问味道怎么样，调料需不需要加，菜好不好吃，还需要什么，等等。顿珠扎西像个马屁精在伺候领导一样，过于热情。

"谢谢师父，我自己来。"

德吉低着头边吃边在想：我在今后的实习期里怎么面对师父？该怎么样婉转地拒绝他？

顿珠扎西没有吃菜，一边喝着免费提供的茶水，一边像欣赏一件珍贵的文物一样，目不转睛地欣赏着心中真正的公主——德吉。

在这之前，顿珠扎西就在脑海里像是设计师制作图纸一样详详细细地规划好了德吉毕业以后和他在一起的生活……今天算是一个美好的开端，顿珠扎西在心里暗自庆幸。没有拒绝一起吃火锅，这说明是个吉祥的征兆，从未有过的高兴劲儿让他乐得合不拢嘴，没有喝酒就已经像个醉翁。

顿珠扎西参加工作近十年了，至今没有结婚。有人说他心太花了，选花了眼；又有人说他钱都花在贪图财物的女人身上了，不会真正结婚；还有人说他仗着阿爸是县级领导干部，在找条件优厚的官二代。顿珠扎西从来不在意别人的议论，只管过好自己的生活。

可能是天气寒冷的原因，德吉今天比平常吃得多一些，顿珠扎西却没怎么吃。顿珠扎西故意拖延时间，边吃边聊，吃到离下午上班只有二十分钟的时候才放下筷子。这时候，火锅店里吃火锅的顾客基本上坐满了，人多声噪，说话都要挨得特别近才行。

顿珠扎西站起身，弓下腰，轻轻地在德吉的额头上吻了一下，表示浪漫。这一幕，刚好被从外面怒气冲冲赶过来的卓玛看见了。她像一只凶狠的母老虎一样，准备把火锅端起来泼向德吉，刚碰到锅沿，就被顿珠扎西像警察制服犯罪嫌疑人一样狠狠地抓住了双手。

"放开我，两个臭不要脸的人大白天鬼混在一起，大家快来看，这个婊子就是远近闻名的专门勾引别人男人的狐狸精，名字叫德吉……"听着这些最难听的话，顿珠扎西当然气愤，用左手一把抓住卓玛的双手，用右手捂住卓玛的嘴，像影视剧里绑匪绑架女人一样带出了火锅店。

德吉被这突发的意外事件吓坏了，急速赶去吧台结账后就回到单位，向单位领导请假，说肚子突然疼得厉害，需要去医院。然后，她去了郊区一家价格便宜的宾馆里躺着。实习期间，姥爷让德吉住在一个亲戚家里，那天中午她都没有回亲戚家。

德吉躺在床上，眼泪像泉涌一样。德吉伤透了心，被师父骗得落到这个下场。她越想越气愤，越想越悲伤，好似一只受重伤的小鸟，蜷缩成一团。她此刻讨厌世界上所有的男人，觉得他们全都欺负女人。她决定从此以后要禁锢在自己的世界里，与世隔绝。

顿珠扎西虽然到处拈花惹草，但从来不会打女人。卓玛今天来得正好，顿珠扎西早就想跟她分手。

但卓玛积恨成怨，哪里肯轻易放弃？跟卓玛分手可不是一件容易的事。卓玛扬言要让德吉身败名裂，下到最肮脏、最痛苦的地狱，死无葬身之地。

果然，卓玛事后立即到处夸张地宣传德吉从初中开始的深重"罪孽"。关于德吉的"丑恶"新闻再一次以神速传开，甚至有人嘲讽说，德吉的故事可以写成好几本书了。

德吉被传成了远近闻名的"作风比妓女还差，天下男人都通吃"的名人。这些谣言，确实对德吉打击不小，她情绪低落，没有心思继续在这个单位里实习，第二天就回乡下姥爷家去了。姥爷到处托人找关系，填写了实习鉴定，盖了实习单位签章，算是合格了。

姥爷、姥姥、舅舅他们都知道关于德吉的传言都是谣言，可她跳进黄河也洗不清了，没有办法，只能让闲言碎语随风飘散，再过一阵子，也许就再不会听到了。姥爷时常这样安慰德吉。他眼看着德吉日渐消瘦，心疼得难受，没有让德吉回县城家里，实习期满后就让她直接去了学校。

卓玛和顿珠扎西的前任女朋友旺姆是小学同学。顿珠扎西长相特别帅气，肤色白皙，浓眉大眼，鼻挺唇厚，清秀中带着一抹俊俏，帅气中又带着一抹温柔的魅力。他的魅力不仅在于那张看了会令女人痴醉的脸，还有整个人散发出来的独特的一种威震天下的王者之气，再加上像是被工匠师雕刻出来的伟岸而挺拔的身材，没有哪个女子他追不到手，甚至有数不清的女子主动追求风流倜傥的顿珠扎西。

　　旺姆为了炫耀自己的男朋友俊美绝伦、有钱有势、浪漫无比，有一次和顿珠扎西吃午饭的时候故意带着卓玛。无意间，卓玛却成为喜新厌旧的顿珠扎西的下一个"猎物"。

　　跟旺姆这种贪图物质的女人分手容易，顿珠扎西给一笔钱就立马了断，真是爽快，再加上他俩也就只谈了十来天。

　　卓玛对顿珠扎西的颜值倾心，同时也好奇旺姆说的是不是真的。顿珠扎西口若悬河地一表白，她一秒之内就答应了。

　　卓玛在县城一事业单位实习，中午吃完外面的盒饭后会在办公室的沙发上躺一会儿。顿珠扎西和德吉吃火锅的那一天，卓玛早上一起床就无缘无故地烦躁不安。卓玛观察到顿珠扎西最近心神不宁，常常一副走神的样子，不知道是谁把魂给勾走了。

　　卓玛委托顿珠扎西所在单位的一位大姐（也是卓玛的亲戚）中午跟踪顿珠扎西。大姐一发现情况，就像下属向领导汇报工作一样以最快的速度向卓玛详细地报告了。

　　回到学校，卓玛再一次在同学们面前，特别是王杰、多吉面前，大肆夸张地宣传德吉的"丑闻"，想方设法挑拨离间，多么希望以此打击德吉，让其痛不欲生。但怎么说，王杰、多吉都不相信，把卓玛所说的话当成了耳边风，根本没有在意。

　　卓玛绝不罢休，继续在王杰和多吉那儿宣传，气得王杰甩下一句话："再说的话就割掉你的舌头！"这之后，他再也不跟卓玛说话，而且能躲就躲。

　　德吉跟谁都不说话，特别是男同学，看到就烦。在图书馆里，她也不跟多吉说话，但多吉依然每天坚持去图书馆看看言情小说，默默陪伴着德吉。对于这时的德吉，陪伴是最好的安慰，也比任何物质财富、甜言蜜语都暖心。渐渐地，德吉开始和多吉说话了，也愿意交流了，但谈的都是关于学习的事情。

心中积满嫉妒、羡慕、怨恨的王杰一直在努力。但是，听到别人传言最近多吉和德吉走得特别近，成双成对，有说有笑，他像是体内被注入了某种药物一样，变得孤僻、寡言少语、失魂落魄，扬言要报复多吉。

多吉哪有那么容易对付。

王杰故意鼓动多吉最好的朋友次仁追求德吉，想"借刀杀人"。耗时、耗力、耗资，结果，却失败了，心浮气躁的王杰仍不服输，可又无计可施。

有付出才有收获，这是亘古不变的定律和道理。对于王杰，付出和回报总是成反比，挫折和失败形影不离。他历经千辛万苦，虽然没有达到理想的效果，但依旧愿意全心全意付出。付出，特别辛苦，就当作是给自己内心一个交代，免得后悔。王杰从小到大，从来没有哪件事情让他这么有耐心，像是在挑战自己似的，在等待中并未放弃。

纸终究包不住火。次仁在应邀去酒吧被多吉灌醉后说出了实情。多吉和王杰的仇恨更加深重，像怪兽一样吞噬着心灵。

篮球比赛，一些男生乐意参加，甚至争着参加。打篮球的男生总是多一分帅气。球赛的观众基本上是女生，参与篮球比赛就更容易吸引女生。

也许，这是大学生涯中的最后一场篮球赛。尽管天气酷热，王杰也想要在德吉面前展现一下自己。

德吉没有心思去看球赛，尽管老师要求所有不上场的学生都要到现场当啦啦队，德吉还是去了图书馆。德吉害怕看到球场，害怕一到球场眼前浮现同学扎西在篮球场上打球的场景，因而倍加想念。

球赛一点都不精彩。王杰所在班级整个上半场只投中了一个球，而多吉所在班级已经投中了十个球，王杰所在班级的啦啦队女生陆陆续续都离开了。中场休息时，只剩几个男生。王杰半眯着又细又长的丹凤眼落拓不羁地往周围扫视了一圈，没有发现德吉的身影，心里顿时失望极了，一股难控的怒气涌满了身心，无意间看到多吉傲气凌人的样子，真想把多吉千刀万剐喂秃鹫。

下半场一开始，王杰就像恶魔一样，故意使尽所有力气向毫无防备的多吉胯部猛踢过去。多吉立即倒在地上，王杰猛抬右脚准备踢第二下时，被其他同学迅速拉出了球场。否则，后果不堪设想。

王杰最终因为几门科目考试不及格以及打架未能领取到毕业证，这就意味着包分配的工作没有了。王杰并没有因此而伤心，他无所谓，地球上那么多人类，没有工作的人到处都是，没有哪个人是饿死的，车到山前必有路，总会有挣钱的方式。而爱情，一旦错过就不会再来。

长辈们的想法则截然相反，认为唯有工作才是唯一的出路。祖祖辈辈过的是背朝天、脸朝地的日子，便想尽办法让孩子们上学，认为只有考上大学，才能找到工作。

王杰的家人伤透了心：为了一个普普通通的女生付出了这么大的代价，王杰今后的日子怎么过？

毕业临走的最后一个晚上，全班同学包场在学校附近一家酒吧里玩了通宵。那天晚上，没有哪个同学不喝酒，包括平日里滴酒不沾的德吉也喝了一些葡萄酒，但没有醉。其他同学基本上都喝醉了，相互拥抱，泪流满面。

班长本来想无论如何都要去德吉身旁道别，可是，不知道怎么回事，连这个勇气也没有，心动的爱，心里的话，永远留在了心里。眼泪流得最多的当然是王杰，他像是吃了催泪药一样，眼泪怎么也止不住，甜美、酸楚、苦痛，百感交集。

王杰本想借着酒意轻轻地拥抱一下德吉，德吉却像是故意在逃避，一直在跟其他同学跳舞，其实她是害怕闲下来更加想念同学扎西。

整个晚上，同学们尽情地跳啊、唱啊、蹦啊，把离别的伤感都留在了酒瓶里。

第二天凌晨，同学们互献哈达后，回宿舍取走各自的行李，打车去了客运站。

多吉来晚了一会儿，呼叫德吉所在宿舍传话机时，管理员回话德吉已经离开。多吉以最快的速度跑到学校门口打了一辆的士去客运站，不知道怎么回事，那天路上红灯特别多，一路上严重堵车，心急如焚的多吉担心不能在客车开走前赶到，不断地催促司机快点、再快点。

最终，多吉还是未能赶上，客车已经出发了。多吉的心里，像是被掏空了一样，躯体和精神都空荡荡的，心情一下子跌入低谷。

多吉无精打采，表情沮丧，乘坐的士回学校听课去了。课堂上教授的精彩授课，他一句也没有听进去，坐在座位上低着头，胡思乱想，想入非非。

王杰知道德吉坐车会晕车，加之今天是长途，就没有同其他同学一道回学校取行李，而是直接打的去客运站。售票处还没有开门时就在窗口等着，待开门后买了最前面的两张票。

王杰买完票就去车站商店买晕车药和德吉平时喜欢吃的香辣薯片、泡椒凤爪等适合晕车时吃的零食，在人群密集的地方等着德吉上车。

正如机智的王杰预料的一样，德吉买到的票当然是刚才王杰要求售票员预留的第一排第一个座位。待检票员在叫号的时候，他才假装气喘吁吁地跑过来，按号坐在了德吉的旁边。

德吉用疑惑的眼神看了一眼笑眯眯的王杰，没说什么。她不想跟令人讨厌的王杰说话，只能埋怨"冤家路窄"，心里莫名其妙地不安，假装看着窗外。

对德吉特别了解的王杰，看出了德吉眼中的疑问，但装作镇定说："真凑巧，坐到一块儿了。我的一个亲戚跟你是一个县的，我准备去亲戚家住几天。"

德吉根本就不相信王杰的话，但仍未吱声。

此刻的王杰在做激烈的思想斗争：要不要说实话？经过思索，他还是决定说实话，就算德吉生气，总比说谎好。

"我给你买了晕车药，要提前吃。来，张开嘴，我喂你。"王杰的语气比平时温柔多了。

德吉置之不理，依然望着窗外，若有所思的样子。

"你别怕，我是世界上对你最好的男人，绝不会害你，这真的是晕车药，我可以发誓。相信我，好吧，我要一辈子对你这么好下去。你不说话等于是在刺痛我的心。我今天是专门来陪伴你的，担心你孤独、担心你无聊、担心你晕车。我们说说话，你就不会无聊。先把药吃了，不信的话我吃一个给你看。"王杰的这些话，还是未能说服德吉。

德吉眼前浮现的还是扎西的身影，想的、念的、梦的全是扎西，多么渴望现在坐在身旁跟自己说着柔情似水的话语的男人是扎西。

任其他男人怎么努力，德吉都毫不动摇，意志坚定。德吉做任何事都是一心一意，做出的决定绝不会改变，更不会与自己内心深处的真实想法背道而驰。

德吉时常在安慰自己：待时机成熟时，扎西一定会想办法联系自己，必须要等到那一刻。

决定等待，那就等吧。虽然等待是漫长的，但德吉愿意。等待是一种心痛，也是一种孤独，生命里剩下的只有等待和思念，相信在暴风雨过后终会出现美丽的彩虹。

会出现奇迹吗？

德吉摆出一副冷漠无情的样子，王杰还得想办法。怎么办才好？此刻，紧张的王杰焦虑万分，好不容易得来的机遇，他可不能就这么轻易地放过。是呀，机遇对每个人来说，都像宝贝一样珍贵，不是每个人都能抓住机会。

王杰想抓住这闪电般短暂的机会，可一下子想不出来好的办法，只能以最热情的态度和真诚的言语陪伴德吉，觉得只要鼓起勇气昂然向前，或许幸运就会降临，幸运之神总会光顾努力付出的人！总有一天，心软的德吉会被感动！坚持就会胜利！

"虽然你对我这么冷漠，但我依然爱你，爱得如痴如狂，爱你胜过爱我自己。无论你怎么无情，也不会影响我对爱情的执着追求，从今天开始，我会一直陪着你……"

王杰话还没有说完，德吉就不耐烦地打断了："看在同学的分上我一忍再忍，从今往后，无论你说什么，做什么，耍什么花招，设什么圈套，怎么强迫都没用。死了这条心吧，就算我这辈子找不到对象也不会找你的，你去找一个跟你臭味相投的女人。以后再不要来烦我、气我，要不然，我不客气了！"

"亲爱的，不要生气嘛，我是来陪你开心的，不是来惹你生气的，相信你没那么小气。话可别说得那么绝，说不定，缘分会让我们相伴一生。那好吧，不说这个话题了，说说其他的。"王杰看了几眼德吉的侧脸，看起来她是真的生气了。

王杰只好转移话题，谈论学校里发生的一些趣事。

没多过久，王杰却困得抬不起头，控制不住，睡着了，头像是故意似的搭在了德吉肩上。

"把你的大头挪开，我可撑不住。"德吉真的生气了，但这句话说了好几遍都没有用。

德吉用右手在王杰的大额头上不重不轻地敲了敲。王杰这才醒过来："怎么啦？"

"你还好意思问我怎么啦！你还是跟别人换个位置，我受不了。"德吉语气凝重。

"都睡着了，没人会愿意换。我不睡了，行吧？"王杰困得实在是睁不开双眼。说是这么说，实际上他还是马上睡着了，头尽量往座椅靠背上靠。

此刻，德吉几乎目眦尽裂，王杰可恶至极的行为令人作呕，让她想起老师讲过的寓言故事《不吉利的恶至》。

> 愚者不论住何处，
> 所有众生都厌恶；
> 试看恶至薄命儿，
> 走到哪里众人驱。

德吉，今天说不清是什么样的心情，显得格外伤感，莫名其妙地有一种想哭的感觉，眼泪怎么也忍不住，像雨水一样顺着脸颊流了下来，流到身心疲惫，也未能冲走心中的忧愁和思念。

到了中途午餐时间，德吉没有一点食欲，坐在座位上没有下车。

王杰像是吃了安眠药一样未醒。

同车乘客中有德吉的同班同学，劝德吉吃饭。德吉晕得厉害，动都不想动。后来，同班同学给德吉买了一碗酸辣粉，但她还是没有吃。

客车到终点站时，同学们都是兴高采烈地回家，而极度疲忿的德吉萎靡不振，双脚都难以抬动，像个几天没有吃饭的人一样，走路跟跟跄跄的。

王杰想背德吉下车，但又怕德吉生气，就扶着德吉下车，叫了一辆就在停车场院内的人力三轮车，把德吉送到家门口。

"谢谢你的帮助，你走吧，不用进门，我自己能行。"德吉有气无力地推开了王杰。

"我跟阿爸、阿妈打声招呼就走。"王杰执意要进房门。

"你别再惹事了，你还是走吧。你不走，我以后再也不理你了，我们断绝同学关系。"德吉话还没说完，一下子像个足球守门员一样坐在了大门口地上。

"那我走了，代问阿爸阿妈好，你多保重！过一段时间我再来看你。"王杰无奈之下，只能暂时离开。他内心的悲伤和喜悦交织在一起。悲的是，看到德吉难受的表情和恶劣的态度；喜的是，盼星星、盼月亮，终于盼来了毕业。盼望已久的日子终于来临了，不管德吉说得多么难听，做得多么绝情，王杰都没有放在心里，也没有在意，依旧面带笑容。

王杰再次深情地看了几眼德吉后，依依不舍地离开了。

头痛欲裂的德吉慢慢站起来，没有拿王杰帮忙放在门口的行李，缓缓地向院内走去，并轻声叫了几次"阿爸，阿妈"。她到处看了看，院内一片空寂，不见父母的身影，房门都锁着。她慢慢地走到客厅门口，打开门锁进去后，看见桌上有一层厚厚的灰尘，厚得可以写字了，知道父母很长时间不在家里了。这时，她不停地打嗝，即将呕吐，快速走向厕所。

王杰没有真的离开，在附近悄悄观察着德吉的举动。过了十几分钟，没听见说话声，也没见人来拿行李。

不用多想，王杰知道了德吉家人不在家，迅速把德吉的三大包行李搬到客厅放着。正准备悄然无声地离开时，德吉从厕所透过窗玻璃看见了王杰，举起右拳向王杰做了个打人的姿势。王杰为了不让德吉生气，做了个鬼脸就马上离开了。

第二天，德吉第一次睡懒觉，睡到快上午十点才慢慢起床。过了一夜，仍然不见父母的踪影。

父母会去哪里呢？德吉边准备引火用的既干又细的小树枝，边想着这个问题。

火炉里的干柴真难引燃，德吉无论怎么用嘴吹气也不管用，整个客厅浓烟滚滚，德吉被呛出眼泪，仿佛伤悲地哭过，心里在默默地呼唤阿妈。

折腾了半天，德吉终于熬开了茶，中午的时候才吃上早饭。德吉吃过早饭后精神比前一天好了一些，就带着疑问去了邻居家。

第五章

　　扎西离开学校后，用男人们惯用的借酒消愁的方式对待自己，沉醉在啤酒的海洋里，听不进家人们的劝告，被阿爸暴打，强制带到寺院才肯戒酒。尽管没有戒酒前他时常喝得烂醉，但丝毫没有影响桃花运的到来。

　　曲珍中专毕业后在某乡里当小学老师，该乡离县城也就十公里左右。曲珍家在县城，离单位又近，无忧无虑，日复一日，过着很有规律的安稳生活。

　　最近，平静的日子却被陌生人的来信扰乱了。刚开始，每周一封，后来，每天一封，越来越多。工工整整的藏文字体看起来很秀气，来信既没有署名，也没有写地址。因为好奇，曲珍拆开看过几封信，后来看都不想看，直接扔在了宿舍的箱子里。每天空闲的时候，她都在猜测到底是恶作剧还是认真的。如果是认真的，她干脆不猜了，管他是谁，终有一天会露面的。

　　国庆节放假期间，擅长交际的曲珍打算去外地参加同学聚会。

　　十月一日早上，曲珍还在学校教师公寓宿舍里睡懒觉时，突然有乡干部过来敲门，说曲珍的阿爸来电话了，有事急需回复。曲珍有点忐忑：阿爸从来不会搞突然袭击，今天怎么回事？突然说有事，不会是什么坏事吧？

曲珍穿着睡衣去了乡政府办公室，给阿爸回电话。阿爸没说具体什么事，只说有特别重要的事情，要求曲珍上午必须回县城的家里。

这让曲珍不安、着急，她迅速回宿舍换了衣服，早饭吃得比平常少了许多，心情难以平静。特别爱打扮的曲珍今天无心收拾自己，匆匆洗漱后就到公路边等回家的车去了。

回到家的时候，已经是下午两点了。曲珍的家在阿爸就职单位的院子里，公寓楼五楼。曲珍气喘吁吁赶到家，当用钥匙打开家门的一刹那，看见客厅里坐着好几个人，表情都很严肃。

曲珍从门口鞋柜里取出拖鞋，换掉皮鞋后，仔细看了看，几个陌生人一致地看着曲珍。性格开朗的曲珍向几个陌生男人微笑了一下说："各位叔叔好！阿爸好！"

"我们在等你吃午饭，到厨房里把包子热了，肉汤里加一点白菜。"阿爸站起来给曲珍指了指厨房里准备的午饭。曲珍本想问问阿爸客厅里的几个陌生男人是谁，但阿爸已经回客厅给客人倒茶去了。

一直在猜测的曲珍边蒸包子边在想：这几个男人表情一个比一个严肃，阿爸也特别严肃，看来没有什么好事，会不会跟这几个陌生男人有关？

曲珍第一次莫名慌张，从未有过的、不知原因的紧张感涌上心头，在打开蒸锅锅盖时，忘记用毛巾垫着，右手被烫，锅盖"哐当"一声掉在厨房米黄色的瓷砖上，吓得她本来就红的脸蛋更加通红，像大大的红富士苹果。

十几分钟后，午饭做好了。曲珍把包子和肉汤端给了客人们和阿爸，再把包子的蘸水给每人端上一份，略低着头，似乎有些羞涩地说："请各位吃肉包子。"说完后她没有坐在客厅，而是回到厨房洗锅，收拾餐具。

"曲珍，你辛苦了，快过来一起吃午饭。"一男人高声叫着曲珍。

"我早饭吃得晚，现在还不饿，你们慢慢吃，我一会儿再吃。"曲珍其实是害怕面对那几个陌生男人。

男人，不管遇到什么事，胃口都好，总会吃饱喝足，从不虐待自己的胃。女人，则不一样，遇到困难、坏事，就心情不好，没有胃口。曲珍现在就没有食欲，无缘无故地感到乏力。

曲珍不好意思面对陌生人，故意躲在厨房里，琢磨着这几个陌生男人的来意，慌张地频繁看手表上转动的时针。三十分钟后，阿爸到厨房叫曲珍收拾客人面前的碗筷。

曲珍像个害羞的小女孩一样低着头去了客厅，以最快的速度把餐桌上的碗筷收拾起来，回到了厨房。

"曲珍，出来一下。"阿爸的声音从来没有这样充满怒气。

准备洗碗的曲珍更加紧张，手忙脚乱，稍痛的头差一点撞在厨房的门板上，心跳加快了不少。

"世界上的男人那么多，你眼睛瞎了吗？非得找个和尚不可吗？没有男人，你活不了吗？你为什么非要找个这样的？你阿妈已经为你去世了，难道你还要把我活活气死吗？我是坚决不会同意的。"曲珍的阿爸平常很少生气，这次看样子是气得厉害，全身发颤，气得说不出更多的话语，迅猛举起右手扇了曲珍一个耳光。

"阿爸，您说什么？我不明白，我是清白的，到目前为止都没有谈过男朋友，哪里来的什么和尚？"曲珍急哭了。

"人家都冲到家里向我要人来了，你还不承认！"曲珍阿爸再次举起右手准备扇耳光。坐在沙发最边上的矮个子男人立即起身劝曲珍阿爸："坐下来慢慢说，不要打人。"

"我真的没有，我可以发誓，您可以去调查。"曲珍委屈地大哭起来。

"那他们说的是怎么回事？"曲珍阿爸像个凶狠的魔鬼一样怒吼起来。

"我怎么知道？这些人我一个都不认识。"曲珍气得也怒吼起来。

云丹没有想到事情会变成这样子。以前，他只听别人说曲珍阿爸是个有名的脾气特别温顺、特别暖心的男人，没想到他竟然会打曲珍，只好说出事情的真相，请求曲珍阿爸原谅。

曲珍不认识云丹。目前的一切只是云丹一厢情愿，他害怕曲珍和家人不同意，所以左思右想后直接请媒人登门请婚。而且，为了表达诚意，在来曲珍家的前一天，云丹不顾所有家人和亲戚的反对，执意还了俗，脱掉僧服，已经穿上了便装。

云丹的父母生育了三个孩子，云丹是最小的。在他三岁的时候，父母毫不犹豫地让云丹到坐落在县城里的格鲁派寺院里当和尚。身为牧民的父母请示过该寺院活佛，活佛同意云丹出家为僧，并给他取法名为云丹嘉措。按照活佛算出的良辰吉日，云丹被剃掉头发，安排给一名年长的老和尚当小徒弟。

云丹自幼勤奋好学，时常遨游在知识的海洋里，梦想成为一名品学兼优的杰出僧人。云丹其实是活佛的亲戚，活佛非常信任云丹，加之云丹非常勤劳、聪明过人，在云丹十岁的时候，活佛就选云丹为管家，管理寺院的后勤保障工作。

云丹整天在忙碌中度日，总是感觉时间不够用。特别是成年以后，邀请他到家里做佛事的老百姓越来越多。

二十几岁的云丹，个子不高，体形瘦削，黝黑的脸上架着一副白色无框近视眼镜，很有知识和涵养的样子。

活佛和曲珍阿爸是朋友，云丹跟着活佛去过曲珍家几次。第一次去曲珍家，是前一年夏季的某日。曲珍的照片放大以后裱在相框里，挂在客厅显眼的位置。第一次看见曲珍的照片，云丹就像是吃了某种迷魂药一样被吸引住了。从此，情欲不可克制。

在曲珍上中专的时候，云丹去学校偷偷地观望过；曲珍在乡里上班的时候，云丹也去乡政府偷偷地观望过。

无意间，云丹遇见了心动的爱，愿意为曲珍付出一切。他的梦想突然间意外地改变了，现在的梦想就是早日和曲珍结婚生子，过幸福、甜蜜的日子。于是，他鼓起勇气，提笔写信，用文字来表达对曲珍的真心实意。

收取费用的媒人当然会卖力，赔着笑脸尽力地说好话，想说服曲珍阿爸："老朋友，曲珍已经是成年人了，而且参加工作了。现代的年轻人跟我们那个时代不一样，有选择的权利，更有追求爱情的权利。云丹确实是真心的，而且云丹这么优秀，很快会转变角色，做一个出色的老板，不会亏待你家曲珍。现在的年轻美女还主动追求还俗和尚呢，说和尚有钱，经济基础好。那么多人都不介意，你也别介意，思想要开放，成全年轻人的幸福，再不能像我们一样凑合着。你再考虑考虑。"

"我这老脸往哪儿搁呀？我跳进黄河也洗不清，别人会说是曲珍让云丹还俗的，你们这是想把我气死！休想，我是坚决不会同意的，曲珍也不会同意的，从今往后，别再提这件事了，就当作什么也没有发生。"曲珍的阿爸依然气得说话断断续续，上牙和下牙打架，咬破了舌尖。

"不要在意别人的风言风语，过几天就风平浪静了。作为长辈，我们都希望子女幸福、如意，别再那么固执了，云丹是个不可多得的好男人，错过了就不再有，珍惜是最好的选择。好了，我们还有其他事，空了再聊。老朋友，我们走了。改天见。"媒人中年长的老者向旁边的另一媒人和云丹使了个眼色，就站起来向曲珍和其阿爸道别离开。

曲珍阿爸没有跟往常一样将客人送到单元门口。

曲珍阿爸待客人走后，沉默着，在客厅里看电视。

窗外下着毛毛细雨，听着雨声，曲珍莫名伤感，今天哭得特别伤心。客人走后，曲珍回到自己卧室趴在床上哭了很久，烦乱的心始终无法平静，她讨厌这个看起来斯文、单纯，内心却诡计多端的男人，讨厌这个男人寄来的所有情书，讨厌这个男人所谓的心动的爱。

云丹依然每天坚持给曲珍写信，写生活、写情感、写想念。

曲珍反感云丹还不认识自己就要手段，一接过邮递员送来的信，一看信封就知道是云丹寄的，直接扔到了火炉里。

睿智的云丹意识到曲珍可能不会看信件内容，为了表现真诚，每天都坚持包车带着不同的礼物去乡小学看望曲珍，故意在曲珍同事面前吹嘘自己正在努力追求曲珍的事。

但无论他怎么努力，都未能打动曲珍的心。

周末的时候，云丹去曲珍家拜访过曲珍阿爸，想说服曲珍阿爸后再由阿爸说服曲珍。结果，适得其反，曲珍和阿爸都态度坚决，绝不答应。但无论曲珍怎么拒绝，云丹脸皮还是那么厚，并不放弃。曲珍只好请教有"经验"的同事。

这次周末，曲珍没有跟往常一样回县城的家。周六早上，曲珍起床简单洗漱后就吃了早饭——一个鸡蛋、一杯牛奶、一碗糌粑茶。

按照云丹平常到校的规律，估计时间差不多的时候，她穿着睡衣，蓬头垢面地躺在床上，宿舍门敞开着。云丹一来，她就大吼大叫起来，时而坐着，时而躺着，时而跳出宿舍，时而哈哈大笑。

"亲爱的，你怎么啦？"云丹没有明白曲珍是怎么了。

"你是谁？为什么要跟我说话，我不认识你。"曲珍披头散发，低着头坐在沙发上。

"来人啦，帮个忙。"云丹开始手忙脚乱，不知所措。

这时，一名住在曲珍隔壁的女同事路过这儿，听到云丹叫喊后立即去了曲珍宿舍。

"麻烦你帮我叫一辆车，我需要把曲珍送到医院，我不知道她是怎么了。"云丹急得团团转。

"不用了，我们都已经习惯了，曲珍有精神病，犯病的时候就是这样，平常都正常。去医院没用，药物治不好，最近好像稍微严重了一点，说是你刺激到了她，你离开，她看不到你就会好起来的。"曲珍的同事说得很认真。

"怎么会这样？她有精神病，那太吓人了。为了她的健康，我愿意离开。"云丹起身准备离开，依依不舍地看着低着头喃喃自语的曲珍，心痛得无法言说，也失望到了极点。他一时无策，神情沮丧，向曲珍同事说："麻烦你照顾好曲珍。"然后他只好离开。

"为什么？为什么？为什么会这样？"云丹的脑袋被这个问题填满了。

云丹无精打采地路过校门口时，碰到了曲珍的一名男同事。同事看到云丹异常的神情，问道："你怎么啦？怎么看起来没精神？"

"我一直不知道曲珍有精神病，这对我打击太大，曲珍同事劝我离开。以后可怎么办呀？曲珍是我的真爱，我不能没有她。"云丹不停地在叹气。

"现在放弃还来得及，免得以后遭殃，她是个负担。"曲珍的男同事也说得很认真。

"可我放不下呀，唉！不说了，再见！"云丹摇了摇头，若有所思地往回县城的方向慢慢走去。

曲珍和女同事在宿舍里开心地大笑……

　　这段时间每天的天气都是阴沉沉的，天空布满了大量白云和少量乌云，还连续数日下着绵绵细雨，云丹的心情跟天气一样，不知道什么时候才会放晴。

　　云丹近期以来一直疑惑：以前怎么从来没听说过曲珍有病？听曲珍同事的口气是真的，曲珍的亲戚会不会清楚？要不要问问曲珍的亲戚？

　　后来，云丹旁敲侧击地问过曲珍的几个亲戚，他们都说不清楚。这个祖祖辈辈生活在草原上的牧民的儿子从来没有这么苦恼过、失望过，一种说不清的痛苦一直伴随着云丹，他吃不好、睡不香，像一只迷路的可怜的羔羊，不知道该怎么办。

　　如果放弃，不甘心，他不想错过这场心动的真爱；如果追求成功，结婚后，他们该怎么过日子？万一曲珍病情加重的话，后果会怎么样？云丹思索了很久，认为只有坚持才会胜利，不管曲珍病情怎么样，还是要将爱情追求到底！

　　一个月以后，草原已经进入了寒风凛冽的冬季，飘雪的日子格外寒冷，云丹感觉到以前特别喜欢的冬季竟然这么寒冷，开始讨厌这个季节，每天只想懒洋洋地赖在床上。虽然他比往常任何时候醒得都早，但就是不想起床，关键是早早地起床没事干，更无聊，还不如躺在床上。

　　辗转的滋味可不好受，云丹的大脑像时针一样不停地在转动，想这想那，越想越复杂，越想越害怕。无奈之下，他请教了个"有经验"的男人，那个男人说得特别轻松，告诉他一种当下最普遍、最流行的方法，而且承诺百分之百见效。云丹一直不明白为什么非得采取这样的措施，虽然有点不情愿，但一时之间没有别的办法。在那个男人的鼓动之下，云丹只好先试试看。

云丹的父母，从云丹小时候开始就一直宠着云丹，云丹说什么都听从，云丹做什么都支持，而且像伺候皇帝一样伺候着云丹。云丹无论白天睡到何时，父母都不会叫他起来。这一天，云丹无精打采地在床上躺到了中午，肚子饿得实在受不了的时候才慵懒地起床。家人都已经吃过午饭了，在客厅的餐桌上给云丹留了一些食物，这时不知道去哪儿了。

这样的天气，这样的心情，云丹懒得生火热饭，用暖瓶里的茶水泡饭简单吃了一点。

吃饭不重要，肚子不饿就行了；打扮重要，事关爱情成败。平常只匆匆一洗的云丹，今天反复洗了好几次脸，在前段时间刚买的全身镜里照了好多次，直到自己勉强满意。之后，他就去理发店洗头、理发，把原本不长的略黄的顺发剪得更短了一些，显得稍微有精神。

还俗以后，穿着不再讲究的云丹今天特意去了一家高档的品牌服装店。选来选去，他最后在店员的推荐下买了一套浅黑色西装，在试衣间穿上新衣服后把旧衣服直接扔到了垃圾桶里。如果是其他单身男人，可能会在给自己买新衣服的同时也给心仪的女人买一套新衣服。没有经验的云丹没有想到这一点，只顾把自己打扮了一番，在客运站附近找了一辆轿车，带着复杂得难以形容的心情去了曲珍上班的学校附近。

学校附近的餐馆寥寥无几，云丹选了一家最偏僻的小吃店。云丹不是来吃饭的，而是来喝酒的。云丹像其他男人一样，借着酒劲，才有胆量。

从未喝过酒的云丹，打算喝红酒的，可餐馆里只有白酒和啤酒。云丹随便选了一瓶白酒，不吃菜，光喝酒，老板觉得奇怪，连在另一桌上吃饭的三个牧民也觉得奇怪，转过头来多次看了看似乎穿得特别单薄的云丹。

由于天气寒冷，餐馆火炉里烧着煤炭，再加上酒的作用，云丹的脸不一会儿就红到了耳根，像猴子的屁股一样。

吃晚饭的牧民吃的都是面条，很快就吃完了，其中一个年长的男人像盯着一块从未见过的宝物一样看着云丹，仔细地观察了很久。他感觉在哪里见过云丹，好像是个僧人，如果是僧人，怎么会这样？其他两个牧民则聊着关于牦牛的话题，没有在意周围。

云丹在酒精的麻醉中熬到了天黑。一瓶白酒喝得只剩下一点点。目前还不算醉得一塌糊涂的云丹给老板付过钱后，跟跟跄跄地向曲珍所在的学校走去。

曲珍自从上次"犯病"以后，就向保安交代过，云丹来宿舍区时一定要通知她。

云丹一到学校门口，保安马上大声叫喊起来："曲珍，有人找你。"

不一会儿，曲珍披头散发，装作愁眉苦脸，穿着冬天的睡衣，外面披着又厚又长的破旧羽绒服，趿拉着拖鞋，慢慢地走到了校门口，疑惑地看了一眼云丹。

"亲爱的，好久不见，今天专门来看你，我特别想你。外面太冷了，让我在你宿舍坐几分钟，暖和了再走，好不好？"
云丹确实冷得手脚冰凉。

"那你明明知道天气不好还穿这么少，你走吧，我不舒
服。"曲珍说得特别冷漠无情。

"就几分钟，生病了，医药费可不便宜，我得为做生意筹
钱呢。"云丹假装声音和肢体都在发抖。

刀子嘴豆腐心是曲珍的特点，她想了想，过了一会儿，答
应云丹在宿舍待五分钟。

云丹急于求成似的，快步走进曲珍的宿舍，坐在了烧得通
红的电炉旁边的椅子上。

云丹一进宿舍，曲珍就闻到了一股浓浓的酒味。没想到，
他是个酒鬼。曲珍心里这么想着，但什么也没说，其实也无
话可说。

希望云丹赶紧离开的曲珍在床沿坐下来，继续编织着准备
送给阿爸的毛衣。虽然她从小学习成绩一般，但能干，家务活
儿、手工编织等干起来既勤快又利索。

经过外面的风吹，云丹只有一种想吐的感觉。他强忍着不
把令人恶心的食物吐出来，低着头，脸被电炉烤得更红了。

曲珍编织毛衣多年，技艺精湛，根本不需要眼看就能织，
时不时看看云丹。云丹一直低着头像是在思考什么问题，根本
没有离开的意思。

"哎哟，我昨晚失眠，今天头疼得特别厉害，必须得休息。
你回去吧，我要睡觉了。"曲珍装作很不舒服的样子，收拾好
毛衣编织工具和未完工的毛衣,快速把叠好的被子铺在了床上。

云丹在一旁暗喜，心里乐得美滋滋的，机会终于来了。

趁曲珍背对着云丹铺被子，云丹一瞬间像个发情期力量巨大的猛兽一样往身材矮胖的曲珍身上扑了过去，用尽全身储备好的力气，左手抓住曲珍的双手，右手脱掉曲珍的松紧裤，强迫曲珍发生了关系。

曲珍本想大喊大叫，但害怕被传出去，只能在被强奸的疼痛和愤怒中大哭起来，云丹这才停止，立即穿上裤子离开了。

伤透了心的曲珍躺在被窝里哭了几个小时，越哭越伤心，电视剧里的剧情居然真实地发生在现实生活中的自己身上。

二十几天以后，曲珍的生理期没有按时到来，而且她这几天吃完饭就想吐。

最近，曲珍想吃酸溜溜的食物，常买泡菜吃，总是感觉吃不够。

在女同事们的建议下，曲珍请假去了县医院。医生经过检查，确定她怀孕了。这个结果令曲珍非常意外。曲珍像是面临世界上最坏最坏最坏的事件一样深受打击，头脑里一片混乱，别无他法，只想哭，就差没有昏厥。

这件事，曲珍没有告诉任何人，检查完后直接回了学校。她没有去见阿爸，也没有勇气去面对阿爸，更没有胆量告诉阿爸。

对于阿妈，曲珍只见过照片，听阿爸说，阿妈生曲珍时失血过多离世了。没有阿妈的孩子时常被同学嘲笑，被一些人另眼相看，但曲珍在阿爸的开导下挺过来了。

伟大的阿妈都会牺牲自己，拯救孩子。纠结了十几天以后，曲珍还是决定留住孩子，不想亲手谋杀掉自己的骨肉。为了肚子里的孩子，她只能凑合着跟云丹过日子，从讨厌慢慢转变成适应。

云丹一直有一种预感，曲珍会答应。因此，云丹表现得更加热情，搁下正在筹备开业的演艺中心，每天早上去曲珍的宿舍，中午点外面餐馆里的菜，下午五点钟左右才回县城。

一周之后，云丹每天早上来的时候都带着从县农贸市场买来的新鲜蔬菜、水果，大方地分给曲珍的同事和乡干部，并到处宣扬自己是曲珍的男朋友。曲珍没有辩解，算是默认了，其实不得不这样。

近日，云丹越加疼爱曲珍，对她比对自己的阿妈都好，一切服从曲珍的安排，女同事们都非常羡慕曲珍找了个贴心暖男。

渐渐地，随着岁月的快速流逝，曲珍的肚子鼓了起来，脸上也有了妊娠斑。

周末回县城家里后，曲珍向阿爸说明了怀孕的事，只说孩子的阿爸是云丹，其他只字未提。

阿爸特别意外，惊讶的表情维持了许久。他没有多问，只问了一句什么时候结婚。曲珍没有和云丹结婚的意愿，回答说不结婚。

之后的日子，曲珍在同事和朋友面前强装笑颜，内心深处却痛恨云丹，埋怨命运不公。

云丹则开心得天天笑容满面。他经过暗中观察，得知曲珍上次是装病，再加上演艺中心的开业，孩子即将出生，云丹晚上睡觉脸上都带着笑意，感恩佛祖"三宝"的赐予，期盼已久的吉祥如意、幸福美满、欢天喜地的生活终于成真了，并在心中祈祷自己永远都心想事成、万事如意、健康平安！

云丹打造的演艺中心是县城里的第一个演艺中心，生意火爆。平常就缺乏自信的云丹对演艺中心的生意没有太多信心，怕曲珍担心，怕曲珍嫌弃自己，直到生意火爆了很久的时候才告诉曲珍。

为了生意，云丹每天晚上回来得越来越晚。曲珍住在学校里，云丹有时候干脆直接睡在了演艺中心的藏式沙发上。

为了能够留住稀缺演员，云丹有时候只能答应演员的一些要求。在演员们的强烈要求之下，云丹学会了喝酒、吸烟，甚至赌博。

曲珍没有指望云丹能够照顾家庭。曲珍早产了，生下一女婴，查出有先天性心脏病，医生告知需要转院，如果不及时手术，后果不堪设想。因为这事，曲珍再次受到打击，整天以泪洗面，陪护的姑妈怎么安慰也没有用。

云丹晚上忙于生意上的事，白天补觉，没有时间陪曲珍，更没有时间陪曲珍和孩子去省医院治疗。幸好有曲珍阿爸和无业的姑妈陪护着曲珍和孩子。

经过专家们的极力抢救，孩子终于保住了性命，可曲珍的心情并没有好转。这段时间，曲珍消瘦了许多。曲珍的阿爸和姑妈非常担心，悄悄告诉了医生。

医生最终检查出的结果令曲珍阿爸和姑妈非常震惊，这辈子从来没有听说过的名词从医生嘴里很轻巧地说了出来。

"产后抑郁"几个字一直在曲珍阿爸和姑妈的耳畔回响。为什么？为什么？到底为什么？

当听到医生说药物治疗是辅助治疗，心理治疗才是关键时，曲珍的阿爸立刻就决定让曲珍和云丹分手，这一切都是云丹造成的。虽然分手不是一件容易的事，而且亲朋好友都会在背后说三道四，但为了女儿，阿爸愿意付出一切。只有曲珍过上好日子，一家人才能幸福。

出院后的曲珍请假在县城的家里疗养了一段时间，顺便照顾宝宝。自然而然，到家里来看望母女的亲朋好友每天不间断，心里藏不住话的人总是有那么一些。从这些人嘴里说出来的话语中，曲珍算是看透了云丹，他沉醉于酒精，拈花惹草。特别是女演员里年轻、漂亮又有气质的德庆卓玛，不知道是什么原因，不仅勾引云丹，还扬言正在追求云丹，而且一定会追到手。这些"新闻"早就在县城里传遍了。曲珍心如刀绞，更加痛苦，无处可诉，只能选择和云丹分手，女儿自己养。

云丹却态度坚决，否认别人的传言，说什么都不愿意分手。

迫不得已，曲珍和阿爸只能请求法院审判。和恨之入骨的云丹分手后，曲珍像是卸下了特别特别特别沉重的包袱，逐渐开朗起来，心情也随之好转了许多。请姑妈代养女儿，每月按时给辛苦费，自己安心上班，时间过得非常快。

几个月之后的一个星期六中午，曲珍去农贸市场买菜的时候，远远地就看见了一个特别熟悉的身影，远处看上去，显得很成熟，其他没什么变化。

哼着歌曲的曲珍大步走向那个熟悉的身影，走近了才笑眯眯地打了声招呼："嗨，扎西，你在买菜呀？"

正在低头选青椒的扎西抬起头，往左边一看，是同学曲珍，但没有因为是同学而显得热情，跟平常一样没有笑容："老同学，你好，你也在买菜呀。"

"好有缘分呀，几年不见，今天在这里邂逅，真是难得。你好像在上大学吧，怎么在这里？你到实习期了吗？"曲珍像观赏稀有的名贵花朵一样睁大眼睛仔细观察着老同学扎西。

"我放弃学业了，现在在驾校学开车，等考到驾驶证就去开车挣钱。我一个人的生活费应该能挣到。你以后需要司机就到客运站附近来找我。"扎西跟以前一样，还是那么腼腆。

扎西一直是个遵规守纪的好学生，怎么会弃学了呢？曲珍简直不敢相信。

"不会吧？为什么？"

"为了爱。"扎西继续低着头在选菜。

"没事，这是常有的事。你住哪里？改天空了，我请老同学喝茶。"曲珍第一次主动约男同学喝茶。

"喝茶嘛，就算了。我得为驾校的考试努力学习。你买什么菜？赶紧选吧，我请客。"扎西提起选好的菜，看了一眼曲珍。

"你在哪个驾校？我也想去学。"曲珍自己都意外，无意间说出了这样的话。

"金都驾校。"扎西看着老板，左手提着菜，右手从裤兜里掏出一把零钱。

"你先走吧，我还没有想好买什么菜，还要耽误一会儿。空了再聊，再见！"

曲珍兴奋地望着扎西离去的背影，曾经的一幕幕浮现在眼前……

今天凑巧碰见扎西之前，曲珍虽然看起来表面坚强了许多，但内心还是比较脆弱。她没有太多自信，总认为不如意还是会跟随自己，自认为从今以后再也不会遇见真爱，也没有打算结婚，计划跟女儿相伴一生。

和扎西偶然相遇的一幕，铭刻在曾经暗恋过扎西的曲珍的脑海里。从此，曲珍激动不已，不再为曾经的受伤懊恼，而是精神抖擞，决心抓住机遇，为刻骨铭心的爱主动出击，改变命运。

买完菜回到家里，曲珍对阿爸说的第一句话就是想去驾校学开车。阿爸正在和坐在学步车里的孙女摆弄玩具，对于曲珍学车，没有反对，想着便于今后接送孩子上学，也便于从县城去乡学校上班。

得到阿爸的同意，曲珍当然高兴极了，情不自禁地哼起曲子，围上围裙，面带微笑地打扫卫生，然后清洗女儿的衣服和尿布，比以往精神振奋了不少，而且更加勤快了。这些变化被心细的阿爸看在眼里，阿爸风趣地问："你今天是在过劳动节呀？"

"哈哈哈……"曲珍开心地笑了起来，"阿爸，您很久都没有这么幽默过了。今后，还是想听到您幽默的话语。"

"女儿和孙女开心，我就开心。看你精神好多了，我就放心了。我的任务，就是和你们一起开心。对吧，孙女？"阿爸一直和孙女一起有说有笑地玩着玩具。

　　五一劳动节放假的第一天，天气格外晴朗，蔚蓝的天空没有一丝白云，灿烂的阳光照得怕热的人没精神。曲珍也怕热，一上午在家里干家务活儿，累得精神不振。

　　吃过午饭后，曲珍没洗碗就出门了。她穿了一套牛仔装，戴上一顶白色鸭舌帽，打扮得特别休闲。她平常喜欢穿淑女装，这套衣服是最近专门新买的。

　　县城不大，驾校离曲珍家不远，曲珍在路上的小商店里买了四瓶矿泉水后就慢慢走路找扎西去了。大约四十分钟后，曲珍才走到驾校门口。除了学员，驾校保安不让其他人进学校。曲珍只能在门口等着扎西出来。

　　曲珍从铁门外往里望了望，没看见扎西。过了几分钟，她仔细扫视了一圈，终于看到扎西坐在休息椅最边上，旁边还坐着一位浓妆艳抹、打扮特别时尚的美女，正近距离跟扎西说着什么。

　　等人的时间总是过得特别特别慢。曲珍在驾校门口无聊地待了好久。她出门时忘了戴手表，只好厚着脸皮问保安时间。曲珍望眼欲穿，像是等待了几个世纪。

　　下午五点时，曲珍终于看见扎西缓慢地无精打采地走出来，刚才那个坐在旁边说话的美女紧跟在扎西后面。不一会儿，那美女急匆匆地小跑过来拦住扎西，问："晚上一起吃饭的事，你到底答不答应？"

美女的这句话像个晴天霹雳，曲珍一下子紧张起来：该怎么办？曲珍被这个问题困住了。做任何事都习惯于三思而行的曲珍想了想，决定在未了解真相之前还是鼓足勇气按原计划进行。

"扎西，你才下课呀？我来了好久了，保安不让我进校门，只能在这儿等你。"说完，曲珍马上从手提袋里拿出一瓶矿泉水，打开瓶盖，交给了扎西。扎西没有拒绝，这令曲珍有些欣喜。

"谢谢老同学！"扎西性格比以前开朗了。

"这不是被县城演艺中心土豪老板云丹抛弃的老婆吗？原来你们是同学呀。不知道她有什么目的，扎西，你还是离她远一点，听说她有神经病，而且经常犯病，跟疯子一样。"德庆卓玛见曲珍看扎西时的眼神不一般，故意把话说得这么难听。

"你住口，那都是过去的事情，别提了。"曲珍很气愤，不过忍住了，没有说难听的话。

"有什么不能提的？云丹是个花和尚，你这个精神病病人不仅勾引他，还给他生了个患心脏病的女儿，这些都传遍了整个县城……"德庆卓玛的语气扬扬得意。

"你们在这儿慢慢吵，我先走了。"扎西快步向大街方向走去。

"扎西，我请你去喝茶，我等了一下午，给同学给个面子。"曲珍跑过去拉住了扎西的衣角，用请求的眼神看着扎西。

"谢谢你，我没心情喝茶。"扎西从来不会轻易答应别人的邀请。

"多年不见，聊聊天不会影响你什么吧？你是怕你女朋友误会吗？或者我请你吃饭，怎么样？不会耽误你太久，走嘛，难得的机会。"

"别瞎说，我没有女朋友。"

"那怕什么？你想吃什么，我请你吃。"

"我先约的扎西，你捣什么乱？"德庆卓玛气呼呼地瞪着曲珍。

"你们别烦我了，我要回去，哪儿都不去。"扎西的心被两个女人扰乱了。见到年轻女人，扎西无论何时何地总是会一下子情不自禁地想起心中那个任何女人永远都无法替代的心爱女人。

"都怪你！"扎西离开之后，德庆卓玛狠狠甩下一句话，也离开了。

曲珍站在原地傻乎乎地望着扎西远去的背影。

看来，只有真正去驾校报名，才能接近扎西。曲珍这么想着。对于今天的结果，她有点失望，没想到扎西这么无情，连同学也不理。

曲珍到驾校咨询以后才知道，扎西的课程快结束了，上课时间都是在下午，而初学者的课程都在上午。左思右想，曲珍最后决定报周末班，下午在驾校门口等着扎西下课。

扎西仍是那副冷酷无情的样子，独来独往，不主动跟别人说话，特别是女人，当作没看见。

一见到扎西，曲珍就心潮澎湃，那个花枝招展的女人没有跟着扎西过来，她的压力瞬间减少了很多，面带着微笑迎接等候已久的扎西。

"下课啦？看到你没精神，一定是累了吧？我也报了驾校，但是上午上课，以后请你多指教。我想拜你为师，所以今天专门来请师父吃晚饭，你不介意吧？我在乡里教书，只有周末才到县城，机会难得，请老同学赏个面子。"曲珍深情地凝视着扎西，这些年里的酸甜苦辣和想念都饱含在眼神里。

扎西像个认错的孩子一样低着头，谁也不知道是故意躲避还是习惯性的动作。

"你总是低着头，在数地上的蚂蚁还是那个凶狠的美女欺负你了？我从来没有见过你高兴的样子。"曲珍猜出来那个美女在追求扎西。

"没什么，习惯了低头。"扎西稍微抬了一点头，看了看曲珍的穿着，再没有往上看。

"那肯定是你有心事。走，吃饭去，说出来心情就会好得多。"曲珍像个撒娇的小女孩一样笑嘻嘻地拉着扎西的右手往大街方向走去。

扎西半推半就地跟着兴高采烈的曲珍去了一家中档的川菜馆。

一路上，曲珍表现得特别热情。为了不让扎西无聊，她故意说着学车方面的话题，还时不时提一些问题，不知不觉很快就到了餐馆。

扎西的精神确实比刚才抖擞了一些，这让一直默默观察着扎西一举一动、一言一行的曲珍高兴极了。

　　曲珍待扎西坐下来后，双手捧着菜单交给扎西点菜。水煮肉片、回锅肉、蚂蚁上树、炝炒土豆丝、三鲜汤，扎西没想好吃什么，也没有什么特别想吃的，就随便点了这几个菜。其实，这个菜里，除了三鲜汤，没有一个是曲珍喜欢吃的，不知怎么回事，一向稳重的曲珍不由自主地越来越紧张，面色通红，不停地喝着茶水。

　　扎西则皱着眉头，始终盯着杯子里的茶水，看起来像是在思考什么问题。其实，看到对面的女人，扎西再一次情不自禁想起了心爱的女人……

　　他时时刻刻都期盼着坐在对面的女人是心爱的德吉，他想与德吉结婚生子，永远幸福地生活在一起……

　　但愿梦想成真!

　　曲珍为了引出话题，在菜还未上桌之前，都在谈论以前上初中时的事情。曲珍当时跟扎西是同年级，但不是同一个班。

　　在这个餐馆就餐的顾客特别少，饭菜很快就被服务员端上桌了。曲珍给扎西盛好少许米饭后往他碗里夹了不少菜，怕扎西客气似的，不停地在劝他要多吃菜。

　　扎西轻轻地点点头，不说话。

　　等扎西吃完以后，曲珍用餐巾纸擦了擦嘴，稍等片刻后，声情并茂地说出了埋藏在心底很久的话："我上初中的时候，性格内向，也很腼腆，自从上了师专以后有所改变，除了心底深处的爱恋没有变，我已经不再是以前的我了。初二第一学期刚开学，我就暗地里不知不觉地爱上了你，爱得刻骨铭心。暗恋的滋味是一种说不出来的滋味，只有亲身经历才知道。但那个时候，我胆小、懦弱、自卑。这么长时间过去了，我心中依然只有你，永远都不会改变。是缘分让我们再一次相遇，现在，不管追你的女人有多少，我都有勇气说出心里话。我没想到还有机会面对你说出这些话，以为这些话会烂在我的心里。扎西，我爱你！我没有甜言蜜语，也没有娇容美貌，但我有一颗最真诚的心。请你接纳。"

扎西立即回答："谢谢！我心里早就有了心爱的人，再容不下其他人。"

"你是在意那个美女说的事吧？她说得太夸张了，我并没有勾引谁，是他追我，强行发生关系。我们没有结婚，生下孩子就分手了，女儿的病已经治好了，并没有她说得那么恐怖。请你再考虑考虑，怎么样？"曲珍说得有点激动。

"不用考虑。我只想跟我心爱的人结婚，等我驾校考试完了就要去找她。"

"她在哪里？"

"她一直在我内心深处。"

"万一没有找到呢？"

"一定会找到的，我有信心！"

曲珍无话可说了，一边喝茶一边想了想，然后补充了一句："那你还不知道什么时候结婚嘛，结婚之前再考虑考虑，说不定你的主意会改变。"

万分紧张的曲珍差点忘记送礼物了，猛地站起来从背包里取出一个手提袋交给了扎西："这是送给你的一套名牌休闲装，不知道你喜不喜欢，不喜欢的话可以直接扔到垃圾桶里。"

"老同学，你太客气了，礼物我不要。"扎西把手提袋塞回曲珍的怀里。

曲珍要把手提袋再次交给扎西，扎西装作生气说："别这样，不然我以后不理你了。"扎西摆摆手，继续说："谢谢你请客，今天我买单。我累了，想早点回去休息。"

"是我约你的，我买单。下次我请你去喝茶。"曲珍连背包都没来得及背上，就跑到吧台结了账。回过头时，扎西已经拿着背包站在她旁边。

"谢谢你赏脸，我特别开心，空了再请你。"曲珍没有把礼物强塞过去。或许，缓一缓，慢慢来，会有效果。逼得太急，感觉像是强迫。曲珍边想边往餐馆外走。

一出门，扎西在路边向曲珍说了声"谢谢"后，坐的士车回去了。

每周周末的下午，曲珍依然坚持在驾校门口等候扎西，一连几次都受德庆卓玛干扰未能约到扎西。没多久，曲珍成了德庆卓玛最痛恨的敌人，德庆卓玛一看到曲珍，就气得咬牙切齿，比母老虎还要吓人。

仇恨积少成多，终将爆发。这一天下午，乌云密布的阴冷天气突然开始下雨，曲珍没有带雨伞，只好站在雨里继续等着扎西。扎西打着驾校的雨伞慢跑着到了门口，任德庆卓玛在后面怎么喊叫都不回头。

"你怎么站在雨里？会着凉的。"扎西把雨伞撑到了曲珍头上。

"大家快来看哪，这里又有新闻，不要脸的妖怪不仅勾引花和尚，还专门到驾校勾引老师和学员，勾引我的未婚夫。大家快来呀，她就在这里，在我眼皮底下光明正大地勾引，她不知道跟多少男人睡过了。"德庆卓玛高亢的声音在整个驾校上空回响，边骂边哭……

"不要听，她是个疯子，我买了一辆便宜的二手车，送你回去，车在左边。"扎西已经习惯了德庆卓玛撒野，麻木了。

"这样不好，我以为你是单身才来等你的，你是她的未婚夫，你还是跟她回去。"曲珍站在原地不动。

德庆卓玛的叫骂的确吸引了不少刚下课的学员围观。人们似乎喜欢围观，只要看见几个人站在一起就立马跟风观看，实际上有可能什么都没有发生，好奇心的力量就是这么强大。德庆卓玛见不少人出来围观，故意大哭大闹，说得跟真的似的，围观的学员都信以为真，交头接耳，议论纷纷。

"不是这样的，她纯粹是瞎说。她追我，我没答应，她就这样报复。别理她，我们走。"扎西把曲珍拉上了车。

曲珍被这话说得压力倍增，一时间不知道说什么好，只能沉默。

她全身几乎都被雨水淋湿了，再加上冰凉的心情，不禁打了个寒战。扎西见状，立即脱掉外套让曲珍穿上。

"谢谢！你这么暖心，世界上很少有你这么好的男人，要是以后永远能跟你在一起就好了。"

"别提这事了，我们之间只是同学情，你还是找个优秀的、爱你的男人陪伴你。没有爱就等于零。但愿老同学幸福。"

　　再等等吧，也许，时间会证明一切，放弃就等于失败，继续加油吧！曲珍还是失望，坐在副驾驶位置上转过头，双眼望着窗外，心里悄悄地这样鼓励自己。

　　扎西一副心不在焉的样子，一直都在心里呼唤：心爱的德吉，你在哪里？等我考到驾驶证就去找你。我一定要跟你在一起！

　　扎西把曲珍送到小区院子里后，就回自己家去了。最近，他越来越想念德吉，特别是夜深人静的时候，二人在操场上相拥的情景总是浮现在眼前。平淡如水的日子，因为爱而甜蜜，因为想念而温馨，也因为爱而苦涩。相思的人们走过火热的夏天，走过伤感的秋天，走过寒冷的冬天，也走过茫然的春天。一年四季，岁月如梭，每时每刻的思念已成为一种美丽的风景。

　　一传十，十传百，德庆卓玛在学车场上说的话和扎西带走曲珍的事，像明星的绯闻一样传遍了整个县城。当然，也早就传到了关注并在乎扎西的人的耳朵里。曲珍成了大家嘲笑的对象，扎西背了个坏名声。

　　德庆卓玛不是一个普通的女人。她的阿爸是本县县长，阿妈是另一县财政局局长。每天到家里拜访的客人络绎不绝，有机关干部、商人等等，什么人物都有。德庆卓玛是独生女，追求德庆卓玛的男人多得像天上的星星。有人为了攀财，有人为了升官，有人为了就业，有人为了调动……但真正喜欢德庆卓玛的男人寥寥无几，因为她品行太差，作风更差。有人说她是天生的，也有人说是因为她的父母为了拼事业而无暇管教女儿。

　　学习极差的德庆卓玛屡考屡败，勉强初中毕业后就待在家，为了改善气质，自费去培训学校学习了舞蹈。后来云丹邀请她去云丹的演艺中心跳舞，为了便于今后的发展。

　　在泡酒吧时，德庆卓玛听女酒友们说驾校有个身材特别棒、长相特别英俊的帅哥。为了看一眼这个赫赫有名的帅哥，她才去报了驾校。实际上，她没有看到那个帅哥，却看上了看似普普通通、但有独特魅力的扎西。自从在驾校认识扎西并一见钟情后，德庆卓玛各方面都有所收敛。

　　比其他女生晚熟的德庆卓玛第一次遇见心动的爱，是在初中毕业以后。很多处于青春期的初中女生都会有喜欢的男生，极个别的大胆表白被拒绝后，大部分都没有勇气继续，只能暗恋一辈子。但德庆卓玛从来不会把心里话留在心底，让它烂掉。

　　自从那天德庆卓玛在驾校大吼大叫、到处宣扬以后，扎西越来越反感德庆卓玛的直白，再也不理德庆卓玛，连话也不跟她说，讨厌这个像恶魔一样的女人。德庆卓玛经过世事磨炼，性格争强好胜，绝不会轻易放弃，更不会轻易放手。

　　考完所有科目的那一天，闷闷不乐的扎西终于有了笑容。不仅因为即将拿到驾驶证，也因为从此可以摆脱德庆卓玛的"魔掌"，追求心爱的人了。但这个笑容像闪电一样一闪而过。他还没有走到校门口，就被德庆卓玛拉住了。德庆卓玛嬉皮笑脸地撒娇："亲爱的，晚上一起吃晚饭吧，好久没有感受浪漫了。等我们结婚了，不能过着像别人一样整天柴米油盐、没有激情的日子，我们每天都要过着浪漫、开心、幸福的情人节。想吃什么？你说。"

"我没心思，你放过我。我说过多次了，我早就有心上人了，我只和她结婚。你会找到比我优秀千万倍的男人，不要再缠着我了，永远都休想得到我。"扎西在德庆卓玛手上掐了一下，然后大步跑到车子旁边，开车飞快地离开了。

"哼！你这个不识好歹的傻瓜，看我怎么收拾你！"德庆卓玛在驾校门口狠狠地骂道。

扎西的阿爸为扎西操劳过多，短时间内苍老、憔悴、消瘦了许多，在同龄人中特别显老，老得像是扎西的爷爷一样。他没有什么兴趣爱好，结束司机生涯后无聊至极，只能宅在家里看电视剧。

扎西考到驾驶证以后，靠开车拉客谋生。

这一天中午，德庆卓玛打扮得比平常更加妖艳：红色高跟鞋、黑色超短裙、大红色风衣，加上金色的长发，看起来比酒吧女郎还另类。

当她敲响扎西家的门时，扎西阿爸还以为是扎西回来了，兴高采烈地开门的那一瞬间，被眼前的女人吓了一跳，一脸震惊。

"叔叔好！我是扎西的老婆，扎西在吗？我们今天去领证。"德庆卓玛伸长脖子往里望了望。

"哪个扎西？你找错了。"扎西阿爸真的以为她找错人了。

"没错呀，就是您儿子扎西。他出去了吗？我进去看看。"德庆卓玛以为扎西在躲避。

"对，对，他出去了，不在。"

"好的，那我走了，再见！"

扎西的阿爸使劲关上门，他始终想不通：怎么来人说自己是扎西的老婆？扎西从来没提过有女朋友，更别说是老婆，到底怎么回事？是不是扎西又惹下了什么祸？

下午六点钟左右，扎西的阿爸正准备做晚饭时，又听见有人在敲门。这次敲得更猛烈些，阿爸以为是扎西饿得慌。他快速打开门，眼前出现的是一个高大魁梧的男人，中午那个女人紧跟其后。扎西的阿爸经常看县台新闻联播，一眼就认出那男人是县长。

"县长，您好！"扎西的阿爸声音低沉。

"扎西回来了没有？"县长特别严肃。

"还没有，不知道什么时候回来，有顾客的时候回来得特别晚。"

"那我们就等一会儿。"

"请进，让您见笑了，条件简陋。"扎西阿爸只能强装笑颜。

县长和德庆卓玛在简易沙发上坐了下来。

"没事，我只是来看看扎西到底长什么样，把我宝贝女儿迷得神魂颠倒，怎么劝也没用，非扎西不嫁。我来，就是跟你说这事。"

这时，扎西刚好回来了。还没有进门，他就看到了德庆卓玛。他正准备逃跑时，却被德庆卓玛看见了，她走过来对着扎西说："扎西，你回来了。在外面忙碌了一天，你休息一会儿，我们就去外面吃饭。本来今天准备和你去领结婚证，结果你在忙。那就明天再去。"

"你怎么听不进人话？我跟你说过很多次了，我们是不可能的，我喜欢的不是你，以后别再来烦我，我没时间和你吵架。"扎西气得不想进门，站在门口只想马上离开。

"你不答应，我就把你全家烧光，我就去死，跟你同归于尽。"德庆卓玛早就想好了这些谎话。

"你怎么强迫都没用。烧就烧吧，死就死吧！"扎西转身离开时，被德庆卓玛抓回来了。

"卓玛，你别激动，不要做傻事，相信扎西会答应的。亲家，你必须答应，不然要出人命了。"县长用命令式的官腔说道，用威风凛凛的眼神望着站在一边的扎西的阿爸。

怒火在扎西胸中燃烧着，空气一下子凝固了，沉默替代了一切。

"你们不说话就是默认了，那就这么定了，结婚仪式的举办时间我已经定好了，再过一周就举行。你们什么都不用准备，一切由我们来安排。我们还有事，先走了，再见！卓玛，走。"县长习惯了办事霸道。

德庆卓玛心里高兴极了，从未有过的欢乐在全身涌动，本来只想吓唬扎西一下，没想到马上见效了，吓唬的威力太大了。

等县长和德庆卓玛走了十几分钟后，扎西仍在愤怒中："阿爸，你怎么就答应了呢？我不仅不喜欢她，看到她，我就恶心。今后的日子怎么过？"

"这只是假装答应，以后的事，走一步看一步，到时候再说。万一闹出人命，那就惨了。以前也发生过因为情感问题报复的事。其中最典型的就是县医院一女护士追求某个帅哥，被拒绝后，这个女护士报复那个男人，给他打针时偷换药物，造成医疗事故。万一县长女儿来真的呢？"善良的阿爸不希望悲剧发生在儿子身上。

快乐如同影子，时时刻刻伴随着德庆卓玛，她貌似一个无忧无虑的孩子，天天笑声朗朗，在大街上遇见认识的人就主动打招呼，并宣传"结婚"的事。令人意想不到的是，她还找电视台将结婚的事以广告形式在县台播出。扎西和德庆卓玛的婚事成了轰动性的新闻，传遍了十里八乡，他俩成了家喻户晓的名人。许多男人在暗地里羡慕、嫉妒扎西找了一个有钱有权的富家女，以后再也不用起早贪黑、十分艰难地维持生计了。

举行婚礼的日子临近，德庆卓玛越来越激动，总是想象着和扎西手牵手、心连心的幸福生活，还有与心爱的扎西亲热的场景……

按照牧区的传统习俗，婚礼程序繁多。

婚礼按藏历算出的吉时举行。吉日良辰，新郎家选派的十几个男人带上新婚礼物，骑着白马去新娘家请婚。礼物包括黑色布料三米、一根哈达、一个褡裢。褡裢里装有象征吉祥的食物，有人参果、奶渣饼、茶叶、盐巴等。

迎亲队伍到达新娘家后，抓紧时间将准备就绪的新娘接走，凌晨四点就要到达新郎家。此时的新娘已改变了发型，从姑娘的独辫变成了已婚妇女的数根细辫，每根细辫上还扎上了许多小颗的白色海螺。

这一夜，新郎家热闹非凡。几个男人早已在新郎家院子的桑炉里煨桑，并祈求生活幸福。

迎亲队伍带着新娘到新郎家附近时，家门口已用青稞粒画好"吉祥雍仲"符号，祈求幸福美满。新娘下马时，迎接的第一个女人必须是家庭美满、儿孙满堂的优秀妇女，并且在藏装上面穿上白色羊毛织成的毡毛外套，毡毛外套有的缝有帽子，没有缝帽子的则是藏式竖领。新娘双脚踩地后即喝下一碗酸奶，然后随迎亲的第一个女人进屋。按照习俗，男人都坐上位，即灶的左边；女人都坐下位，即灶的右边。新娘一进屋也得坐在下位。如果是上门女婿，新娘则坐在上位。

迎亲队伍到上位位置就座后，开始高唱颂歌。一共歌唱三次，大门口、家门口、灶房兼客房各一次。之后还要多次进行男女对歌。

婚宴上的美食、饮品堆积如山，热烈的庆祝活动会持续一整天。

第二天，全村每家每户都会邀请新娘到家里做客，第一家必须家有长寿老人（最好八十岁以上）、子孙满堂。之后，全村转客，均以最好吃的美食招待新娘，表示新娘已成为该村村民。

新娘到新郎家大门口时，若有人背着盛满饮用水的圆形木桶路过，则表示圆满，新郎家主人会献哈达并随心意赏礼金。

新娘嫁到新郎家后，干的第一个活儿是捻羊毛线，寓意一切都像羊毛一样细腻、柔软。

如果婚期在夏季，会在草原上搭帐篷举行婚礼。其他季节因气温不高，则在新郎的家里举行。

德庆卓玛的父母工作繁忙，婚礼的事由筹备组负责操办，一切都由筹备组来安排。他们选择在县里最高档的酒店举办宴席，既简化了传统程序，又便于宣扬。

婚礼当天，连续下了几天的绵绵细雨竟意外地停了，虽然不是艳阳高照，但还算晴朗，亲友们都认为这是个吉祥的征兆。

匆匆吃过早饭以后，新娘德庆卓玛先请化妆师为自己化了自认为是世界上最美丽的妆。德庆卓玛平常就浓妆艳抹，此时抹得再多，别人也看不出跟平常有什么变化。绸缎藏装、金银饰品、两圈超大的珊瑚项链……几十斤重的各种饰品压得德庆卓玛的腰部、脖子、手腕，没有哪个地方不疼。一辈子就这么一次，德庆卓玛咬牙强忍着，盼着仪式早点结束。

一听说县长女儿结婚，有些人虽然压根儿不认识县长，为了表达心意，也来参加了。宾客人数远远超过了预期，幸好还有几个包间可以临时加人。

一切准备就绪，已经中午十二点整了，却不见新郎扎西的踪影。德庆卓玛和家人开始着急了，继续等待了半个小时，扎西还是没到。德庆卓玛阿爸立即派人前往扎西住处找人，没有找到扎西和阿爸，房门被明锁锁住了。

情急之下，县长急中生智，在亲戚里找了一个跟扎西身材差不多的男人匆匆打扮后作为扎西的替身和德庆卓玛举行结婚仪式。仪式主持人是全藏区有名的藏语播音员，节目表演也请的都是全藏区著名的专业歌唱家，宾客的眼球都像是参加明星演唱会一样被名人吸引住了，几乎无人关注新郎和新娘，德庆卓玛强装笑颜硬撑着。

扎西和阿爸早已经在路上，离县城几百公里远了。这条路上，一年四季有许多人路过，这些人为了朝拜、逃婚、私奔、还俗、逃避……都要去神圣之地祈求神灵保佑，净化心灵。

当拜见拉萨及周边的神山、圣水、寺院的那一刻，所有人都会激动、感动。非常令人向往的拉萨成为一个摆脱现代生活烦恼、让生活节奏慢下来，享受精神生活的地方。有很多人想要去拉萨给自己的灵魂来一场洗礼也就不奇怪了，最幸福的事莫过于此。扎西和阿爸商量以后，决定逃离束缚，远离纷争，驾车去没有痛苦、没有忧伤的圣地生活。也许，在那里命运会有好转，幸福会神速降临，从此，过上开开心心、没有烦扰的平静日子。

德庆卓玛被气得咬牙切齿，心中燃烧着最为猛烈的怒火，如疯如狂，非要不惜一切代价，找到扎西，就算扎西去了国外，也必须找到他，和他结婚。

怒气来得猛，也消得快。两天后，德庆卓玛的愤怒消失得无影无踪，心情恢复了常态，这与德庆卓玛阳光向上的性格有关。

从这一刻起，德庆卓玛开始谋划下一步的举措，下定决心，勇敢行动。对于父母的劝告，她一字不听，置之不理，她成年后就基本上没有听从过父母的话。倔强的脾气，勇敢、直爽的性格，加上父母的溺爱，使德庆卓玛非常任性，事事都要如自己的意！这件事也不例外，她时时刻刻提醒自己，要勇往直前，务必赢，不许输！

最近，德庆卓玛越来越霸道，无论言行还是举止，各方面都明显有所变化，父母把这一切都看在眼里，能够体谅，并没有过多干涉，只想顺其自然。阿爸从政多年，四十多岁时才有了独生女儿，尤为宠爱。受德庆卓玛阿爸影响，原来爱好舞蹈且在文工团工作的阿妈想尽办法转行当了公务员，通过各种途径，担任行政领导职务。

德庆卓玛遗传了阿妈的性格。听别人说，德庆卓玛阿妈当年就是不顾一切，大胆打破传统观念，倒追德庆卓玛阿爸，一夜之间，就成为县城里无人不晓的名人。当时，无数人慕名到县文工团想看看这个传言中妖艳的名人到底长什么样。人人都特别好奇：为什么长相出众、家庭条件非常优厚、人见人爱的美女非得追求一个体形瘦削、长相一般的普通乡村基层公务员？而且在那之前，德庆卓玛阿妈还未喜欢过哪个异性，更别说谈恋爱。虽然异性追求者源源不断，但没有一个她看得上的。有人说她是眼光太高，有人说她万分傲气，还有人说她是挑花了眼。无论别人怎么说，德庆卓玛阿妈只为自己的目标而努力。

那一年的冬天，比以往任何时候都来得早一些。虽然正值金秋十月，但天气寒冷无比，气温比数九寒天里最冷的三九、四九时还低了许多，大雪纷飞、寒风凛冽，人人都感觉像是要冻死在十月里。

乡下虽然通了路，但都是土路，坑坑洼洼，几十公里的路程，正常情况下，得在拖拉机上颠簸几个小时才能到。何况前一天夜里下了整整一夜的鹅毛大雪，拖拉机难以行驶。

德庆卓玛阿妈心急如焚：该怎么办？好不容易盼来了周末，不能白白浪费掉机会。她想来想去，想到了一个办法，那就是骑马去乡里。可是，她从来没有骑过马，如果马在雪地里摔倒了，怎么办？一系列问题久久困扰着德庆卓玛阿妈。平常，她大大咧咧，勇敢无比，今天却非常胆怯、害怕、焦急，最终还是下定决心勇往直前。

车到山前必有路，德庆卓玛阿妈鼓励自己：为了自己加油！为了心上人加油！为了爱情加油！

早上，吃过早餐，喝过糌粑茶后，德庆卓玛阿妈的胃有些不舒服，虽然不是疼痛难忍，只是突然感觉一阵轻微胃痉挛，但整个人看起来显得无精打采。她最近没有吃过刺激胃的食物，之前也从来没有这样过。疼得不是时候——德庆卓玛阿妈有点责怪胃的意思。

平常，德庆卓玛阿妈每天早上都跟大多数藏族人一样喝糌粑茶。

糌粑有多种吃法，将成熟的青稞洗净后不去皮炒熟，再磨成细粉就可以吃了。糌粑的营养价值特别高，不仅含有丰富的蛋白质，还含有微量元素钙、铁、锌等，热量高，能够起到御寒的作用。糌粑茶是糌粑的吃法之一。

糌粑茶的吃法是在大小中等（跟盛米饭的碗大小差不多）的碗里先放一勺糌粑按压一下（为了加水后糌粑不漂浮），加上适量奶渣，放上一片酥油，倒进用砖茶或红茶慢熬出来的茶水，搅拌着喝，营养价值极高。

新鲜牦牛奶用小火慢熬，分离出来的奶油晒干后就变成了奶渣。奶渣的营养价值也非常高。

恶劣的天气、身体的不适、条件的限制，都阻挡不了德庆卓玛阿妈前行的脚步。无论如何，这次必须去，而且要成功！爱情的力量，无限大！爱情的魅力，说不完！爱一个人，其实不需要轰轰烈烈的举动，也不需要许多甜言蜜语，只需要拨动自己内心深处的那根弦。在德庆卓玛阿妈看来，爱就要轰轰烈烈。她并不是被爱冲昏了头脑，也不是为了寻求刺激。

德庆卓玛阿妈充分发挥聪明才智，想了多种方案，并做了最坏的打算，准备看情况随机应变。

出发的前一天，德庆卓玛阿妈找亲戚帮忙，借了一匹马。主人坚决不肯收取费用，还主动要求陪着德庆卓玛阿妈一起去。德庆卓玛阿妈不想麻烦别人。善良的牧民们一贯以慈善为人生价值，不会为自己的利益而从别人那儿想方设法捞取好处。

德庆卓玛阿妈在县城里长大，从来没有骑过马，更别说骑十几公里。为了心动的爱，她只能硬着头皮上马。

这一匹年轻的骏马全身纯白，帅气、温顺，第一眼看起来就不错，主人选择的是最好的那匹。

这一天确实特别冷，德庆卓玛阿妈穿上了所有冬季藏装里最厚的那件，里料是纯羊羔皮鞣制而成，藏装里面穿上了最厚的毛衣；头上戴着自制羊羔皮毛帽子；脖子上围上最厚的围巾。但出门没走几步，她就感觉到像是没穿衣服一样，冷得直打哆嗦，只好返回家在藏装里面多加了一件羊毛背心，然后以最快的速度向牧民家走去。

到了牧民家，女主人已经烧好火炉，熬好了清茶，等待着德庆卓玛阿妈的到来。女主人跟其他藏族妇女一样非常热情好客，非得让德庆卓玛阿妈喝几碗热腾腾的清茶再走，这么冷的天，暖暖身很有必要。

但德庆卓玛阿妈急着上路，说茶喝多了，在路上要多次小便，于是只喝了一碗清茶就上路了。

十几公里的路，什么时候才能到呀？十几公里，感觉上不远。可实际走起来，太慢太慢。积雪厚度达二十几厘米，一步一步地骑马赶路确实难。如果踩不稳滑倒的话，后果不堪设想。

没走多久，马虽然没有出现问题，但德庆卓玛阿妈的胃又一次疼起来，一阵一阵疼得难受。

"忍一忍，等这阵子疼过了，就不会再疼了。"德庆卓玛阿妈在马背上安慰着自己。

德庆卓玛阿妈一直在马背上弯着腰，既冷又疼，怎么改变姿势都没有好转。她疼得无精打采，不停地在叹气，只能在心中默默祈祷。

为了心上人，这一切都得忍着，也许，忍一会儿就不会再疼了。

"啊！"突然，一声尖叫，响彻整个草原。这声音，比电影里的尖叫声还要响亮。

原来是马不小心，后腿在雪地里打滑了，差点摔倒。比起此时的惊险，刚才的胃痛已经算不了什么。幸好只是滑了一下就稳住了，不然肯定是人马两伤。

在心惊胆战中，德庆卓玛阿妈黄昏时分才到达目的地。

乡政府的大门已经关闭。

德庆卓玛阿妈下马后立即用力敲响了乡政府的铁门。

敲了多次，等了很久，终于，她听见有人说"来了"。

一听到这声音，德庆卓玛阿妈高兴极了，终于听到了那熟悉的声音，盼了那么久，终于可以见到那日思夜想的身影。所有疲惫、全部苦痛、一切阻力，都瞬间消失得无影无踪，就像什么也没有发生一样。

有了心灵的温暖，躯体不再寒冷。从双方的语气里可以听出，他们脸上带着微笑。

在马面前一次深情的拥抱，将一对男女紧紧连在一起。无须言语，一切尽在拥吻中。

德庆卓玛阿妈初中一毕业就被招入县文工团任舞蹈演员。认识德庆卓玛阿爸已是几年后的一个夏季随团去乡下慰问演出的时候。

夏季的草原，让人神魂颠倒。坐着手扶拖拉机去乡下演出，是演员们最开心的事情。特别是德庆卓玛阿妈，这段时间是她有生以来最激动、最亢奋、最开心的。从那时起，她越来越爱打扮，越来越注重自己的形象和行为举止。没有想到，爱来得这么突然，情来得这么猛烈。在她的想象中，爱情可能还要等待几年，甚至更长时间。趁着还年轻，她本想再独自潇洒几年，跟着姐姐们过着快乐的单身生活。

那是一个魅力无限的夏季，当然，夏季也是大草原最美的季节。无须太多言辞，对于德庆卓玛阿妈来说，那是今生今世最美最美的夏季。

文工团的演员们一到乡政府大院里，唱累了似的突然停止了唱了半段的歌曲。这次演出，因几名男演员感冒，只有十几名女演员表演。乡政府的几个工作人员（全是男性）一看全是年轻美女，个个睁大眼睛，像是要大饱眼福，连眨眼的次数都少了许多。

这时，一位身着黑色休闲装、戴着一副超大的黑框眼镜的男人，自娱自乐似的笑了笑："这哪里是演出？分明是相亲会。"

乡政府工作人员中，除了乡领导，大部分是年轻人，小伙子们个个精神饱满，非常热情，黝黑的脸上绽放着特别真挚、灿烂的笑容。平常的乡政府大院里冷冷清清，街道上行人寥寥无几，更别说有年轻美女路过此地。

今天的场面比任何节日都热闹了许多，看到这么多仙女般的美女们扎堆来到这里，以往无聊透顶的单身汉，甚至长期异地分居的已婚男人们，当然会兴奋不已。这些男人巴不得经常有美女团队光临此地，不仅能够安抚男人们的心，而且说不定能够解决单身汉的终身大事。不少在乡政府工作的大龄青年都未找到对象。乡下条件艰苦，也没有娱乐场所，平常他们只能以烟和酒作为消遣。日子过得极其无趣，个个精神不振。

这一天，是个好日子。按照藏历，也是个特别好的日子。

一大群美女从拖拉机的拖箱上像跳水运动员一样整齐地跳到地面，迎接舞蹈队的男人们惊叹不已。美艳无比的舞蹈演员们已经化好了妆，表演服已经穿在外套里面。她们身高、体型整齐划一，不细看，根本察觉不到她们表情的变化。有些人的情绪并不会表现在表情和行为上，有些人的情绪则会在瞬间就全部显露在表面。特别是性格张扬的人，尤为明显。还好，她们坐着拖拉机凉爽，要不然，艳阳高照，在强烈的紫外线的照射下，肯定会被晒得大汗淋漓。理所当然，女演员们肯定无精打采。路途虽然不算遥远，但高原的紫外线特别强烈，她们必定会被晒得头昏脑涨。

在乡干部里，一名不起眼的、非常腼腆的男人今天却异常兴奋，抢先站在了迎接队伍的最前面，还情不自禁地吹起了口哨，像特别好奇的孩子一样用不同寻常的眼神观察着站在拖拉机旁边休息的女演员们。

"嗨，这位帅哥，你是不是放牧放上瘾了，对着人群也吹这种放牧哨？"德庆卓玛阿妈性格开朗，对戴着黑框眼镜的男人开玩笑说。

"美女，对不起，让你见笑了，请原谅。"这个男人被说得脸都发红，不好意思地低下了头。

"开个玩笑，不用当真。"德庆卓玛阿妈目不转睛地盯着这个男人。

这个男人像是一只啄食的小鸟一样，始终低着头。

德庆卓玛阿妈盯了很久，连自己都能感觉到自己的眼珠子很少转动。

"嗨，美女，走了，准备演出了。"

直到被旁边的一位姐姐拉扯衣袖时，德庆卓玛阿妈才从美妙无比的幻觉里回到了现实。

等到女演员们走进更衣室，这个男人才慢慢抬起头，向乡政府院子中央的舞台走去。

这时候，舞台前边已经陆陆续续来了不少牧民，坐在观众椅上。舞台两侧的黑色大音箱里传来了藏族经典的弹唱歌曲，牧民们特别喜欢传统的弹唱歌曲，对弹唱歌唱家们非常崇拜。虽然离演出时间还有三十分钟左右，但观众席已经没有几个空座位了。走路的、骑马的、骑牛的，牧民们吃过早饭以后都以最快的速度赶过来了。乡政府大门口，仍有许多身着藏装观看演出的牧民群众大步流星地进来。有些还主动跟乡政府工作人员打招呼。

"巴桑，你今天是怎么啦？跟平常不一样。"一个穿着黑色藏装的男人大声问站在一旁的那个男人。

巴桑正在走神时，突然间一只又黑又粗的手"啪"的一下拍在巴桑的右肩上。

"朋友，你在想什么呢？跟你说话你都听不进去。"那个穿黑色藏装的男人提高嗓门问道。

"哦，哦，你好。过来看表演呀。"巴桑向左边转头看了看，原来是某村的小伙子，之前到乡里办过事。

"嗯。你今天是怎么啦？脸都红了，是不是看上哪个美女啦？"那个穿着黑色藏装的男人一脸坏笑。

"不，不，不，不是。你找个空座位坐下来，不然一会儿就没座位了。"巴桑转移了话题。

"你也坐下，表演要开始了。"那个男人说完就到后排找空座位去了。

巴桑依然站在观众区旁边，得等乡领导就座以后才能坐下。

没过一会儿，节目主持人已经拿上话筒站在了舞台边。

此时，乡领导和工作人员已经坐在了观众席的第一排。

舞蹈演员们在后台等候着主持人报幕和乡领导讲话完毕。

慰问演出活动即将开始，德庆卓玛阿妈紧张无比，从未有过的慌张莫名其妙地突然降临。她心跳加速，面色发红，热血沸腾，这种感觉比作家在小说里描写的状态还要奇特。

她不停地深呼吸，都无济于事。德庆卓玛阿妈不间断地在舞台台阶处来回踱步。

不经意间，她的双眼不能控制似的望向观众席，一眼就望见了刚才那个男人。那个男人坐在观众席第一排最右边，虽然身材瘦削，但温文尔雅的气质特别吸引人。她看不清那个男人的眼神，但那副模样已经贯穿人心，刺透心底封锁已久的那份情意。

"冷静，冷静，一定要冷静，不然会出错。"德庆卓玛阿妈提醒自己。

自从到文工团工作以来，团长就任命德庆卓玛阿妈做主持人。她主持过许多次，但从来都不紧张，包括第一次上台，都是从容、淡定、自然、大方的，轻轻松松就完成了工作。这次却不同，她全身的神经都十分紧张。

作为主持人，德庆卓玛阿妈当然是第一个上台。她刚跨出第一步,观众们就用最热烈的掌声欢迎主持人上台,震耳欲聋,经久不息。

德庆卓玛阿妈左手拿着手写的主持词,右手拿着话筒,还未走到舞台中央就颤抖不已。大红色的绸缎藏装虽然特别夸张,但最关键的时候还是未能掩饰住主持人的紧张。

场下座无虚席,四面八方站满了观众,整个乡政府院子被挤得水泄不通,大门口及门外也都站着观众。这样的场面,德庆卓玛阿妈,甚至所有该团的演员都是第一次见到。之前,他们无数次到无数个地方演出,场地大小不同,但都没有多少观众,少之又少的观众基本上是年轻小伙子。

这一次,非比寻常。

德庆卓玛阿妈无法转移视线,一直凝视着第一排最右边。

夏季,按照习俗惯例,除了老人和孩子,牧民们都会从固定的家迁徙到夏季的游牧帐篷里。

因牧民需要随着一年四季的水草变化而在不同地方之间迁徙而生,帐篷便于搬迁,结构简单,支拆容易。

今天,像过年时候寺院里跳神舞时的场面一样热闹非凡。

德庆卓玛阿妈红色藏装的装饰性腰带由于走路动作幅度太大而松落,明明上台前绑得特别紧,此时却从腰间飞速滑落。幸好,德庆卓玛阿妈怕坐在拖拉机上冷,上路前在藏装里面穿了一条黑色打底裤,要不然,丢脸丢大了。刚才上台前她还差点脱了那条打底裤呢!

场下一片寂静。

德庆卓玛阿妈立即弯下腰,把话筒和主持词夹板放在地上，以最快的速度重新穿上藏装，用力绑好腰带，若无其事地前进几步后尽力稳重地报幕。

刚才的那一幕，每一位观众都看在眼里。

婀娜多姿，倾国倾城，犹如仙女——在场的男女老少全都在心里默默赞叹着这位绝世美女。那位文质彬彬、特有文人气息的乡干部也不例外，那一瞬间，从未有过的一种特别的感觉直冲而来。

"稳住，坚持稳住，必须稳住。"那个男人告诫自己。

曾经，他无数次在脑海里想象着怦然心动会是什么样的感觉。此刻，他终于找到了答案，无法控制，无法说清，无法形容。

有的人，等待这心动的一刻，等不了多久；而有的人，等待这心动的一刻，等了太久太久，甚至一辈子。

心动了，行动不行动？那个男人没有拿定主意，他一向都是这样，犹豫不决。

到时候再说吧。

多次深呼吸后，德庆卓玛阿妈稍微控制住了紧张，比起刚才，现在好转了许多。

接下来，她还得跳几个群舞。

在所有舞蹈演员里，德庆卓玛阿妈的表演最到位，表情最动人。可能跟某些因素有关吧。

所有节目表演完毕后，三个乡政府工作人员（包括领导）和几个群众代表向演员们敬献了哈达，表达了谢意。唯独那个男人无动于衷，仍旧坐在自个儿位置上，表情僵硬，若有所思。

演员们为了早点到家，都急速地退下舞台，换上便装。

德庆卓玛阿妈为了多看几眼台下那个男人，最后一个慢慢地走下舞台。她多么希望在上拖拉机之前他来送别，这样，可以最后再多看几眼那个男人。就算不说话，哪怕挥挥手也可以。下次，不知道什么时候才能见到。

十几分钟过去了。

那个男人并没有过来。

司机已经载上那些演员，驾驶着拖拉机离开了乡政府。

这次表演，收获的是失望。俗话说："期望越大，失望就越多。"德庆卓玛阿妈，带着遗憾，情不自禁地转头回望。演员们津津有味地吃着盒饭，味道早就冲入了鼻孔，可她食欲不振，心神不宁。

第六章

离开家乡，虽然是暂时的，但是扎西有些忧愁。离开之后，他就有可能再也遇不到德吉，这辈子怎么过？没有德吉的日子，真是难熬。无论何时何地，扎西心里想的只有这件事。这件事已经是扎西生命中的所有，他时时刻刻都期盼在某个时间、某个地点遇见德吉，从此，永远不分离。

离开家的时候，天还未完全亮透。看到扎西心不在焉的样子，扎西阿爸只好自己开车，让扎西坐在副驾驶位，行李放在后排座位上。行李不多，只有洗漱用具、两套换洗衣服、路上吃的大约三斤糌粑和一坨酥油。

十几分钟后，刚过岔路，扎西就忍不住问阿爸："阿爸，我们什么时候回来？"

"怎么啦？你舍不得离开家乡呀？我们只是为了躲避他们而暂时离开，现在说不准什么时候回来，看情况吧，尽早回来。"扎西阿爸不知道扎西的心事。

扎西和阿爸都是第一次去往拉萨，以前只是听亲戚们说，去拉萨路途遥远，要跨越几个市，驾车要几天时间。

165

夏季的草原美不胜收。扎西的家乡有好几个全国著名的大草原，这个时候，正值旅游旺季，处处都是拥挤的状态，公路上堵车非常厉害。

此刻的草原上，晨曦给一些梁峁镶金镀银，牛羊成群，一望无际的草原被这些牲畜点缀得生趣盎然。各种各样的花儿，粉色、红色、蓝色、白色、黄色，都在争奇斗艳，把草原装扮得更加美丽，这样的世外桃源，怎么能不让人心驰神往，魂牵梦萦？

著名的大坝大草原是青藏高原一处罕见的辽阔草原。

扎西知道到了阿爸和亲戚说过的大坝大草原，但并没有被如诗如画的自然仙境吸引住。说实话，他压根儿就没有心思欣赏路边的美景，总是觉得自然风光无论多美都没有心中的那道风景美丽，心中的那道景色已是他生活乃至生命的全部。一路上，扎西闭上双眼，靠紧椅子，调整坐姿，犹如一只犯困的动物，连呼吸声都很难听到。心，始终难以平静，想这想那，越想越不能平静。

"睡吧，到了中午吃饭的地方叫你。"扎西阿爸不用看，就知道扎西在闭目养神。

"嗯。"扎西无精打采地低声应了一句。

扎西阿爸本想在路上和扎西聊聊天，没料到扎西一大早就精神不振，真不知道扎西在想什么。虽然平常父子之间也有沟通，但扎西把某些心里话还是留在心底，不知怎么的，不愿向阿爸诉说。

清晨，公路上车辆不多，不必走走停停。扎西阿爸担心不久后会堵车,以较快的速度驾驶着那辆老旧的黑色桑塔纳轿车。车虽然旧了,但扎西阿爸一直舍不得卖掉,这车陪了他十几年,他对车感情深厚。他退休前的最后几年在给领导当司机,那时他就开始驾驶这辆公车,后来领导退休,自己也退休,这辆公车也"退休"拍卖,当时他下定决心,低价买下了这辆车。扎西考试过关取得驾驶证后,他就把车交给了扎西开。

扎西阿爸一年多没有开车了,没有陌生感,反倒开得特别轻松,心情非常愉悦,心里什么也没想,专心开车,透过前方玻璃观赏自然风光。他几年没有来过这边了,独特的风光此刻变得更加绚丽多彩,令人心旷神怡,他驾车的速度放慢了许多,边开边赏。

在这样的美景里行驶,让人顿生一种如痴如醉的遐想。父子俩带着这样的心绪穿过一片又一片辽阔的草原,就远远地望见了著名的大坝大草原。在这世外桃源般的景色里按辔徐行,似乎洗涤了沾上了灰尘的心灵,也给人一种灵魂深处的启示。

太阳早就以美轮美奂的绰约身姿于蔚蓝色的天空现身。扎西阿爸停下车,迅速下车置身于阳光的怀抱,心情更加欣喜若狂,神采飞扬。

后面的车辆逐渐多了起来,扎西阿爸赶紧上车前行。

"扎西,快睁开眼睛,望望外面,过了这段路程,再没有这样的景色了。"扎西阿爸大声对扎西说,并停下了车。

扎西慢慢睁开双眼,望了望窗外,确实美如仙境。刚才闭上双眼的那段时间,他一直在思索:万一"疯女"德庆卓玛追赶过来怎么办?如果她不放弃怎么办?今后的日子怎么过?扎西从来没有这么焦虑过，特别烦躁不安。

"阿爸，我们还是赶路吧，万一他们追来的话就逃不掉了。"扎西不再像往日慢声细语，万分焦急地说。

"好的。也有可能，我怎么没有想到这一点？"扎西阿爸立即戴上墨镜，加快了驾驶速度。

路上的车辆不断增多，湿地保护区在大草原的核心位置，公路虽然比较宽敞，但此时车辆排起长龙，越来越难以前行，扎西他们刚起步没多久就被堵住了，不知道要等到什么时候，只能坐等，观察前面车辆的动静。

这一等，就等了将近十个小时。

出门的时候，扎西和阿爸都没有想到带上干粮或其他零食，虽然带了糌粑粉，但没带开水，没办法吃。倘若再等下去，扎西和阿爸只能干吃糌粑粉了。

通车的时候已经是下午六点多了，扎西和阿爸饿得饥肠辘辘，无精打采。特别是扎西，这是他有生以来最难熬的日子，他没有阿爸那么镇定、沉稳、从容。

他们前行了一段距离后才知道，堵车是因为发生了车祸。幸好交通警察赶来进行了处理，要不然，估计这几十公里的路上堵车的人今晚都得饿着肚子睡在车上。也许画家、作家、摄影家之类的人们会废寝忘食地在仙境采风、创作，有精神支撑；其他人快速欣赏完风景后则会无聊透顶，非常难熬。

"扎西，快看那边，公路左边不远处有成群的黑颈鹤，黑颈鹤是忠贞爱情的象征，一生只找一个伴侣，成双成对，相伴到老，这是个吉祥的预兆。"扎西阿爸用左手握住方向盘，右手戳了一下坐在副驾驶位上的闭着眼睛的扎西。

"哦。"扎西睁开眼睛瞄了一眼，又闭上了。

"我几年前见过这么多的黑颈鹤，后来很少来这里。多壮观哪，听说这些黑颈鹤夏季在这边生活，冬季则会飞往气温比这边高的拉萨郊外生活。这次去拉萨，如果有时间的话，去拜热振寺时顺便到候鸟的乐园看一看。这个季节，没有黑颈鹤，但肯定会有其他的动物。"扎西阿爸担心扎西饿得慌，以聊天打发时间。

"嗯。"扎西依然萎靡不振。

"我俩都是第一次去拉萨，以后不知道还能不能去拉萨，所以这次尽量多待一段时间，不用担心他们会对我们怎么样。就算他们追上来逼得我们走投无路，佛祖也会保佑我们的。在圣地拉萨，他们也会变得善良，不会胁迫我们。不用害怕，也不必担心。"扎西阿爸想的都是到了拉萨后的境况。

而扎西的心情，却受到刚才路上发生的车祸的影响。

扎西考试合格，取得驾驶证比较顺利，但正式上路只是在县城那三条又细又长的街上，没有出过县城，更没有出过远门。他虽然没有看见车祸现场，但刚才听到别人说起，听起来特别吓人，到现在还忐忑不安。

当时，公路上车辆已经不少，也有不少牦牛、黑颈鹤等动物过路，十几头壮实的大牦牛突然停在公路中间，怎么按喇叭都不肯走开。一外地女士紧张之下，本应踩住刹车，然而却错踩了油门，不仅撞伤了牦牛，还飞速撞上从对面缓慢行驶过来的小轿车。车辆被撞得面目全非，人员头破血流，目击者立即拨打了急救电话，具体受伤情况不明。

幸好是阿爸开车，不然万一发生类似的事件，后果不堪设想。扎西的心里琢磨了这件事许久。是胡思乱想，还是正常现象，扎西自己也不清楚，反正就是跟这件事过不去。

又行驶了一段距离后，车辆虽然没有刚才那么多，但还是在旅游区内，没有小卖部，也没有小吃店，只能继续前行到有餐馆的地方吃饭。

"扎西，再坚持一会儿，到了前面有餐馆的地方就吃饭。"扎西阿爸一直担心扎西饿得难受，扎西平常基本上是按时吃饭，到了饭点就饿得慌。

"阿爸，不用担心，我不饿。"扎西依然闭上双眼，倚靠在座椅上。

扎西确实没有感觉到饿得难受。刚才有一阵子他确实饿了，可那阵子过后没有了饿的感觉。他一路上时刻思念着德吉。德吉，你在哪里？思念犹如猛兽般撕咬着扎西的灵魂。

德吉的哭、笑、喜、悲，德吉说过的每一句话，都永恒地融进了扎西的身体里。他经历了这么多，深深地明白，有一种思念无言却有声，可以抵达有德吉的地方。德吉始终生活在扎西心里，刻入了他的脑海，植入了他的骨髓。扎西坚信，他们一定会重逢，等到那一刻，他们定会紧紧相拥，不再松开。

天黑许久后，扎西和阿爸才到达有餐馆的地方，路边上停满了车，只有两个小餐馆，吃饭的人特别多，排队得排很久。他们排了半个小时，才找到停车位。按照目前的情况来分析，估计得等两个小时左右才能吃到饭。扎西不想等，就坐在车上吃平常不爱吃的红烧牛肉方便面，价格比小卖部翻了好几倍，还得另付开水费。虽然食欲不佳，但他还是慢吞吞地往嘴里塞，只吃了几口就觉得难吃，不想继续再吃。

扎西阿爸却吃得津津有味，一桶面大概一分钟就吃完了。

"扎西，怎么啦？不好吃吗？饭要好好吃，不吃东西会伤胃，你不喜欢吃这个，那我去排队给你买其他吃的。"扎西阿爸边说边打开车门下了车。

"阿爸，不用了，我不想吃。等想吃的时候再说。"扎西盖上方便面桶盖，放在了副驾驶位座位底下。

扎西阿爸没有再劝，把方便面桶扔到车子附近的垃圾桶里，开车继续前行。

"那你坚持一会儿，快到乡里了，那儿应该会有餐馆，吃完了我们今晚就住那边。"阿爸有点担心，猜测不到扎西不吃饭的原因。

扎西自己也不清楚为什么吃不下。

夜晚早就来临，从车窗外吹进车内的风凉飕飕的，就连半圆的月亮似乎也带着忧愁，透露出点点凄凉，让人情不自禁地伤感。

终于到了有旅馆的地方，这是一个牧区小村庄，村庄不大，旅馆很少。接连找了几家，基本上都是几十元一晚、条件不是很好的那种。扎西阿爸一辈子习惯了省吃俭用，越便宜越满意。扎西则不满意，钱嘛，花完了可以再挣，不能委屈自己，至少看起来环境要舒适。

按照扎西的意愿，他们又重新找了一家。

　　这家旅馆的主人是个中年妇女，面带笑容，特别热情。这位中年女性虽然不注重仪容的修饰，但充满着少女所没有的成熟的风韵，沉稳周到、善解人意、精力充沛、精明能干。扎西和阿爸有种回家了的感觉，早就没有了在陌生的地方住陌生人的旅馆的那种隔膜、生分、距离。

　　扎西和阿爸一到二楼房间，立即躺在床上，虽然没有睡意，但在床上闭着眼休息。

　　旅馆的主人名字叫德吉，蛾眉蛴首、娉婷袅娜、神采奕奕，一听说两位客人要去圣地拉萨，无比激动，果断决定跟他俩一起去往向往多年的拉萨。多年前，她跟自己的家人一起去过，虽然不能跟部分藏族同胞一样每年去一趟，但这次必须去。她做任何事，都是相信自己的第一感觉。旅馆只有一个服务员，没有管理员，但她并不在乎，准备关门关到从拉萨回来为止。她整天忙得不可开交，一整夜只睡了一个小时左右，但仍精神饱满。

　　她早晨六点起床，给扎西和扎西阿爸熬茶，准备早餐，还准备了三个人路上吃的食物。她把他们安排在自己房间的隔壁，就是为了便于送早餐，也是为了便于观察他们的动静。

　　快到七点钟时，扎西开门出来了。

　　"扎西，早上好！昨晚睡得不错吧？"老板娘德吉圆得像十五的月亮一样的脸上堆满了灿烂的笑容。

　　"厕所在哪里？"扎西整个人一副无精打采的样子。

　　"一楼和二楼都有。二楼的在对面右手边拐角那儿，一楼的在楼梯过去一点。走，我带你过去。"老板娘德吉满脸热忱。

"不用了，不麻烦了。"扎西朝着二楼厕所走去。

"好嘛。完了过来吃饭。锅里熬着牛奶，我去看看。"老板娘德吉说完快速回屋去了。

扎西在厕所门口等了一会儿，没有动静，猜测厕所只有一个坑位，里面的人没有出来。扎西不想再等下去，打算去一楼的厕所。

这一晚是扎西几年以来睡眠最差的一次，凌晨的时候才睡着了一会儿。他早上醒来就不舒服，全身感觉沉甸甸的，头也有点痛。

二楼到一楼的楼梯不算陡，而且木板较宽，还有扶手。不知道怎么回事，扎西下楼时右脚踩空，从楼梯上摔了下去。

扎西蜷在一楼楼梯口，右脚疼痛难忍，但没有吱声，咬紧牙关，泪水在眼眶里打转。

过了一会儿，老板娘德吉准备完早餐从房间出来，看到扎西躺在地上。

老板娘德吉以最快的速度下楼梯，用力扶起扎西，看到扎西的表情，已经知道伤得不轻，轻声说："不会有事的，坚持住，我去叫你阿爸，我们去医院。"

这时，扎西阿爸起床后走出房间，准备去上厕所。一见这情景，他顾不上上厕所，回房间拿了钥匙和行李，就下楼了。

扎西站不起来，只能坐在地上。

"你去开车，我把扎西背到门外。"老板娘德吉平常就经常干重体力活儿，觉得背个瘦弱的扎西没问题。

"不麻烦你了，我来背。扎西看着瘦，但骨架大，有一百多斤，重。"阿爸拉住扎西的右手，准备扶着扎西慢慢走到门外。

扎西心里其实也不想让老板娘德吉背，长这么大以来，除了阿妈，没有谁背过自己，何况老板娘德吉是个陌生人。

"我来，我平常干体力活儿，劲大。你去开车，我们一起去医院，我带路。"老板娘德吉动作特别麻利，迅速将今早特意换上的崭新的深红色藏装右角往左卷起来，塞进红色腰带，蹲下来轻轻推开扎西阿爸，扶扎西慢慢起来弓身背上扎西。

扎西阿爸把车子开到门口时，扎西刚好被老板娘德吉背到了门口，就停下车，打开了副驾驶座车门。

"这样不行，坐着难受，躺在后面会好一点。"老板娘德吉看着后排车门说。

扎西阿爸立即下车打开了后排车门。

扎西按吩咐躺在后排座位上。

"等一下，我去关上房门就来。"老板娘德吉说是这么说，其实是回去拿钱，这种情况治疗费肯定不便宜。

她毫不犹豫地从保险柜里取出几沓人民币，未来得及向服务员交代，就匆忙下楼去了。

"你不用来，忙旅馆的事，我俩能行，边走边问可以找到医院。"扎西阿爸对德吉说，他不想麻烦别人，一贯不欠人情。

老板娘德吉迅速坐在了副驾驶位上，关上车门，转过头看了一眼扎西，扎西紧闭着双眼。

"走吧，赶时间要紧。"老板娘德吉特别担心，表面装作沉稳，其实已经开始想象到了医院后的情景。

扎西阿爸也担心：怎么会这样？为什么会突然摔倒？

扎西的阿妈去世得早，在扎西幼年时就意外去世，阿爸至今未再娶老婆，原因谁也不清楚。

自从昨天见到老板娘德吉，扎西就特别想念阿妈，尤其是今天被老板娘德吉背了一会儿以后，更加想念阿妈，小时候的记忆都涌上心头。

阿妈是个勤劳的家庭妇女，扎西觉得，老板娘德吉的身材、性格、行为、品德都跟印象中的阿妈特别相似。

那时候的扎西，每天都是开开心心的，长大以后，一大堆烦恼接踵而至。

扎西印象最深刻、时常浮现在眼前的就是每年过六一儿童节的情景。

这一天，扎西比平常起得早。扎西的床就在阿爸阿妈大床的旁边，一看到阿爸起床，他迅速穿好衣服和鞋袜。洗漱后，他发现阿妈准备了特别丰盛的早餐。平常都是糌粑，六一儿童节节日气氛特浓，阿妈开心的样子像过年。水果、饮料、饼干、油炸面果、袋装零食、牛肉包子、牦牛肉等，摆满了桌子。全家人一起吃过早餐后，阿爸上班去了，阿妈把扎西精心打扮一番，虽然扎西不用表演节目，但阿妈想把扎西打扮成全校最帅气的小学生。

白色手工藏式毡帽、白色绸缎内衬、黑色纯棉裤子、暗红色氆氇藏装、大红色腰带、黑色牦牛皮靴子，扎西阿妈省吃俭用后为扎西置办了这些衣物。即便昂贵，扎西阿妈也毫不吝啬。对待扎西，她从不思前顾后，宁愿自己不吃肉、不穿新衣服，也要把最好吃的食物、最好看的服装、最好用的用品都给扎西。

扎西也特别高兴，全套新衣服，连内裤和袜子也都是新的。扎西快乐得像炉子上的茶壶一样，冒着幸福的泡泡。阿妈为扎西换上新衣服后，扎西对阿妈感激不尽，不停地说着"谢谢"，还在阿妈脸上亲了多次。

学校离家不远，往常都是阿妈牵着扎西的手护送他到学校。虽然其他学生都没有家长护送，但阿妈一直坚持护送扎西。

这一天的天气不怎么样，几大片乌云盖住了天空，早上起床时就在下毛毛细雨，此刻还在下，闷热无风，扎西热得直冒汗，手心的汗不敢往新衣服上擦。

"走吧，阿妈，您在找什么？"扎西急着去学校给同学们看阿妈亲手缝制的衣服，急切地说。

"宝贝，等一下，我在找你的雨衣，好久没用过了，想不起放在哪儿了。"扎西阿妈的记性越来越差了。

扎西透过窗户再次往外看了看，说："阿妈，下小雨呢，不用雨衣。"

扎西阿妈担心氆氇藏装淋雨后会掉色，想尽量找到雨衣。

"等一下，我再找找。就算这会儿下小雨不需要，也要预防，万一一会儿下大雨的话需要用。"

扎西希望雨滴不再从天空掉下来，望着窗外。

"扎西，找到了一把雨伞。来，我背你，你撑着伞。"扎西阿妈从柜子里取出了一把黑伞。

"阿妈，不用背，我自己能走。"

"乖乖听话，踩到雨水里，你的新鞋会脏。"

扎西阿妈蹲在扎西前面，做了一个过来的手势。

扎西阿妈左手扶住背上的扎西，右手关上门，轻轻地扣上明锁环扣。

扎西阿妈穿着雨靴，脚步轻盈，深弯着腰，两手向后紧紧托着扎西的屁股，额头没过一会儿就细汗密布，可她没有腾出手来擦把汗。其实，是汗水和雨水都有，扎西举着的雨伞也就挡住了阿妈的一半身体，阿妈的头发和衣襟都被雨水打湿了。

扎西在阿妈的背上，隐隐闻到阿妈身上一股奶香，那是一种温暖、甜美的味道。很久没有被阿妈背过，扎西的两只小脚在空中荡来荡去，就像两只自由快乐的小鸟。扎西喜欢贴着阿妈的后背，那是扎西最幸福的时刻。

阿妈的脚步不紧不慢，一步一步踩得很稳。虽然雨下得不大，但她还是有点担心万一不注意会滑倒，专心走路，没有说话。

"阿妈，您累吧？不用背了，我下来，雨不大，没事的。"

"不累，很快就会到的。"扎西阿妈语气特别柔和。

到学校大门时，学校的喇叭里传出特别响亮的歌曲声，这是一首耳熟能详的儿童歌曲——《让我们荡起双桨》。学校里已经到了许多学生和家长，扎西都不好意思再让阿妈背着，迅速从阿妈背上跳了下来。虽然大门口离表演节目的露天舞台还有很长一段距离，但扎西不好意思，怕在同学面前被嘲笑。

舞台前面已经人山人海。扎西和阿妈找了一个后面的靠边的位置坐了下来。

蒙蒙细雨一直下个不停。扎西阿妈取出装在藏装怀里的纸，擦了擦额头和脸上的雨水。

没过一会儿，节目就开始了。节目丰富多彩，表演到中午才结束。

小雨滴仍滴个不停。扎西没有感觉到丝毫凉意，兴高采烈地仍在鼓掌，似乎节目还没有看够。扎西阿妈准备的那一大包零食根本就没吃，只好原封不动地拿回去。回家的时候，阿妈执意要背着扎西回去。

从此，这些都深深烙印在扎西脑海里。特别是被阿妈背在背上的情景和感觉印象最深。

小时候的往事，仿佛就在昨天。

突然一个急刹车，瞬间将扎西从回忆中拉回了现实。

前面山脚拐弯处，突然闯来几只牦牛，那几只牦牛又高又壮，还带着一只小牦牛。小牦牛看到车辆，有点害怕，停滞不前。阿爸并没有急于按喇叭，耐心等待牦牛慢慢走过公路。

"扎西，忍一忍，痛得不厉害吧？拐过这个山脚，就没多远了，快到乡医院了。"老板娘德吉转过头往后看了一眼躺在后排座位上的扎西。

"嗯。"扎西无话可说，只应了这么一声。

"十几年没有来过这个地方了，变得陌生了，变化可真大呀！"扎西阿爸透过车窗看着外面。

"就是，其实我家离这儿不远，但我平时基本上在旅馆，很少回去。"老板娘德吉睁大眼睛看着窗外。

这几只牦牛走得可真够慢的，他们等了很长时间，才等到牦牛离开路面。

车辆继续以不快不慢的速度前行。

"医院远吗？"扎西阿爸担心扎西痛得恼火。

"不远了，如果不堵车的话还有半个小时左右。"老板娘德吉其实也担心扎西脚痛，只是没有多说而已。

这会儿路上车辆不多，还算顺利。到达乡医院的时间跟老板娘德吉估计的时间差不多。

医院里没有一个病人，医生立即为扎西诊治。经过一番检查，医生建议扎西去大医院就诊，初步判断伤得不轻。

扎西阿爸打算带扎西回县城就医，暂时不去拉萨了。

老板娘德吉建议去另一个县医院，离这儿不远。这样，她便于照顾扎西，待康复后还是一起前往拉萨。

扎西没有发表任何意见，保持沉默，想着阿爸怎么安排就怎么办。

思考了一会儿，扎西阿爸最终还是决定按照老板娘德吉说的做——继续前行。

没走多远，前方的公路上，成群结队的牦牛又在过路。

扎西阿爸只能停下车，再次等待。

不知道怎么回事，扎西突然间头痛欲裂，还伴着想要呕吐的感觉。"什么时候才能到呀？"扎西心里开始着急了。

过了好长时间，牦牛们依然站在公路上一动不动。

扎西阿爸按了好几次汽车喇叭，都没有用，只能耐心等待。

不一会儿，扎西阿爸透过汽车玻璃看见天空中开始有乌云聚集。凭着多年在草原上生活的经验，他判断出即将有雷阵雨降临。

"扎西，坚持忍住，看天气会下雨，下雨了牦牛会走开。"扎西阿爸从后视镜里看了一眼躺着的扎西。

"哦。"扎西有气无力地说。

"离县医院不远了，快要到了。"老板娘德吉再次转过身看了看扎西。

老板娘德吉情不自禁地多次从副驾驶座位上转过身凝睇着躺在后排的扎西，扎西一直双眼紧闭，面无表情。老板娘德吉虽然嘴上没说什么，但心里其实特别担心。可是，病痛是无法共同承担的。老板娘德吉不知道该怎么安慰扎西。她只能在心里默默念经，祈祷扎西病情不加重，早日康复！

没过多久，阵阵雷声之后，下起了暴雨。

扎西阿爸立即按下按钮将半开的车窗关上。牦牛群逐渐散开离去，汽车终于可以缓慢行驶。虽然后面车辆的驾驶员在不停地按汽车喇叭，但扎西阿爸没有因此而加快车速。他凭着多年驾车的经验，认为小心谨慎为好，安全永远要放在第一。扎西阿爸是个慢性子的人，干什么事情都是不慌不忙，从不急躁。

这段路的弯道特别多，群山中间的路程，弯弯曲曲，拐来拐去，扎西的头痛得更厉害了。车窗外，倾盆大雨，大滴大滴的雨点落在玻璃上，发出噼里啪啦的像鞭炮一样的声音。今天是怎么回事？扎西莫名其妙地有点生气。躯体的疼痛，精神的内耗，心灵的焦虑，让他更想念德吉："德吉，你在哪里？日子过得怎么样？会不会想念我？是不是变心了？"独自思索已经成为扎西的习惯。他明明知道内向的人在感情中处于劣势，可依然讷口少言，不喜欢交流、沟通，把所有的思念、无尽的牵挂、无限的记忆都封闭在自己心中。因为内心是个湿润的地方，适合任何东西滋长。

扎西阿爸驾驶的车辆在滂沱大雨里行驶得越来越慢，感觉快要停止了。

老板娘德吉是个直爽的人，有话从来藏不住，想到什么就说什么："速度太慢了吧，扎西看病要紧。"

扎西阿爸听得不清楚，大雨已下得车窗外面一片模糊，此刻，他突然间想到了死亡，心里格外难受，不想开口说话。

扎西七岁那年夏天，扎西的阿妈措吉在别人的鼓动下，不听丈夫劝阻，为了减轻家庭开支负担，跟着朋友去了牧民远牧点的草场附近采挖贝母。刚到目的地，雷声就如万马奔腾，从天边滚滚而来，几秒钟之后，特别恐怖的几道闪电从云朵里蹦出来，迅速在天空中炸开，强光刺得人睁不开双眼，天地间一片漆黑，仿佛世界末日已来临。还未来得及躲避，措吉就倒在了暴雨中，其他三人迅速躲到了拖拉机的拖箱下面。措吉被雷电劈死了。等到闪电停止后，朋友立即把措吉的尸体拉到拖拉机的拖箱里，以最快的速度回到了县城里。

看到死去的妻子，扎西的阿爸痛哭不止，特别后悔当时没能把妻子劝住，心如刀绞，不停地用右拳捶击自己的胸口。那几个朋友也特难受，好事变成了坏事，内心深处特别愧疚，觉得对不起措吉丈夫，只能尽力帮助办好丧葬之事。

朋友齐心协力把逝者抬回家里，放在卧室的地面上。

接下来，三个朋友还未来得及抖掉衣服上的雨水，就开始与逝者丈夫协商后事。他们个个从头到脚，从外到里，都湿透了，甚至在打冷战，实在忍不住了，才打开客厅里的小电炉，取取暖。

逝者的丈夫已经昏迷在客厅沙发上，只能等他醒来再慢慢商量。

雨，越下越大，仿佛天上的银河泛滥，从天边狂泻而下。又往前行驶了一点点后，无奈之下，扎西阿爸只好把车辆停靠在路边。刚停下来，他就感觉到左前车胎破了。

看来，今晚只能在车上过夜了。扎西阿爸心里想着最坏的结果。

老板娘德吉一直看着窗外，嘴里小声念着消灾减难的经文，希望雨水快点停止。

过了很久，雨水依然没有停下来的意思。其他的车辆大部分都停在了路边，只有极个别的继续前行。

扎西阿爸的思绪一直在那段经历中，从那以后，扎西阿爸变得更加沉默寡言，再没有娶妻，独自一人把扎西拉扯成人。此时此刻，妻子的面容总是浮现在眼前。难道是上天要把自己带到她那儿去？今天为什么总是想着她？这个问题他琢磨了好久。天气、路况、车辆、心情都不如意，也许，去往拉萨没有那么容易，听天由命吧！

扎西阿爸闭上双眼，抬起头往靠背上紧靠过去，休息了一阵子，想从这段往事中摆脱出来，但无济于事。

"阿爸，您带雨衣没有？我要撒尿。"扎西突然间感到尿急。

过了好一会儿，扎西阿爸没回答。扎西只好自己试着慢慢站起来去车外撒尿。

窗外，雨依然下得非常大，特别吓人。

扎西纠结了一会儿，还是放弃了。

这时候，老板娘德吉睡得特别香，几秒钟之后，就发出了不小的呼噜声。这声音听起来感觉像是男人的打鼾声，粗而响。这声音让扎西想起了大学时的一个室友，他每晚都打呼噜，害得其他同学都睡不好。由此，扎西自然而然又想起了德吉。

傍晚，下了几个小时的雨稍微小了一些，前方的视线也清晰了一点。

扎西的阿爸头很痛，从早上起床以后，他滴水未进，午饭也没吃，无精打采。幸好衣兜里装有半小袋藏茵陈，他立即拿出来给了扎西和老板娘德吉各一根。

劳累或疲惫时嘴里含一根藏茵陈是扎西爷爷传授的秘方，在安多藏区有这样的习惯。

"阿爸，好苦呀！以前经常看见您含在嘴里感觉好吃得很。我是第一次吃，苦得不得了。"扎西露出痛苦的表情。

老板娘德吉以前吃过，但近年来没吃过，也感觉特别苦。老板娘德吉知道藏茵陈是从拉萨带回来的，去过拉萨的安多藏族人都会把藏茵陈作为珍贵的礼物送给亲朋好友。

"你家谁去过拉萨呀？只有去过拉萨的才会带这个礼物。"老板娘德吉一脸好奇地看着扎西阿爸。

"老婆的亲戚几年前从拉萨带来的。我偶尔吃一点，舍不得快速吃完。"扎西阿爸一说到老婆，低下了头。

"以前听老人说这东西对肝特别好，还有什么别的作用？"老板娘德吉看到扎西阿爸脸色的变化，转移了话题。

"藏茵陈的主要作用是清热解毒、疏肝利胆，能够治疗消化不良，特别是肝脏疾病。生长于中国西藏和尼泊尔地区。"

"这次到了拉萨，我一定买上一大袋，回来送给亲朋好友。"老板娘德吉向来心直口快。

"轮胎爆了，你俩坐车上，我去拦车，请人换胎。"扎西阿爸边说边下车，关上了车窗。

老板娘德吉平常不是个急性子的人，今天却表现得特别着急，她迅速下车，吐掉含在嘴里的藏茵陈，快速走到扎西阿爸面前，以商量的口吻说："这样等下去估计不行，我看还是先拦车，我送扎西去医院，看病要紧，你等轮胎换好了再来。路怎么走，我给你说清楚，这样行吗？"

扎西阿爸从不喜欢麻烦别人，一切尽量由自己想办法，少欠人情。今天也不例外，他立即就拒绝了，摇了摇头，说："这样不行，会给你增添许多麻烦，看病不是个小事，算了。"

"你不要把我当外人，我们已经是朋友了，不要那么客气。万一扎西摔得严重，不及时治疗的话后果会更加严重的，再加上天马上就要黑了，路上的车这么少，不知道要等到什么时候去了。说不定等一个晚上也等不到呢。你再考虑一下。"老板娘德吉用手掌擦了擦额头上的雨水，此刻雨下得不小，才这么一会儿，外套就湿了大半。

扎西阿爸望着远处，没有一辆车过来。

"赶紧考虑，雨下得不小，别感冒了。"老板娘德吉提高嗓门说。

扎西阿爸确实不知道该怎么办才好，万一真的如她所说，后果不堪设想。他挠了挠左脑勺，只好按老板娘德吉说的做，点了点头，以示同意。

"那你先去车上坐着，不然会冻感冒。我在外面等车。"老板娘德吉缩着身躯，望着远方，盼望有车过来。

"没事，我来等。你在车上休息，拦到车了叫你们。"扎西阿爸还是把老板娘德吉当作外人。

"还是我来，你帮我拿一件扎西的外套挡雨。你别这么犟了，这一次听我的，不会错。"

此时，老板娘德吉看见远处的公路上隐隐约约有一辆黑色的轿车驶过来，立即举起右手试图拦车。

但是那辆车并没有停下，飞快离去。

扎西阿爸迅速从车辆后备箱的行李包里取出扎西的一件双层黑色外套交给了老板娘德吉，说："快披上，别感冒了。再等等，刚才那辆车我看到了后面的车牌，是外省的，应该是旅游的，可能没有空位。"

天，已经黑透了。

老板娘德吉继续站在路上等着过往车辆。

扎西阿爸回到车上，问扎西吃不吃糌粑。

扎西早就饿了，但阿爸和老板娘德吉不吃，自己怎么好意思一个人吃？三个人都没吃到午饭，也没喝一滴水。

"阿爸，我还不想吃，您吃一点，还要开车嘛。"扎西还把藏茵陈含在嘴里，满嘴苦味，声音小得像是在说悄悄话。

扎西阿爸没听清扎西说的什么，但能感觉到是说不吃。

扎西阿爸下车从后备箱的行李包里取出自己最厚的两件外套，一套放在驾驶座位上，另外一件穿在自己身上，然后迅速向老板娘德吉那儿走去。

"你不用来，我能行，如果实在坚持不住了再叫你。"老板娘德吉大声说。

"你上车休息一会儿，暖暖身，我来等。"扎西阿爸从老板娘德吉声音里听出她很冷，劝说道。

"前面来了一辆车，你看看是什么地方的牌照，我只认识数字，不识汉文。"老板娘德吉有点小激动。

扎西阿爸睁大眼睛往前看了看，高兴地说："本地的。"

"喂，停下车，这里需要帮助。"老板娘德吉用最大的声音叫道。

扎西阿爸使劲挥手。

这辆白色越野车终于停下了，扎西阿爸和老板娘德吉特别高兴。

老板娘德吉以最快的速度跑到车旁，等待驾驶员打开窗户。

"你好。你车里能坐下两个人吗？麻烦你帮帮忙，车里有病人，急需送往医院，路费给多少都可以。"老板娘焦急地说。

驾驶员是一名年轻藏族小伙子，穿着黑色藏装，看长相应该是善良、和蔼的那种人。

"我去前面的县城接人，那我先把你们送到县医院。病人在哪里？赶紧上车，看病救人要紧。"小伙子非常友善。

"谢谢你！稍等一下。"老板娘德吉心里暖暖的，忘记了身体的寒冷。

老板娘德吉边走边告诉扎西阿爸县医院怎么走，说假如今晚没有等到能换轮胎的人，就睡在车上，不用担心扎西。动作也越来越麻利，脱掉湿漉漉的外套，挤掉雨水，扔在副驾驶位上。打开后排车门，看着扎西说："我们先去医院，我背你到那个车上。"说完，她敏捷地背起扎西走向丰田车。

路面积了不少雨水，老板娘德吉滑了一下，差点摔倒。扎西吓惨了，但老板娘德吉仍尽力勇敢前行。几十步的路程，一步一步走得特别艰难。

"来，我来背。"扎西阿爸跟在后面实在看不下去了。

"不用。"老板娘德吉咬紧牙关说。

这段距离只有几步的路程，坚持就是胜利。老板娘德吉这样给自己鼓劲。她把扎西背到车旁，待扎西阿爸打开车门后慢慢地把扎西放在了后排座位上。

越野车的后排座位宽敞，扎西躺得很舒服。

待老板娘德吉坐到副驾驶位关上车门，驾驶员立即发车前行。

扎西阿爸在原地站着，望着扎西离去，直到看不见越野车的踪影。

"但愿早点等到能换胎的人。这次是怎么回事？平常自己都会备好备胎，可这一次最需要的时候反而没有准备，差点耽误扎西看病，幸好采纳了她的意见。"扎西阿爸站在路边小声自言自语着。

扎西阿爸在公路上等了许久，雨一直下，没有一辆车过来。他的外套湿透了，裤子也湿透了，已经能够感觉到雨水弄湿了皮肤，冷得发抖，肚子饿得咕咕叫，像是有一群鸽子在身边。他只好回到车子停放处，脱掉湿透的外套和外裤，从后备箱取出换穿的衣物和糌粑袋子，坐在驾驶位上。一滴水也没有，只能直接吃糌粑粉末。填饱肚子后，换上衣物，他在后排扎西躺过的地方躺下了。

县医院离汽车爆胎的地方只有十几公里，但这段路拐来拐去，弯弯曲曲，扎西头痛，特别难受。

到了医院，越野车车主不仅帮老板娘德吉把扎西抬到了急诊室，而且路费分文未收。老板娘德吉和扎西都特别感激，虽然行善积德是藏族人的优良传统美德，但不一定人人都能做到。

善良是灵魂的返璞归真，是人性的虔诚皈依，哪怕只是一句真诚的问候，哪怕只有一个体恤的眼神，都会使人在百转人生中获得绵长的感动与温情的停留。老板娘德吉既大又圆的脸上，笑容无比灿烂，内心所有的情感都立刻写在了红通通的脸上，淋漓尽致。正如藏族流传久远的谚语所说："不看财富看人品；不听嘴说看心眼。"

善良是一个人身上最可贵的品质，无论什么时候，都应该保持一颗善良的心，待人以善者善也所趋。家长们在教育孩子时都会这么教育，老板娘德吉也经常这样教育自己的女儿，并带头用实际行动表现善良的特性。

扎西从来都是面无表情，喜怒哀乐从不会写在脸上，也不会说在嘴上。这几天关注的问题基本上都是什么时候能到圣地拉萨，什么时候朝拜完后回来。扎西请护士帮忙挂号后未向送他到医院的好心人说声谢谢，就躺在病床上，等待医生来检查。饥饿、疲惫、乏力、疼痛等各种不适陆续袭来，他特别难受，蹙紧眉头，闭上双眼忍住不适，声音低弱到护士都听不清他说了什么。

老板娘德吉把越野车司机送到医院门口才过来。这时，已经有两个护士站在病床边，准备抽血。

骨瘦如柴的扎西看上去有气无力，非常虚弱，额头、手背、手臂等显眼处青筋凸起，又细又黑的手臂上静脉血管像蜘蛛网一样密布，仅这一点就让体态肥胖的老板娘德吉心疼。老板娘德吉的想法跟许多藏族同胞的想法一致，认为只有胖子才是健康的。

"一定要让扎西吃最好吃的、营养最丰富的，变成胖子。"看到扎西的那一瞬间，老板娘德吉给自己定了这么一个目标。

此刻，老板娘德吉笑容已失，站在一边轻声诵念经文，祈祷病痛、痛苦、忧愁都立即消失。

护士在扎西手臂上扎了好几次，左手扎完扎右手，始终没扎进血管。

"怎么啦？怎么会这样？把病人扎疼了！"老板娘德吉着急，生气地问护士。

又扎了两次，还是不行。"等一会儿再试吧。"高个子护士立即松掉了止血带。

矮个子护士把工具盘放回桌上，立即出去了。

老板娘德吉继续诵念经文，她能做的只有这个。

刚才出去的那个护士又进来了，站在老板娘德吉面前，严肃地说："阿姨，您是他阿妈吧？医生的单子开好了，您先去窗口办理住院手续。"

"哦。"老板娘德吉立即转身向大厅窗口方向走去。

扎西继续闭上眼睛，沉默无语。自己身上没带那么多钱，只能等阿爸来了再还给她。扎西心里这么想着，还想着阿爸什么时候到、出发了没有。

住院部在门诊楼后面，老板娘德吉和护士一起把扎西所躺着的病床推到了住院部一楼一号房间。一个房间有两个床位，旁边的床位是空的。

待扎西躺到住院部病床上，两个护士再次准备从扎西手臂上抽血，左右各扎了两次，终于抽出来了。

做完测血压、量体温等基础性检查后，护士向老板娘德吉交代了明早的检查项目。

扎西始终没有睁开眼睛。

护士离开后，老板娘德吉坐在了扎西躺着的床边，微笑着问："扎西，晚饭想吃什么？我去给你买。"

扎西摇了摇头。

"不吃饭可不行，中午也没吃，晚饭必须吃。你喜欢吃什么？我马上去买，再不去医院门要关了，已经十点半了。"老板娘德吉自己也特别饿。

"随便。"扎西想等阿爸来了一起吃。

老板娘德吉快速走到医院门口那条街时，虽然雨已经停了，但太晚，餐馆都关门了，只找到一家小卖部，买了两桶红烧牛肉方便面。

外面冷飕飕的，一阵又一阵风吹来，老板娘德吉走到门诊部大厅，忍不住打了两个喷嚏，那声音大得后面的住院楼里都能听到。

回到房间，看到扎西还是那个睡姿，平躺着，依然闭着双眼。

"餐馆都关门了，只能买方便面，你试着慢慢起来靠床坐着，我去打水。"老板娘德吉鼻塞咽哑，说话声音小了许多。

老板娘德吉在走廊里找了好久，问了一个护士才找到开水房，但已经关门了。

老板娘德吉回到房间，扎西根本没有动。

"没开水，吃不了。你先睡吧，我不困，坐一会儿。"老板娘德吉把方便面放在床头柜上，然后在床边的木椅上坐下来，凝视着扎西。

扎西仍然保持沉默，心里其实无比难受。

老板娘德吉刚才在车上睡过一阵子，这会儿根本没有睡意。她抬起左手手腕，看了看表，晚上十一点。如果是往常，这时候她早已经进入了梦乡。

老板娘德吉知道扎西没有睡，可能是脚疼。

"我在念经，为你祈祷。"老板娘德吉从未有过的一种担忧全部表现在说话的语气里，红润的脸上没有了微笑，略显苦闷。

扎西终于慢慢挪动身子，虽然没有睁开眼睛，但双手合十放在胸前两秒钟，表示了谢意，平躺改变成背对老板娘德吉侧躺。

不知道是什么原因，对于这个女人，扎西算不上特别讨厌，可就是看不顺眼。特别是看到她戴在胸前那串又红又大的珊瑚项链后，很不舒服，像是见到了碍眼物。祥瑞幸福之物珊瑚项链，是藏区女人最喜爱的象征幸福和永恒的饰物。扎西阿妈一直戴着一串又小又长的佛珠一样的珊瑚项链，是祖传宝物，阿妈离世后，阿爸一直戴着它，紧贴肌肤，从不外露，就像隐匿往事一样隐藏起来。扎西今天一天的心情都特别糟糕，阿妈、德吉……此刻，阿爸也不在身边，他更加烦恼，空气中弥漫着痛苦的感觉，那感觉令人窒息。

睁眼熬到天亮真是世上最难受的事。头昏脑涨、疲惫不堪、全身难受，老板娘德吉看到扎西的表情，能够感觉到他和自己一样。

"你休息一会儿，我去外面买早餐。"老板娘德吉一个晚上坐在那板凳上未动，抬起屁股的瞬间，感觉整个身体都是沉甸甸的，说话的语气也是沉甸甸的。

老板娘德吉走到医院门外，半条街上，全是小吃店，热闹非凡，老板娘德吉精神焕发了一点。此时，天亮没多久，吃早餐的和买早餐的人却已经来了不少。老板娘德吉不想走远，走进第一家小吃店，点了两笼肉包子和一碗稀饭，打包拿上，迅速回医院去了，像是急着回去喂嗷嗷待哺的婴儿一样。

回到病房时，扎西还是躺着，依然紧闭双眼。老板娘德吉把打包袋放在床头柜上，准备扶扎西坐起来。

"扎西，我买了包子，慢慢坐起来，吃早饭，不然护士来了就吃不成了。"老板娘德吉边说边按护士教的方法摇动病床摇把。

扎西终于睁开了双眼，老板娘德吉以微笑迎接着扎西，立即把包子放在了扎西面前。

"我来喂你。"

"不用，我自己来。"

扎西终于开口说话了，这一点着实让老板娘德吉高兴。

其实，扎西的性子就是这样，除非迫不得已，一般情况下是不说话的，缄默无言是常态。

"那就多吃点，昨天只吃了一顿，肯定饿坏了。吃饱了，才有精神，身体养好了，才能去拉萨朝拜。"老板娘德吉的语气柔得像羊毛一样。

扎西狼吞虎咽的样子令人心疼，他吃得又猛又急，确实饿极了，两笼包子很快一扫而光。

"喝完稀饭就休息，我去上一下厕所就来。"老板娘德吉没想到扎西一口气把所有包子都吃完了，只得找个借口去外面吃早餐。

这个时候的医院院子里，安静得只听得见麻雀叽叽喳喳的叫声，声音清脆又响亮，仿佛专门在为老板娘德吉而歌唱。一想到去拉萨，她的精神振奋了不少，甚至去吃早餐的步伐都迈得更快了，吃饭的速度也特别快，情不自禁哼起了当下流行歌曲中的一段曲调，那心情简直就像已经到了拉萨一样。

回到病房里，老板娘德吉还继续哼着歌。扎西不喜欢热闹，习惯于安静，莫名其妙地反感老板娘德吉的歌声。

"自己这两天怎么这么古怪？"扎西自己也不知道答案。

"阿爸，您快点来呀！"扎西想早点见到阿爸，见到他，心情就会有所好转。

"好好休息，你阿爸很快会来的。脚疼得不厉害吧？忍一会儿，快到上班时间了，护士很快会来的，医院检查完了就会开药。伤筋动骨一百天，不要急，慢慢治，治好了再去拉萨。"老板娘德吉凝视着扎西说。

"为什么偏偏在想阿爸的时候提起阿爸？唉！"扎西深深地叹了一口气。

"但愿摔得不严重，早点治好早点去往拉萨。"扎西这么想着，但并没有说话。

扎西对老板娘德吉的话语总是保持沉默。难道是脚疼得难受吗？病人在疼痛时听别人说话是最烦的。所以，老板娘德吉就口念经文，坐在板凳上，其他什么话也不说，等待护士来做检查前的准备。

还好，等候的时间不长。推着轮椅的护士步履匆匆，动作麻利，常规检查结束后，发现扎西体温过高，让扎西立即去医技楼做检查。

此时的扎西阿爸特别焦急，他还没有等到能换轮胎的司机。他想扎西跟一个陌生女人去了医院，老板娘德吉挺热情的，但扎西会难受。扎西阿爸整夜没睡着，头痛欲裂，也特别难受。

为了扎西，这些都能忍。但操心再多也没有用，他只能继续等待。今天的天气阴沉沉的，乌云密布，虽然没有下雨，但扎西阿爸的心里凉凉的。

检查项目不多，但病人多，排队花时间，一个上午就这样过去了，结果下午才会出来。

老板娘德吉推着扎西坐的轮椅回到病房时吓了一跳，以为是走错了呢。病房里旁边的病床上新来了一个病人，那病人旁边围着几个女人，在嘻嘻哈哈地说笑，根本不像个病人。这几个女人中又高又瘦的穿着深蓝色藏装的女人看到老板娘德吉和扎西进来，观望了一会儿。随即，其他人也转过来望向门口。

老板娘德吉扫视了一圈，看清楚了坐在病床上的那个满脸邪恶的男人，觉得心里很不舒服，迅速推着轮椅往里走去，只顾着埋头照顾扎西，不说话。如果是在平常，她早就打开了话匣子，就算是陌生人，但毕竟都是藏族同胞。

"你在轮椅上休息一会儿，整天躺着难受，我去外面买午饭，吃完了你再躺。"老板娘急着出去，语速也加快了许多。

扎西面对玻璃窗户，望着窗外，心事重重。

老板娘德吉低下头，提起藏装底部，快速向外走去，早上那股高兴劲儿瞬间消失得无影无踪。

医院院子里人来人往，摩肩接踵，大部分都是穿藏装的。老板娘德吉多年前随家人去过拉萨，拉萨的街头就是这样。她心中默默祈祷早日到达圣地拉萨，洗掉心中所有的不快乐。

正午的阳光格外灿烂，特别刺眼。没有一丝风，空气仿佛凝滞了。没过一会儿，老板娘德吉就热得全身冒汗，边走边脱掉了套在 T 恤上的薄外套，拴在腰间。

医院门口、街道上、小吃店里，这个时候人都多。特别是买盒饭的人排成了长龙，几乎家家饭馆都是这样。

骄阳似火，老板娘德吉在第三家餐馆门外被晒得头痛。她离开宾馆时匆匆忙忙，忘记戴围巾，只能临时用外套套在头上遮挡阳光。

面对现实，只能顺其自然，别无他法。老板娘德吉想来想去，只能这样安慰自己，不想与这事过度较劲，尽量往好的方面想。可是，曾经的往事又浮现在眼前。看来，那段痛苦的经历还未能彻底忘记，她对那个"语言比羊毛还柔，心灵比木炭还黑"的男人恨之入骨。

伤痛，每个人多多少少都有，主要是以什么想法面对它。藏族谚语中有"要有延伸幸福之路的办法，要有缩短痛苦之路的智慧"的说法，以善良之心，怀揣美好和幸福，愁苦的心会拨云见日，重新充满阳光。

盒饭看起来不好吃。回锅肉、红烧土豆、莲花白、西红柿炒蛋，但除了土豆，没有一样是老板娘德吉喜欢的。她跟大多数牧民一样喜欢吃面食，排队排了半个多小时，没想到只有这些菜。算了，还是将就吧，估计扎西也饿了，她只能拿上盒饭快速回去。

走到医院大门口，她停下脚步，想看看有没有需要买的东西。门口挤着各种商贩，尤其是卖水果的三轮架子车一个接一个，拥挤不堪。

此时，阵阵刺耳的救护车鸣笛声响彻天空。门口的商贩们这才开始迅速移动三轮车，半分钟就给救护车让出道来。看到救护车，老板娘德吉莫名心慌，无法淡定。她本来就被太阳晒得头痛，这下更加不舒服，全身燥热，汗流浃背。

医院里来来往往的人们都急速大步前行，看上去都是特别着急的样子。老板娘德吉也开始着急，加快速度。突然，一个踉跄，她以五体投地的姿势摔倒在地上，塑料袋子破裂，盒饭散落在地。旁边的一行人见状立即过来拉住老板娘德吉的手，慢慢把她扶起来。

"严不严重？要不要去请医生看一下？"这位好心的藏族女人说得很暖心。

"不用了，谢谢你！"

老板娘德吉的泪滴在眼眶里打转，强装笑颜，拍了拍藏装上的灰尘，盒饭只能扔进垃圾桶。

"不要生气啊，橘子皮可能不是故意扔的。你的盒饭可惜了，买饭不容易。"这个女人是个热心人。

"没事，我没在意。"老板娘德吉猛眨几下眼睛，不让泪水流出来，摸了摸额头说。

她慢慢走出去再次买盒饭，饭店依然大排长龙。刚才去了左边，这次去了右边，排队还是花了那么长时间。

等买到盒饭已经快到两点了，老板娘德吉只感觉到了热，没有感觉到饿。担心扎西肯定饿极了，她仍旧以最快的速度回去了。病房里没有那么多人了，那个男人躺着，床边坐着高个子女人。

"赶紧吃，饿坏了吧？等的时间太长了。"老板娘德吉双手捧着盒饭，面带微笑地说。

扎西取过盒饭，拿起一次性筷子，低着头，慢慢吃着。

看到扎西的外套放在床边，老板娘德吉这才想起来自己的外套刚才买盒饭时忘在了餐馆，衣兜里有不少钱呢。

"你先吃，我到外面上厕所。"老板娘德吉把自己的盒饭放在床头柜上，急速离去。

"哎哟，今天这是怎么啦？来来回回，一直在路上。"老板娘德吉边走边自责。

烈日炎炎，阳光刺眼，老板娘德吉满脸发烫，脚底发软，萎靡不振，头痛欲裂。但一想到不抓紧时间就会有钱全部丢失的风险，她尽力忍住这些不适，尽快去拿回外套。

到了餐馆，老板娘德吉见餐桌上坐满顾客，询问老板，老板说，保管得好好的。她把外套折叠后伸手摸了摸，钱幸好没丢，这才放心。她已经累得走不动了，只得用外套挡住阳光，在餐馆门口的台阶上坐着休息。T恤衫已被汗水浸透，粘在肌肤上，汗味比较大，自己都能嗅到。看到来来往往的人群，老板娘德吉依然不由自主地想到了向往多年的圣地拉萨，她的心已经到了那魅力无限的地方。

这么一坐，就是一个小时。

老板娘德吉看了看表，下午三点十分。她热得难受，慢慢起身，往回走。

"阿妈，您怎么在这儿？谁病了？"

老板娘德吉走到医院大概刚才摔倒的位置时，一位长发飘逸的小伙伴突然站在面前，黑色的藏装在阳光下有亮点闪烁，双袖捆在腰间，风度翩翩。她一下子没有认出来是谁。

"我的朋友病了。"老板娘德吉仔细打量着面前这位小伙子。

阿妈？老板娘德吉突然感觉应该是女儿的男朋友，虽然只看到过照片，但能慢慢认出是他。

"我还以为是您病了呢。朋友没有什么大碍吧？"小伙子说话很温柔。

"只是摔了一跤。你陪谁来看病？"老板娘德吉好奇地看着小伙子。

"仁青拉姆。"小伙子的声调一下子低沉了许多。

"啊？我女儿怎么啦？"老板娘德吉拉着脸问。

"您一直忙着宾馆里的生意，只有过年才回家。我们不敢告诉您，怕您伤心。她胃不好，疼了几年了，今年年初查出是胃癌，昨天症状严重，今天中午叫救护车把她送到了医院。她这会儿在急诊输液，我去买盒饭，一会儿办完住院手续后住院。"

小伙子的话犹如晴天霹雳，对老板娘德吉打击特别大。泪珠顺着她的脸颊滚下来，滴在嘴角，像断了线的珠子一样击在胸膛，落到地上。

"阿妈，别太难过，要坚强……"

小伙子话还没说完，老板娘德吉跑向急诊里的抢救室。

仁青拉姆紧闭双眼，平躺在病床上，正在输着一袋黄色的液体，液体吊架上还挂有一袋白色液体和一袋血液。

老板娘德吉伤心的眼泪流成河，心如刀绞。有生以来最痛苦的事莫过于此，她慢慢退后几步，靠墙站着，悲恸欲绝。

抢救室另外两张病床上各躺着一个人，不过两个都是白发老人。"拉姆才二十出头，刚长大成人，造孽呀！为什么偏偏是拉姆？"老板娘德吉痛哭流涕，痛彻心扉。

抢救室里只有一名医生和一名护士，她本想问问医生拉姆的生命还能延续多久。看着医生和护士都忙得跑来跑去的，就没有问，站在病床边，悄然凝视着女儿。

小伙子买来两份盒饭，一份让阿妈吃，一份自己吃。

医生是个中年藏族男子，看到老板娘德吉悲痛的样子，没有要求她立即离开抢救室，只是说吃饭到抢救室外面吃。老板娘德吉哪里有心思吃饭，立即摇头，推掉了小伙子手中的盒饭。她必须要看到女儿睁开双眼并说话才吃得下饭。

没过一会儿，抢救室里进来了好几个医生，要求家属出去。老板娘德吉只能在门外的椅子上坐着。小伙子坐在旁边低头吃饭，想尽力忍住，可不能自控，悄然落泪。

医生出来后，告诉老板娘德吉，仁青拉姆需要做进一步检查。老板娘德吉低着头，害怕见到医生的表情，也不敢问话，恐惧再次涌上心头。

等到结果出来已经是傍晚，通过医生一直摇头的样子，老板娘德吉已经知道了结果，悲痛欲绝，差点昏迷。到现在，仁青拉姆还没有苏醒。

护士和小伙子立即将病床推到了住院部的抢救室，在住院部二楼上，陪护不让进。小伙子在走廊的地板上盘腿坐了很久，护士已经通知他去住外面的宾馆，可小伙子不愿离去，万一抢救没有成功的话……

老板娘德吉也没有离开走廊，在抢救室门口来回走动，护士怎么劝也不听。后来，她也跟小伙子一样，身体靠着墙体坐在抢救室门口，念经祈愿女儿早点醒来。

又是彻夜难眠。

天亮没多久，护士就来了。老板娘德吉慢慢站起来，身体靠墙站着。等到护士从抢救室出来后，她焦急地问道："护士，我女儿怎么样了？醒了吗？"

"阿姨，放心，醒了，可以说话。不过，在这里面还要住几天，你们在医院门口那边宾馆里住几天。"护士的声音高亢。

小伙子凌晨时睡着了，这时候听到护士的声音醒了。

"终于有好消息了，阿妈，您休息，我去买早饭，马上就回来。"小伙子迅速站起来看了一眼阿妈。

"你吃，我这会儿还不想吃，想吃的时候再说。"老板娘德吉有气无力地说。

"阿妈，坚强一点，保重身体要紧，拉姆不会有事的，醒过来了，我俩很快就能见到她。您不要过于担心，饭还是要吃，吃了饭才有力气照顾拉姆。等拉姆治好出院了，我就要跟她结婚。"小伙子考虑了一整夜，做出了这个决定。

"我这会儿确实不想吃，我就在这儿等着，你去外面吃。"老板娘德吉声音发着抖。

"那您找个凳子坐一会儿，站久了腿疼。我吃完了就回来。"小伙子望了望抢救室的门，像是在跟仁青拉姆说话。

　　泪水依然浸满了眼眶，老板娘德吉根本不相信女儿能治好，能活几个月就不错了，更别说结婚，简直是白日做梦。

　　命运无法逆转，犹如皱纹无法抹去。老板娘德吉现在唯一的愿望就是女儿能多活几个月，跟她一同前往拉萨朝拜。

　　几个医生朝抢救室走来，一个年轻医生手里拿着夹板、纸和笔。年轻医生是藏族，用藏语向老板娘德吉说明了病情，并要求在病危通知书上按手印，交纳相关费用。

　　老板娘德吉整个身体特别沉重，从小伙子那儿拿到女儿身份证后缓慢挪动着步伐，每一步都走得特别艰难。

　　挂号和交费是同一个窗口，虽然没有开门，但这时候已经有很多人排着队，在离人群很近的地方，老板娘德吉看到了扎西阿爸排在队伍中间。

　　老板娘德吉用衣袖擦了擦眼泪和鼻涕，左右两个袖口全都是湿的，没有干过。为了节省排队的时间，老板娘德吉走到扎西阿爸身旁，低声说："扎西阿爸，我来排队，你先去吃饭。"

　　扎西阿爸伸长脖子，望着窗口方向，等着早点开窗。听到这低沉沉的声音，转过头一看，非常惊讶，一下子未能接上话。过了好一会儿，他才慢吞吞地说："我以为你回去了呢。你怎么了？整个人变样了。"

　　"我怎么可能撇下你们？我是遇到了麻烦。"话未说完，老板娘德吉哽咽了。

　　扎西阿爸没再问，看样子，她是遇到了伤心的事，而且是大事。

"我吃过糌粑了，我来排，你去旁边找个椅子坐着，好好休息，轮到我的时候叫你。"扎西阿爸用手指了指远处的塑料椅子说。

老板娘德吉确实感觉到自己快要瘫倒了。于是，她把仁青拉姆的身份证给了扎西阿爸，然后从藏装兜里掏出一沓钱给了扎西阿爸，说："交费。"

等老板娘德吉转过身走向椅子，扎西阿爸看了看身份证，猜出来是老板娘德吉的女儿，因为长得特别像，预料到病得不轻。

排队排了近一个小时，才轮到扎西阿爸。他先付过扎西的治疗费后，从衣兜里取出那沓钱，抽出一部分付了仁青拉姆的治疗费。办完，他就拿着单子去叫老板娘德吉。

老板娘德吉依然是那副神情，也不说话。

扎西阿爸看到老板娘德吉的表情，心里猜测拉姆是不是患了癌症之类的病。

"钱付了，还剩这些，还给你。你还没有吃早饭吧？你在这儿等一会儿，我去给你买早饭，然后我们一起回病房。"扎西阿爸一脸严肃。

老板娘德吉仍低着头，摇了摇头。

"这样硬撑着不行，饭必须吃，这样你才有力气照顾好女儿。不要太伤心，会好起来的。我去给你买早饭，马上就来。"扎西阿爸不知道该说什么样的话来安慰，尽力想好话，除了这些，再想不出好话。

"不必了，我吃一点糌粑粉末就够了。"老板娘德吉再次用衣袖擦了擦眼泪和鼻涕。

扎西阿爸把钱塞到了老板娘德吉怀里，伸过手拉住老板娘德吉的手臂，说："那走，我扶你回病房。"

"不用了，我能行。"老板娘德吉甩掉扎西阿爸的手说。

"好嘛，那我们慢慢走，注意安全，不要摔倒了。"扎西阿爸担心老板娘德吉会晕倒。

病房里，扎西平躺着输液，眼睛望着天花板。

旁边病床上的男人坐在床上，那个高个子女人坐在床旁椅子上，手捻佛珠，嘴唇微动，估计是在念诵经文。

扎西阿爸走在前面，迅速从床头柜里取出糌粑袋子，搬来凳子放在窗边，为老板娘德吉吃早饭做准备。

"扎西，我俩都回来了。她还没吃早饭，我准备一下。"扎西阿爸说。

看到老板娘德吉双眼红肿、狼狈不堪的样子，旁边病床上的那个男人改变了想法和语气。他本来是想嘲讽一番，没料到会变成这样，只好改口，平缓地说："你背对着我，我同样能感受到你是痛苦的。比起昨天，你今天大变样了，凭我的直觉，应该是发生了不吉祥的事。你旁边的男人看起来不像是坏人，但不一定能照顾好你。自己保重。"

老板娘德吉听到这个男人的声音就恶心，压根儿看都不想看到他，这次只是迫不得已。

"吃干粉还是揉团吃？这儿有个备用的碗，在这个里面吃，已经洗过了。"扎西阿爸说完从口袋里取出了酥油和奶渣。

"舔干粉。碗里倒点开水就可以了，其他什么都不要。"

老板娘德吉的声音已经沙哑了。

"吃慢点，别呛着了。"扎西阿爸倒完水，坐在了床沿。

室内很安静，只能听得见几只苍蝇的叫声。

"小伙子，你得的是什么病呀？我得的是胆结石，痛起来要命，早点手术取出来就好了。说是要住院一周左右，你住多久呀？"旁边病床上的那个男人的这些话其实是说给老板娘德吉听的。

扎西懒得理，不想跟那个看一眼就讨厌的男人说话，装作没听见。

"只是摔了一跤，过几天就好了。"扎西阿爸礼貌性地替扎西回答了。

"我还以为我会先出院呢，看来我们住的时间差不多。德吉跟你是什么关系？"那个男人终于引出了关注的话题。

"什么关系都没有。只是她善良，乐于助人，帮助我把儿子送到了医院。"扎西阿爸是个老实人，实话实说道。

"我还以为是你老婆呢。"那男人的语气扬扬得意。

"不许你这样说我阿爸！"扎西忍不住冒火了。

"小伙子，不要冲动，我又没说你。没必要为一个中年寡妇大动干戈。"那乖戾阴鸷的男人说话既暴躁又粗鲁，本性也就逐渐暴露出来了。

"闭上你的臭嘴，你不说话没人会当你是哑巴。你那么关注她，曾经是不是跟她好过？"高个子女人不甘示弱。

"好过十几年呢！"

那男人突然吼叫起来，吓得那女人立即站起来，怒气冲冲地跑出去了。

"阿爸，别理他，不然会引火烧身。"扎西来劲儿了。

"谁是火？你才是火。骨瘦如柴，还跟我较劲，你那么厉害的话过来，我用一只手就可以掐死你。"那男人气势汹汹地怒吼起来。

"喂，吵什么吵，在外面都能听到你的声音，这是医院，不是吵架的地方。请住嘴，再不许骂人。"

那男人对于护士的劝解，根本没听进去，还在继续骂人。

老板娘德吉气得全身发抖，舔完手掌心上还剩的一口糌粑，只说了句"对不起"，就迅速离开了。

扎西气得咬牙切齿。

扎西阿爸打开窗户，把给老板娘德吉倒在碗里的水洒向窗外，看到窗外的蓝天，心情好转了许多，他并没有过于计较那男人的话，背对着那男人，坐在板凳上，望向窗外。

老板娘德吉直奔公共厕所，想在这个没人的地方狠狠哭上一阵子，泄掉愤怒。厕所里有人，她没敢大声哭出来，只能悄悄地抽泣，但还是很不痛快，负面的情绪依然存在。

厕所里的臭味令人作呕，无奈之下，老板娘德吉只好离开，去抢救室门口坐着。

"护士，我女儿现在怎么样了？"老板娘德吉向走廊里走过来的护士焦急地问道。

"你不用担心，这里有我们。你还是去宾馆休息，还有好几天呢。"护士安慰道。

小伙子买完早饭回来了。

"阿妈，来吃早饭，我买了包子和稀饭，趁热吃。"小伙子边说边把刚才借来的板凳放在阿妈前面。

"我不想吃，你自己吃。吃完了，你在外面找宾馆住下，护士说拉姆还要在抢救室里住几天，我在这边待着。"老板娘德吉低声说。

"阿妈，饭必须吃，不然身体会垮掉，保重身体要紧。来，吃饭。"小伙子打开塑料袋，把稀饭递给了老板娘德吉。

"你先吃，我等一会儿想吃的时候再吃。"老板娘德吉把稀饭放到地上，坐在了抢救室门口。坐在这里，她心里有一丝慰藉。

"阿妈，我不是外人，您不必客气。您这两天越来越憔悴了，您去宾馆休息，我在这儿等着，有消息了我马上去通知您。保重身体，拉姆和我都希望您健康长寿，我俩结婚的时候您要容光焕发。要不，我送您过去，然后回来在这边等着。"小伙子说的都是实话。

"你有这份孝心我就心满意足了。我想离女儿近点，虽然见不着面，但心里已经相见了。女儿是我唯一的精神支柱，待在这边，我才有精神和力量。你去宾馆休息，需要你的话我再叫你。就这么定了，别再推来推去了。"老板娘德吉没想到小伙子很有孝心，有点感动，说明女儿找的男朋友不错。

小伙子像是在赶时间一样匆匆吃完早饭，扔掉垃圾，然后在走廊里来回走动，看似在考虑问题。

中午时，小伙子向老板娘德吉打了个招呼，然后出去了。半个小时后，他气喘吁吁地拎着塑料袋回来了。原来刚才是买午饭去了。

"阿妈，我买了面条，趁热吃，不吃饭的话，身体会越来越糟的。您坐着，我来喂您。"小伙子蹲在阿妈面前，乞求着说。

"不用喂，我自己来，可我还是没食欲。"老板娘德吉实在是不想吃。

"看着就好吃，所以我买了。您看嘛，我先吃了，肯定好吃。"小伙子为了让阿妈产生食欲，故意这么说。

小伙子吃得津津有味，但无论怎么引诱，老板娘德吉还是不想吃。

"阿妈，这面特别好吃，是这段时间以来我吃过的最好吃的。您尝尝，一点一点吃，不要噎着。"小伙子大口大口吃着面。

老板娘德吉慢慢地用筷子把面条一根一根往嘴里硬塞，不仅难以下咽，甚至觉得恶心。

小伙子很快就把整碗面吃完了。他一直在考虑给阿妈买什么吃的，想来想去，觉得她可能会吃糌粑。可是，上哪儿找糌粑去？医院门口没有看到藏餐店。他思考了许多，终于想到了。

"阿妈，您不是说您是陪朋友来的嘛，您的朋友住院了吗？我去问问您的朋友有没有糌粑，有的话我要一点，您吃糌粑，行不行？"小伙子说。

阿妈沉默着，一提到"朋友"，她的心情更加复杂、悲伤，没有回答小伙子的问题。

老板娘德吉思考了十几分钟，终于点了点头，并说出了扎西的位置及床位。

小伙子立即找扎西去了。二楼的楼梯口在走廊最西边，抢救室在最东边，这段距离不算近。走廊前阳面玻璃窗户有些开着，从开着的玻璃窗户往外望去，路上的行人都提着保温盒或餐盒。有的站在路边吃着，有的蹲在地上吃，还有的边走边吃。

"阿妈怎么一点胃口都没有？"小伙子一直想不明白。

扎西的病床不难找。病房的门和窗户都开着，几个人在埋头吃盒饭。一号床靠近窗户。

"咚咚"，小伙子在病房门上敲了两下，然后微笑着走了进去。

"扎西，叔叔，你们好！"

扎西和扎西的阿爸都一下子抬起头来，盯着小伙子。

"我是阿妈德吉的未来女婿。阿妈没吃早饭，午饭买了外面的面条，还是没吃。我来是想要一点糌粑。叔叔您吃完饭，给一点糌粑，行吗？"小伙子站在床尾处说道。

扎西阿爸立即站起来，把板凳推到小伙子面前说："请坐，马上给你拿糌粑。"

"叔叔，您坐，我站一会儿就走。"小伙子特别客气。

"你别急着走，我有话问你。"扎西阿爸担心老板娘女儿的病情。

扎西阿爸狼吞虎咽，怕小伙子等太久，加快速度吃完剩下的饭菜，迫切地问候仁青拉姆的病情。

小伙子像讲故事一样把前几年拉姆得病的情况和这次来

医院后的情况都详详细细地说了一遍。

"可怜哪，她阿妈是个好心人，把我们送到这儿来了。没想到会这样。唉！那麻烦你照顾好她俩，我这边走得开的时候就去看她们。这些糌粑、酥油、奶渣都拿去，我们不介意吃外面的。让她多吃糌粑，她这两天一下子憔悴了许多，一直在哭，劝劝她，再别哭了，不仅会伤眼睛，还会伤身体。"扎西阿爸说完把糌粑袋子交给了小伙子。

"要不了那么多，你们也要吃。"小伙子把糌粑袋塞到扎西阿爸手上说。

"拿去，还不知道要住多久，以防万一。"扎西阿爸边说边把糌粑袋子又交给了小伙子。

"谢谢叔叔！你俩多保重，我先把糌粑送上去，空了再来看你们。"小伙子看了一眼坐在床上的扎西，挥了挥手，快速离去。

扎西阿爸只能在心中默默祈祷两个孩子的病情快速好转，快点康复！

旁边病床上的那个男人本想叫住小伙子，想说些什么，最终还是没有张口。刚才小伙子说给扎西阿爸的话句句刺耳，刺痛了男人的心，他本就不开心，这下更不开心。厄运为什么降临到女儿身上？虽然他离婚后很少关心女儿，但时时刻刻牵挂着。男人心里特别着急，急于见女儿一面，可现在见不了，只能口念经文和六字真言，祈祷女儿的病情不要恶化。

小伙子到抢救室门口时，阿妈不在门口。小伙子以为她上厕所去了，就在原地等着。

等了很久，阿妈才缓慢地从护士办公室走出来。

"阿妈，您怎么啦？没事吧？"小伙子迅速跑过去扶住了阿妈。

"没事，只是刚才摔了一下，摔出了鼻血，护士帮我止血。"老板娘德吉精疲力竭，连说话的力气都没有。

"阿妈，您坐下来，我把糌粑要来了，刚才着急，忘记了要开水，我去护士那儿要一点开水。"小伙子边说边扶阿妈坐到板凳上，把糌粑袋子放在阿妈旁边，拿着瓷碗快步去了护士办公室。

护士办公室在二楼中间的位置，门开着，一个人都没有。小伙子只好在门口等着。等了好一会儿，没有护士进来，他只能去护士办公室旁边的那间病房要水。那间病房里住着一名藏族老爷爷，陪护的是个年轻小伙子，特别热情，不仅给他倒了满满一碗清茶，还让他带上一些糌粑和酥油。

小伙子谢过以后没拿糌粑和酥油，端着热腾腾的清茶迅速回到抢救室门口。

阿妈终于喝了茶，还舔了一些糌粑粉末，小伙子心里高兴极了："阿妈肯吃饭了，只要吃了饭，慢慢就会有精神，气色也会好起来。"

舔完糌粑粉末，阿妈的情绪稍微平稳了一点，至少暂时没有眼泪掉下来。

"阿妈，您就在这儿休息一会儿，我到院子里转转就回来。"小伙子看到阿妈的样子，心里还是难受。

医院门口左右两边全是餐馆和商店，找旅馆还得往前去。

湛蓝的天空，没有一丝云朵，阳光暴戾，强烈的紫外线晒得人无精打采，直冒热汗。又黑又大的蚊子在面前飞来飞去，令人讨厌。没走几步，蚊子已经在小伙子的额头上叮了两个大包。小伙子解开藏装袖子，像扇子一样在自己面前扇来扇去，但仍能听到蚊子的叫声。听这声音，他感觉蚊子是成群结队地在飞，看到的却没几个。

"这些蚊子太猖狂了，我肯定会被咬得伤痕累累。"小伙子心想。

走到旅馆门口时，小伙子已经感觉到脸上、手背上有不少肿块，连眼皮也是。他本来就双眼浮肿，这下右眼皮被叮，整个右眼就跟闭上了一样，没有一点缝隙，被叮的地方痒得难受。

旅馆大厅的服务台前站着一名年轻藏族女子。一看见小伙子被叮得到处是包，热心肠的女子马上把一瓶花露水递给了小伙子。

"帅哥，你脸上全是包，快擦花露水，可以止痒。"

"谢谢妹妹。"

小伙子把藏装的双袖捆在腰间，立即把花露水往脸上涂了个遍。

那位女子突然间哈哈大笑起来，笑得眼泪都在眼眶里打转。

"笑死我了，哪有你这样涂的？来，靠近一点，我帮你，要在肿的地方多涂一点才可以止痒。"那女子边说边把整个上半身向前倾。

花露水的味道刺鼻，小伙子一点都不喜欢。

"有一点就行，不用涂那么多。我要两间大床房，最好是两间紧挨着。"小伙子被女子夸张的笑声弄得有点羞涩，说话轻声细语。

"你脸上的包肿得吓人，特别是右眼，好恐怖，最好还是再涂一次。"女子刚才其实是被小伙子的右眼逗笑了。

"二楼上有两间，刚好是挨着的。你出示一下身份证。"那女子微笑着说。

"嗯。"小伙子点了点头。

那妖媚娇气的女子拿过小伙子身份证，看了一眼，说："我们是老乡，一个乡的，不同村。没想到，在这儿会遇见老乡。你唱歌唱得好吧？看你长发飘逸的样子和非凡的气质，肯定跟文艺有关，而且会弹扎念，是吧？"

到宾馆里跟同乡女子这么说来说去，小伙子心情一下子好转了许多，没有了医院里那种特殊的、难受的感觉，更没有了全身心的压抑。

瞬间，小伙子喜笑颜开，笑容绽放，敞开心扉。

"我有点崇拜你，你看一眼我的外表，就知道了这么多。你不会也喜欢扎念吧？"小伙子一提到自己喜欢的艺术，全身充满了激情。

"那当然。"那女子神采奕奕地点点头。

"看不出来，那今后有空了多交流。艺术的魅力在于它使人的灵魂受激励。我是乡村民间艺术团的成员，请多指教。今天我还有事，空了再聊。"小伙子急着去接阿妈到宾馆休息。

"房费先付一晚的吗？一个晚上，两个房间一共一百二十元。"

小伙子没想到房价这么贵，没办法，再贵也只能住，不然无处可去。

"先住一晚，后面再看情况。"

"好的，欢迎再次光临！"那女子礼仪性地鞠了个躬。

小伙子付完费用，拿上身份证，慵懒地回医院接阿妈去了。

回去的路上还是有那么多蚊子，当然，也有许多苍蝇飞来飞去，他已经司空见惯了。为了少被蚊子叮，小伙子以最快的速度前行。

小伙子刚到抢救室门口，就碰见护士从里面出来。

"护士，拉姆怎么样了？"

"不用担心，跟昨天一样，估计不会恶化，还要观察几天。你们去外面的宾馆住着，整天守着抢救室的门没用。"护士的语气特别严肃。

"好的，谢谢！"小伙子朝护士微笑了一下。

等护士走远后，小伙子对阿妈说："阿妈，刚才我去宾馆订了两间房，坐在这里，护士会不高兴，说不定哪天强制赶我俩走，房费已经付了。走吧，去宾馆休息，这边的话我半个小时或者一个小时来一趟，看看情况怎么样。您不必过于担心，刚刚护士说了不会恶化，意思就是控制住了，这是好消息。您别难过了，要保重身体，健康才是第一。别折磨自己，去宾馆里好好休息，调养身体。我定了两间，我们一人一间，两间挨着的，这样便于我照顾您。走吧，阿妈，我带您过去，就在医院门口旁边，很近的地方。"

老板娘德吉摇了摇头。

"阿妈，不要那么犟了，您实在不放心，那我就先把您送到宾馆，然后我回来守在这里。这样总可以吧？"小伙子愁得直皱眉头。

老板娘德吉还是不肯离开。

小伙子实在没有更好的语言来劝说阿妈了，只能站在旁边，双眼望向窗外，静待阿妈同意去宾馆。

此刻，特别安静。

十几秒之后，小伙子听到了护士的脚步声。节奏特别快的脚步声可以听出是护士的。意外的是，后面还有缓慢而且沉重的脚步声。小伙子放眼望去，原来是跟扎西同一个病房的那个中年黑脸男人，旁边还有那个高个子女人陪护。

"喂，护士，你别走那么快，等一下我，我有话要说。"那男人嗓门高得像是在大草原上吆喝牛群。

老板娘德吉一听到男人的声音，不禁全身发抖。

护士放慢脚步，问道："你有什么事？那么大的声音，整个楼都在回响。"

"让我见见女儿，跟她说说话。我一会儿就要去手术室了，我怕来不及。"那男人明显加快了前行速度。

"你女儿在哪儿？"护士疑惑地问。

"在抢救室里，已经待了几天了，现在不知道怎么样了。万一恶化了的话，我怕来不及道别，她就走了。"那男人凶巴巴地说。

这时，那位护士停下了脚步，端着工具盘，对旁边的那男人解释说："抢救室是重症监护室，除了医生和护士，其他人不能进。家属只能在外面等，可以见的时候我们会通知家属。"

"那不行，我就这么一个女儿，我马上要去手术室了，万一发生意外的话，我就没法跟女儿说话了。我知道女儿是重症，所以怕见不到她，忍着痛上来看她来了。就一会儿时间，不会耽误太久。"那男人嗓门更高了。

"不行就是不行，你说什么都没用。这是医院的规定，必须按照规定执行。他们两个一直在门口待着都没见着，更别说你了。"护士态度依然坚决。

突然，那男人像愤怒的猛狮一样吼叫起来："他们是他们，我是我。我说见就必须见，否则，我不客气了。"

护士并没有因此而显得胆怯，反而更加理直气壮地说："反正不允许就是不允许，你爱怎么着就怎么着吧，我不怕，我可以报警。"

那男人趁着护士还没有推门进去，迅速拔掉手上的输液针管，猛地推开未上锁的抢救室的门，跑到女儿病床前，在女儿的额头上轻轻亲了一下。

"宝贝，阿爸来看你了，多年不见，时刻想念。你要挺住，相信你很快就会好起来的……"

那男人话还未说完，护士就怒气冲冲地冲进去了，一把拉住那高大魁梧的男人使劲往外拖。

那么强壮的男人，一个又瘦又矮的女子怎么可能拖得动？

"快出去，不然我报警了。"无奈之下，护士故意大声说。

此时，另外几个护士听到声音后迅速过来帮忙，拉的拉，推的推，终于把那男人赶了出去，并锁上了抢救室的门。

那护士气得肝胆欲碎，要求老板娘德吉和小伙子也马上离开，再也不允许他们待在抢救室门口。这使老板娘德吉又开始悲伤不已，迫不得已，只能服从护士的要求，暂时离开。

老板娘德吉在小伙子的搀扶下，缓慢地走到了医院的院子里。

到了院子里，老板娘德吉越想越气，越哭越厉害，对那男人恨之入骨，他的鲁莽导致他们连抢救室门口也待不了，只能坐在房子和人行道之间的一个角落里。

小伙子知道阿妈不想离开，就陪阿妈坐着。他保持沉默为好，越劝越伤心。

下午的阳光更加毒辣，照得水泥地发烫，只坐了几分钟，小伙子已经感觉到整个大地都要燃烧起来了。

"阿妈，我们还是去宾馆里歇着吧，这里太热了，待久了会头痛。"小伙子热得冒汗。

"太阳落山了就凉快了。你回宾馆去，别管我，我在这儿待着，糌粑袋子我拿着，你去外面吃。"阿妈一直低着头，眼泪、鼻涕流得胸前到处都是。

小伙子尽力忍着，陪阿妈坐了一会儿。最终，他实在忍不住了，只能去宾馆休息，准备晚一点再接阿妈去宾馆休息。

一路上，不怕晒的蚊子依然成群结队地飞来飞去，小伙子怎么扇也扇不走，皮肤裸露处不知道增加了多少个肿块，到处奇痒无比。特别是他在小卖部门口停下脚步买冰棒的那会儿，被叮得最多。他在手指上吐些口水，然后涂到痒的地方，但不管用。

"这个地方怎么这么多蚊子？真讨厌。这条路不知道还要来回走多少趟呢！"小伙子开始烦躁了，把咬掉一半的冰棒往脸上涂了一遍，凉快了一小会儿。涂完后拿在手上，一会儿再涂。

小伙子到宾馆大厅时，刚才那个女子仍笑脸相迎。

"老乡好！欢迎光临！"那女子远远地就在打招呼。

"我太热了，上去休息一会儿，空了找你聊扎念。"小伙子无精打采地说。

"好的，需要什么的话叫我，我一直都在这儿。"

"哦，谢谢！"小伙子说完缓慢地上楼去了。

"咦？定了两个房间，只来了一个人，另一间是给谁订的？是不是订多了？"那女子琢磨着小伙子怎么只身一人。

那女子差点叫住了小伙子，话到嘴边还是咽下去了，怕被说是多管闲事。

宾馆的环境和条件都不错，面积也大，简易藏式装修，电视不小，卫生间和洗澡间都有。小伙子热得不想动，立即脱掉皮鞋，换上塑料拖鞋，解开腰带，脱掉藏装，放松身心，躺在床上，打开电视，是央视电影频道，播放的是警匪片。

小伙子躺得非常舒服，十几分钟后，酣然入睡。

阴雨绵绵的日子，小伙子和仁青拉姆来到了一座位于山顶的寺庙。这是他们第一次到这座寺庙，朝拜得特别慢。细雨淋得小伙子和仁青拉姆的藏装都有点湿了，两个人都穿的黑色布料的藏装，周边装饰的氆氇都一样，像是特意穿的情侣款。

寺庙特别大，有上下两层，殿堂也多。首先映入眼帘的是大堂，小伙子和仁青拉姆脱掉太阳帽，双手合十，五体投地，一起向主殿磕了三次头。里面没有开灯，光线暗淡，朝拜的路根本看不清。小伙子只能牵着仁青拉姆的手在前面引路，按顺时针方向摸索着，一步一步慢慢前行。

大概走了十几步，小伙子的头被撞到了，疼得停下脚步。几秒钟后，他睁大眼睛仔细看了看，原来大堂右边是经书阁，朝拜者只能弯下腰，低着头从经书下面的小道走过。小伙子牵着仁青拉姆的手小心翼翼前行。走到近处，他们才看清正中供奉的佛像。小伙子和仁青拉姆敬献了哈达，每人捐了一百元，五体投地，磕了三次头，并口念经文，祈祷自己和家人健康平安、心想事成、万事如意！

再往前走，是体积小一点的佛像，拜完这些就到了大堂左边，左边也是经书阁，需低头弯腰，走到头就是上二楼的楼梯。木板楼梯既窄又陡，虽然有扶手和绳子，但人走得特别费劲。十几级步梯，他们费了不少力气，花了不少时间，坚持到了最后。

二楼上大大小小的佛堂也多，在第一间佛堂门口，坐着一位大概九十岁的老僧，穿着旧得掉色的暗红袈裟，满脸沧桑，瘦骨嶙峋，洁白的胡须长到了胸前。他口诵经文，凹陷的双眼注视着小伙子和仁青拉姆。

老僧向仁青拉姆招了招手，示意有话要说。仁青拉姆倾身靠近，把脸凑到老僧面前。老僧对着仁青拉姆的耳朵说了几句话，然后给了仁青拉姆一个护身符。仁青拉姆立即将护身符挂在脖子上。

小伙子牵着仁青拉姆继续前行朝拜，最后一间佛堂里突然出现许多僧侣，都在大声念诵经文，听起来感觉是超度经文的内容。小伙子正奇怪自己怎么会听到这种经的时候，仁青拉姆说要去上厕所。厕所就在前面墙角处，小伙子刚才一上二楼，第一眼就看见了那露天吊脚厕所。

"厕所就在前面，我带你去。"

"我看到了，不用你带，你在这儿休息。"说完，仁青拉姆立即飞速向厕所跑去，像是拉肚子快忍不住了一样。

瞬间，仁青拉姆的尖叫声响彻整个寺庙上空。

小伙子被吓醒，猛然坐起来，心跳加速，呼吸急促，满头大汗，无比恐惧。突如其来的噩梦令小伙子全身难受，这梦到底是个什么预兆？他第一次做这样的噩梦，难道是恶魔缠身？他越想越头痛。

他在床上坐了一会儿，难受死了，想着也许出去以后会有好转。他下床关掉电视，穿上藏装，换上鞋子，关好房门，向外走去。

从二楼楼梯上下来时，服务台的女子远远地就在笑眯眯地打招呼："老乡，休息好啦，要出去吃晚饭呀？"

小伙子还没有缓过神来，不想说话，向女子点了点头。

"出去的话，你把头发理一理，乱七八糟的，跟鸡窝一样。"女子提醒道。

"哦。"小伙子这会儿哪儿有心思理头发，只想快点跨出宾馆的门，他认为是这个宾馆不吉利，只睡了一会儿就做噩梦，晚上都不想来了。可是，这附近只有这个宾馆，抢救室门口不让待，他无处可去。

"先出去再说吧。"小伙子边想边急速走出宾馆大门，在街上漫无目的地瞎逛。这会儿没有刚才那么热，逛起来舒服。街道上左右两边全是餐馆，他肚子不饿，但想吃点东西。

小伙子看中了一家中档餐馆，那里顾客不多，他随便找了个空位坐下。旁边的几个顾客在吃冒菜，那味道刚才一进门时就扑鼻而来，他闻着都特别想吃，所以毫不犹豫地点了一份冒菜和一份米饭。

到外面转转，他确实比刚才好受多了，心情逐渐愉悦，即将恢复正常。此刻，他什么都没想，低着头喝着赠送的茶水，很舒适。

俗话说，会享受的人就会生活。干吗跟自己过意不去呢？比如说阿妈。小伙子不再去想这些恼人的事。

冒菜被服务员端过来了，香喷喷的。小伙子虽然是孤身一人，但不受影响，专心品尝美食。

这冒菜辣得过瘾，麻得爽快，这个味儿仁青拉姆最喜欢了，自从查出胃病以后她就再也没有吃过，小伙子也没吃过。冒菜的分量不小，足够胃口大的人吃饱。小伙子细嚼慢咽，专心致志地品味着食物在嘴里停留的味道，想让这些太好吃的味道在嘴里停留很久很久，舍不得把它们快速吞入胃里。

"老乡，你一个人在这吃饭呀？"宾馆里的那个女子也到这个餐馆吃饭。

小伙子抬起头，咽下含在嘴里的土豆，说："就是，这么巧呀！你也一个人吃晚饭？"

"嗯，刚下班，吃完饭再回去，反正我是一个人，想干什么就干什么。"那女子微笑着坐在小伙子的对面。

"我这份剩得不多了，你喜欢冒菜吗？给你点一份吧？"小伙子注视着那女子说道。

活泼可爱的女子长着白净的瓜子脸，弯弯的眉毛下一双水灵灵的眼睛，颇为秀气。再加上一身深红色藏装，真可谓是窈窕淑女。

"不用那么客气，我自己来。"那女子向服务员招了招手，点了冒菜。

"怎么称呼你？"小伙子放下碗筷问道。

"我叫拉穆，可能比你小，叫名字就行，或者叫妹妹也行。"

"我叫次仁。我女朋友病了，我陪她来医院，她住在抢救室，医生让家属住外面宾馆。我女朋友叫拉姆，跟你一样漂亮、温柔。"小伙子说这话时低下了头。

"哦。你先吃菜，不然凉了就不好吃了。吃完饭我们再聊。"那女子注视着盘子里的菜，若有所思。

冒菜和米饭已经端过来了，中午只吃了一桶方便面，拉穆肚子已经饿得咕咕叫。

拉穆没吃多少就辣得吃不下了，站起来，提起桌上的茶壶，往他俩的茶杯里倒满茶水。然后她坐下来，拿着筷子注视着次仁。

英俊挺拔、气质非凡的次仁看起来不一般。"我一定要和次仁做朋友。"拉穆想着想着，决定和次仁交流唱歌的心得。

这冒菜确实辣得人胃里能感受到一阵阵刺激，拉穆端起茶杯，一口气喝完了一杯水。

"还剩那么多，你不吃啦？"次仁用筷子指着拉穆面前的盘子说。

"休息一会儿再吃，太辣了。你慢慢吃。"拉穆辣得直吸气。

缓了一会儿后，拉穆才拿起筷子慢慢吃起来。

"你刚才吃得太快了，冒菜要慢慢吃，才不会那么辣。"次仁吃完后说。

"没想到你还挺会吃，谢谢你的分享。我一会儿吃完饭要跟你分享唱歌的经验，可以吧？"拉穆朝次仁笑了笑，俏皮的模样特别可爱。

"你慢慢吃，我等着，这里是你的地盘，我人生地不熟的，你说去哪儿就去哪儿。"次仁兴致勃勃地说。

拉穆嘴里正嚼着一块黑毛肚，毛肚硬硬的，她嚼了好一会儿还没完全碎，只能点点头，表示赞同。嚼完这块毛肚，拉穆没吃几口，就大口大口喝茶。

"不想吃就别吃了，太辣了对胃不好，万一以后得胃病的话会痛得难忍。"次仁无意中谈起了关于胃病的话题。

"你女朋友的胃怎么啦？平常就痛吗？"拉穆好奇地问。

"她得了癌症，不知道能活多久，医生说时间不长了。我以前听长辈说医生的话都特别吓人，不能完全相信。我也觉得活一年半载估计没问题，所以她一出院我俩就要结婚。"次仁的语气里带着一丝伤感。

"走，我们找个地方谈论艺术去，不说这个了。"拉穆快速站起来，用餐巾纸擦了擦嘴，把纸巾扔进垃圾桶里，等着次仁发话。

"好嘛，那吃饭我请客，喝茶你请客。"次仁站起来从裤兜里掏出钱准备付餐费。

"你跟我一样直爽。"拉穆笑容满面。

走出餐馆的时候，已临近黄昏。这时候，外面冷飕飕的，次仁把拴在腰部的藏装双袖解开穿上，望着街上昏暗的路灯，瞬间想起了那个梦。

"你住的宾馆旁边有家小的茶园，去那儿吧？"拉穆看着次仁说。

人行道上，拉穆靠里，次仁靠外，二人并排前行。茶园离餐馆不远，他俩各自想着心事。街道上行人寥寥无几，次仁没心思在外逗留，只想快速走到茶园，谈论自己最喜欢的艺术。

拉穆也有同感，一谈到自己的兴趣爱好，那是精神百倍。

茶园确实不大，只有几张桌子。这时候，空无一人，估计快要关门了。

次仁和拉穆选择靠窗的一张小桌子坐下来，各点了一杯菊花茶，喝了几口以后算是开始正式交流。

拉穆是个活泼开朗的女孩，不管见到谁，都是无话不谈，今天也不例外。她一说到唱歌，自然而然就打开了话匣子，侃侃而谈，无拘无束，想到哪儿就谈到哪儿。

次仁向来是特别有耐心的听众，从不插话，必须听完别人说的话才会接话。

从第一次唱歌到第一次参加学校的比赛，再到坚持唱歌，后来学习弹奏扎念，拉穆把自己的唱歌经历像讲长篇故事一样生动地讲了一遍。

次仁连续喝了几口菊花茶，接着拉穆的话题讲述扎念弹唱，说得口若悬河。

会说话就会唱歌，会走路就会跳舞。自古以来，藏族人民能歌善舞，因此，藏族人居住的地方被称为"歌舞的海洋"。藏族歌舞也已然成为让人为之骄傲的文化符号。

扎念，俗称六弦琴，是一种弹拨乐器。琴身为木制，由形似横剖的葫芦状共鸣箱与细长的琴杆和弯曲成半圆形的琴头构成，还有琴弦、琴马、弦轴、拨片和挎带等附件。扎念特殊的形制和构造，特别是掏空的琴身皮膜与木板混合的共鸣箱，以及富有弹性的琴弦，使其声音饱满、柔和，能够与人声的音色融为一体；同时，由于扎念作为弹拨乐器，其发出的声音不乏颗粒与顿挫感，与歌声形成鲜明的对比。此外，扎念的音响特性还与它的定弦和演奏技法等有密切关系，尤其是两根弦为一组的特殊定弦法，使扎念的声音更加饱满。

扎念作为传统乐器中历史悠久、特色鲜明、流传广泛的代表性乐器，深深扎根在生活土壤之中，深受藏族人喜爱，长久流行。

声情并茂地说了这么多，次仁依然神采奕奕，气宇轩昂。

"没想到，你知识这么渊博，哪里像是个乡村文艺队的，简直就是个学者。"拉穆用一种特别崇拜的眼神细心注视着风华正茂的次仁。

"你这话说得太夸张了，我只是粗略地谈谈自己的见识而已。我小学都没毕业就被迫去放牛牧羊。我就是一个普通的牧民，业余爱好弹扎念、唱民歌，跟着文艺队去村里表演是自愿的，全免费的义务表演。文艺队是我牵头组建的，关于扎念弹唱的相关知识，是一代传一代的。我们家几代人都传承文化血脉，传播民族精神。未来，让我们的子孙也要传承和弘扬民族传统文化艺术，使这一民族瑰宝得以发扬光大。"

次仁的修养、内涵、学识令人非常敬佩，拉穆赞不绝口。

"估计时间不早了，不要影响你休息，早点回去吧。"次仁担心拉穆急着回去。

拉穆看了一眼腕表，时间确实很晚了，已经十一点十分了。但今天收获很多，她不在意时间的早晚，甚至聊通宵都可以。

"你不是订了两个房间吗？还有一间给谁住？"拉穆疑惑地问道。

"女朋友的阿妈，但她不肯过来住，这会儿已经十一点过了，估计医院的门早就关了。要不，你家远的话就不回去了，你住一间，不然房费白给老板了。"次仁真诚地说。

拉穆考虑了一会儿，说："那好吧。我住的地方不远，在宾馆附近租房，但这个时候关门了。"

"那就早点休息，我还要在这儿住几天，空了再继续聊。"次仁精神抖擞，没有一点困意。

"我先去付费，你慢慢过来。"拉穆说完向服务台走去。

从茶园里出来，整个街道上只有次仁和拉穆，他们并排走着，不急不慢，都有着中等身材，气质也相近，看上去特像一对情侣。

聊着聊着，他们很快就到了宾馆门口。次仁突然间又想到了那个噩梦，还是害怕，不想去那儿休息。可是，除此之外，他能去哪儿呀？他只能鼓起勇气，壮大胆量，勇往直前。

"很高兴认识你，今后我们是好朋友，在医院期间如果需要帮助，你就直接说，不必客气，我会尽力。感谢你真诚相待，通过跟你交流，我受益匪浅。今后还请多指教。"拉穆依然激情澎湃。

"相互学习，共同进步。"

次仁用力推开宾馆玻璃大门，幸亏他们回来得及时，不然就要关门了。

宾馆大厅里走过来一个又矮又胖的藏族保安，用异样的眼神看着次仁和拉穆，但没说什么。

"房卡给你，早点休息，晚安！明早我得早早去医院，空了聊。"次仁说完把房卡给了拉穆。

"晚安！再见！"拉穆挥了挥手。

次仁一到房间，立即脱掉衣物和鞋袜，上床睡觉了。这个房间没有想象中那么恐怖，没过多久，他就酣然入睡。

第七章

次仁早晨醒来，打开床头灯，看了一眼手表，已经七点过了。躺在床上做了伸展运动，稍后，他穿好衣服到洗手间洗漱。

他望着镜子里的自己，特别满意：精神饱满，喜笑颜开；波浪卷长发还没有油，不需要洗；浓密的胡子不长，不用剃；银制镶宝石耳环没有黑，不必刷。

次仁吹起口哨，连房间门都没有关就出去了。

这个时候，街道两旁已经有很多人来吃早饭了。难道这么多人没带糌粑？还是不喜欢吃糌粑？他一顿没吃糌粑都想得要命，何况几顿没吃糌粑了，有些难受。

次仁随便进了一家小吃店，顾客少，早饭上得快。他点了两碗稀饭、一笼菜包、一份泡菜，吃得特快。他还给阿妈打包带了一碗稀饭和一笼肉包子，也不知道阿妈吃不吃，不吃的话只能送给别人了。

阿妈还是坐在抢救室门口，低着头。

"阿妈，吃早饭了，给您买了稀饭和包子，趁热吃。"

次仁蹲下身子，解开塑料袋，左手端着盛有稀饭的碗，右手拿着筷子。

阿妈头也不抬，摇摇头。她虽然没有哭泣，但越来越憔悴了，次仁不知道该怎么办才好。

"阿妈，张开嘴，我喂您，不吃饭不行，身体会垮掉，我的家人们一直在焦急地等待着，等着拉姆好转后跟我一起回去呢。拉姆还年轻，不能没有阿妈。阿妈，您可要坚强，一定要吃饭，哪怕是喝稀饭或者水都可以。"次仁尽最大努力劝说阿妈。

阿妈仍然摇头。

"那您吃糌粑，我去护士那儿要水。"次仁实在没有办法，只能这么说。

阿妈没有摇头。

次仁把稀饭和包子用塑料袋装好，放在阿妈旁边，取出糌粑袋子里的碗，去往护士办公室。

护士办公室里有好几个护士，这会儿不是很忙，次仁咨询了仁青拉姆的病情。护士说还是那样，还得观察几天。

"还得观察几天，到底是多久呀？阿妈日渐瘦弱，怎么办呀？"次仁担心阿妈会倒下。

次仁端着碗到阿妈面前时，几位医生走了过来。

次仁装了几勺糌粑在碗里，然后快速走到医生面前，大声说："医生，求求您尽力治疗，让病人早点从抢救室出来。我阿妈伤心得几天没吃饭了，就舔了几口糌粑粉末，几夜都没有睡觉，一直在这门口守着，快要疯了。"

"好，好，我们尽力。"医生们急速走进抢救室，关上门。

阿妈伸出舌头一口一口舔着碗里的糌粑粉末，双眼始终盯着碗里，两鬓的头发垂进碗里，跟糌粑粉末一起被舔进嘴里，阿妈也不理会。看到阿妈的这副模样，次仁特别揪心，可是，又没有什么办法。

次仁琢磨了许久，决定等阿妈舔完糌粑粉末就把稀饭和包子送给阿妈的朋友扎西，顺便问问扎西的阿爸有没有什么办法。

没过一会儿，医生们都出来了。

"医生，拉姆怎么样了？"次仁万分焦急。

"按计划治疗。"医生的话不冷不热。

"阿妈，不要太担心，很快就会有好转的。"次仁其实也非常担心，皱紧了眉头。

看着阿妈，次仁心里难受。阿妈怎么这么悲观、消极，被负面情绪缠绕。仁青拉姆跟阿妈有太多相似之处，面对病痛，情绪忧伤。无法改变现状，次仁只能转移注意力，望望窗外，心里好受一点。

听到护士匆忙的脚步声，次仁转过身来。不管有没有用，次仁还是决定再试一次。

"护士，我求求你，求求你让我阿妈从门口看一眼拉姆。我从来没有求过任何人，今天求求你开恩，不然我阿妈要疯了。"次仁双手合十，举在胸前，低着头哀求道。

护士看到这位阿妈也难受，知道她心里装满了痛苦，但医院的规章制度必须得遵守。

护士想了想，点了点头。

次仁立即把阿妈从板凳上扶起来，待护士开门后，让她伸长脖子往里望着，几秒钟后，护士轻轻关上了门。阿妈和次仁依然望着，视线始终不愿意离开那扇门，像是要透过厚厚的、白白的木板门看见仁青拉姆。

几分钟后，次仁听见护士从里往外走出来的脚步声，立即趁着开门的机会，再次往里望了望。

望着门，阿妈的心早就到了里面，正在与女儿进行心灵的对话。

这一招确实管用。阿妈的精神状态好转了一点，次仁也就不必担心太多。

"阿妈，您在这儿休息一会儿，我把稀饭和包子给扎西送下去，不然浪费了。"次仁边说边把糌粑口袋收拾好，放在阿妈旁边，将阿妈使用的碗装在藏装怀里，下去洗。

阿妈点了点头。本来她也特别想去，可是又怕前夫报复，在扎西面前丢脸，纠结了一阵子，没去。

次仁提着装有早餐的塑料袋走到扎西所在病房门口时，护士正在给扎西做检查，于是在门口等着。

这时，旁边病床上那个男人看到了次仁，迅猛拔掉手上的管子，下床光脚跑过来用尽全力扇了次仁一巴掌，还没有等到次仁反应过来又准备踢儿脚，立即被陪护高个子女人拉住了。

鲜血从次仁鼻孔里奔流而出。

"喂，你疯了吗？凭什么无缘无故打人？"次仁气得咬牙切齿。

"你才是疯子。你挨打是应该的，你这个不要脸的东西，再说的话，我打死你。"那男人歇斯底里地吼叫着。

扎西阿爸也特别气愤，此刻一下子不知道该怎么做，更没有能说服那个男人的理由。他只能上前把那男人拉回他自己的病床前，然后从床头柜上拿过卷纸去擦次仁的鼻血。

看着那男人还没有罢休的意思，次仁难以忍耐，全身哆嗦，乞求护士报警，被扎西的阿爸制止了。

扎西的阿爸把次仁拉到门外，悄悄告诉次仁不要再到这个病房里来。

"叔叔，我是来给扎西送早餐的，扎西现在怎么样了？还要住多久？"次仁把塑料袋递给叔叔问道。

那男人还在病床上嘶吼着："你做错了事还好意思报警？该报警的是我。你明明有女朋友还到处拈花惹草，在医院里你也不避着。昨天晚上去泡不要脸的妓女，我女儿仁青拉姆真是瞎了眼，找了个畜生，你现在必须赶紧离开我女儿，再不要害我女儿，不然我把你剁成肉酱喂秃鹫。"

"孩子，不要听他瞎说，赶紧离开，别再来了，照顾好你阿妈。"扎西阿爸真的担心那男人又做出伤人的事，悄悄地说道。

"他凭什么无缘无故打我？总得讲讲理，说清楚。"次仁大口大口地喘着粗气。

"他是仁青拉姆的阿爸，至于打你的原因我也不知道。孩子，听叔叔劝，赶紧离开这儿，不然，他不会放过你的，我作为外人都害怕。早餐谢谢了！不要再送了，照顾好她母女俩。"说完，扎西的阿爸提着袋子进病房里了。

次仁捂着鼻子离开了。

医院的院子里依然人来人往，密密麻麻。忽然之间，次仁感到一种悲凉的感觉袭来，说不出来的不适感包围着全身，只好在人行道旁坐下来歇息。

望着行色匆匆的人群，次仁多么希望仁青拉姆快点好转，然后两人跟往常一样开开心心地生活。

他以前从来没听仁青拉姆提起过自己的阿爸，一直以为是去世了，没过问。今天才知道那个疯子一样的男人就是她的阿爸，就算是如此，可他凭什么无缘无故打人呢？次仁坐在地上，望着前方，琢磨着这个问题。

思索了许久，还是没有答案。

待情绪平稳后，次仁再次回味那男人说过的话。

经过再三分析，次仁猜想应该是昨晚有人看见自己和拉穆一起吃饭、一起走在街上、一起坐在茶园、一起走进宾馆，然后告诉了那男人。看见的人也许是那个高个子女陪护。

次仁终于像警察破获了案件一样有了答案，心结也就解开了，心里舒坦多了，不想再为此事费脑费心，也不想再跟那男人计较，将鼻孔里的纸抛到了垃圾桶。

鸟儿的歌唱声、虫子的欢叫声把次仁带入了欢悦的世界。虽然手中没有扎念，但他的手势像是弹着扎念，左手扶持琴杆，用食指与中指或食指与无名指按弦，拇指不能放在指板上，右手执牛角制拨片弹奏。他盘腿而坐，半眯着双眼，轻声唱着欢快的流行歌曲《阿妈勒》《我们相聚在这里》《幸福之歌》，一曲又一曲。

次仁从小在阿妈的教导下，对待生命中的一切都是积极乐观、充满阳光、怀揣希望的，阿妈教他最多的一句话就是藏族谚语中的"幸不幸福心态决定，温不温暖太阳决定"。次仁憧憬着和仁青拉姆美满、幸福、吉祥、快乐的生活，就像草原上的格桑花尽情释放着生命的活力。

"孩子，你在表演安多扎念呀？我刚才听了一会儿，唱得很好听，在精神和心灵上都是最美的享受。"扎西的阿爸微笑着蹲在次仁面前，继续听歌。

忘我是一种境界。次仁沉浸在艺术世界里，在仙境般的忘我境界里飞翔。他对艺术的专注和执着，源自于特别专心的习性。次仁忘我的样子吸引了不少过路人，有些人还跟着次仁唱起来，包括扎西阿爸。

观众越集越多，不一会儿，就已经里三层外三层把次仁包围起来了，水泄不通。

次仁越唱越来劲儿，激情澎湃、气质非凡、满面春风、自我陶醉是观众对次仁的评价。

看这氛围，早已有了个人演唱会的气势，余音绕梁，掌声不断。

中午十二点，该吃午饭的时候，观众们才依依不舍地离开。有的观众还请求次仁明天有空的话继续演唱。次仁暂时没有明确表态，等观众走完后，才站起来。

"叔叔，扎西怎么样了？"次仁擦了擦额头上的汗，微笑着问道。

"扎西没有什么大碍，脚伤得不严重，但检查出来有肺气肿，还得要住几天院。"扎西的阿爸注视着次仁说。

"肺气肿是肺怎么啦？我从来没有听说过这个病。"

"医生说的是扎西左肺上叶有气肿，不是严重的那种，严重的要手术。我也是第一次听说这个病。"

"那扎西是不是特别爱吸烟？听说吸烟的人肺部都有问题。能戒的话最好还是戒掉。我们村里好多小伙子都去活佛那儿发誓戒掉了，戒烟不难。"

"嗯，好的。估计他以前抽过，最近没看到他抽烟。扎西出院了，我们就去拉萨，让他在圣地戒掉。"

"你们真幸福！要去人人向往的圣地，真羡慕你们。我小时候跟家人去过拉萨，后来再没去成。小时候，听很多长辈讲过，说我们藏族有句古传谚语叫'不拜拉萨，人生只半'，我也特别向往，但不敢承诺。长辈们总是讲，去往圣地朝拜可不能轻易许愿或承诺，若未兑现，会遭报应。我平常经常看布达拉宫和拉萨的照片，心灵和灵魂都得到洗涤。我每天至少都要看一次，走到哪里都带着。这次走得太匆忙，未能带上。但在心里还是想着。"次仁即刻望向犹如透明的镜子一样明净的天空，像是在遥望神奇的拉萨。

"你中午想吃什么？我准备出去给我们几个买午餐。仁青拉姆的阿妈喜欢吃什么？"扎西阿爸望着医院大门口的方向。

"叔叔，您休息。我作为晚辈，应该我去，您想吃什么？扎西喜欢吃什么？"次仁拉住扎西阿爸的衣角问道。

"不必这么客气，我们已经是熟人了。你还是去看看仁青拉姆的阿妈怎么样了。尽量劝说开导她，我总觉得她非常悲观。"扎西的阿爸执意要去买饭。

"好嘛，那我不争来抢去了。我喜欢面食，阿妈也喜欢面食。这儿有一百块钱，您先拿着买东西，您的钱节约一点，去拉萨的路上万一花得多的话就不够了。"次仁想得特别周到，顺便也算是把阿妈吃糌粑的钱给了扎西阿爸。

"孩子，你太客气了。仁青拉姆住抢救室，那儿费用特别贵，留着钱治病。路上的钱，我计划好了，足够花一段时间。"

扎西阿爸和次仁把两张五十元钱推来推去，最终，次仁只好妥协，不想再争执。

"那麻烦您了，我去看看阿妈。"次仁向扎西阿爸挥了挥手说。

"哦。"扎西阿爸伛偻着身躯，双手背在身后，向外走去。

次仁回去的路上还在回味刚才唱歌的情景，一想到扎念弹唱，次仁就情不自禁眉开眼笑，乐开了花，这股兴高采烈的劲儿化作了口哨，抑扬顿挫，吹得潇洒自如，犹如在辽阔无垠的大美草原上欢快歌唱。半路上，他看到拐角处的公共厕所，明明没有尿意，却鬼迷心窍去往那边。

"哎哟！你是瞎子吗？这么大的人都看不见？欠揍哪，我可是病人，撞死了怎么办？"

厕所门口，次仁无意间与一个男人撞了个满怀，还没看清是谁，就被骂得狗血淋头。

次仁从声音辨别出是仁青拉姆阿爸，头也不敢抬，轻声说了声"对不起"，撒腿就跑。

"真是冤家路窄。怎么又碰到你这个人渣？等我做完手术，看我怎么收拾你这个卑鄙无耻的魔鬼。"那男人右手举着输液袋子，左手指着次仁离去的方向，大声骂道。

那男人不是个好人。妻子贤惠能干、百依百顺，女儿孝顺无比，钟灵毓秀，过着人们祈愿中的万事顺心、吉祥如意、阖家幸福的美满日子。在熟人的蛊惑下，他从进茶园喝茶聊天逐步变成了到茶园赌博，天天打扑克或打麻将，越打输得越多，不仅卖掉了几十只绵羊，还卖掉了几十头牦牛。在赌场上，他还认识了一个女人，被她当成摇钱树，仍对她痴迷无比，非要和妻子离婚，对苦苦哀求的妻子和女儿拳打脚踢，差点把妻子打成残疾。他一意孤行，换来了所有亲人和朋友的唾弃。最终，两败俱伤，成为名副其实的孤魂野鬼。从此，他到处乞讨流浪，差点饿死。

要不是次仁跑得快，那男人肯定会把次仁暴打一顿，狠狠地教训一次。

"反正还要住几天，有的是时间，早打晚打都一样，任何时候都不迟，恶人逃不过惩罚。"那男人自言自语道。

次仁到达抢救室门口时，阿妈瘫在地上，闭着眼睛。

这下子急坏了次仁，他跑到护士办公室请求护士简单看一下，然后再把阿妈送到门诊部诊断。

护士迅速跑过去，简单检查了一下，说："血压太低，估计是晕倒了，赶紧挂号请医生检查。这会儿是下班时间，你只能去急诊。"

次仁开始责怪自己没有及时赶到，幸好听扎西阿爸的话回来了，不然不知道后果会怎么样。

在护士的帮助下，次仁背着阿妈，一步一步艰难地下楼去了急诊室。

挂号、就诊、检查、付费、取药，次仁没花太多时间就办完了。急诊室输液的地方就在大厅里，阿妈刚才已经醒了，不想麻烦次仁，她想自己去。

输液室里病人较少，老板娘德吉选了个靠窗的位置坐下，全身乏力。待输液开始后，次仁坐在老板娘德吉身边。

"阿妈，不要太担心，拉姆很快会好转的。你太担心会伤身体。刚才我准备去买午饭的时候，碰到了扎西阿爸，他非要去买午饭。一会儿叔叔买来以后，你一定要吃，不然不会康复的。血压低不是大问题，医生说了要加强营养，你必须得吃饭。"

次仁担心拉姆没好之前阿妈就病倒了。

老板娘德吉左手输液，右手平放在椅子上，闭着双眼，头靠墙面，万分憔悴。

老板娘德吉心里清楚女儿的病情。此刻，她什么都不想说，只想这么静静地待着，心里的苦痛全写在了脸上。

"既然阿妈这么难受，那我还是什么都别说为好。"次仁望着窗外，想象着拉姆病情好转出院后的情景。

老板娘德吉禁不住黯然伤神，和往事计较，拿过去的记忆折磨自己，认为自从进了这家医院后就霉运不断，都是那个魔鬼一样的男人带来的。她渴望拉姆快点出院，期待早日离开。

"孩子，你阿妈怎么样了？没大问题吧？"扎西阿爸已经站在次仁身旁，关切地问。

老板娘德吉睁开双眼，看了看扎西阿爸，摇了摇头。

次仁听到扎西阿爸的声音，转过头，从椅子上站起来。接着，他又看向阿妈，心生怜悯，用乞求的语气说："阿妈，一定要吃饭，我来喂您，哪怕吃一点点也行。我们几个都在担心您，您不要再这样对待自己。"

"叔叔，阿妈没大事，只是血压低，估计是没吃饭的原因，她吃了饭应该会很快好起来。"

突然，老板娘德吉的眼泪顺着皱纹，带着忧愁，一串一串地落下来。不知道什么原因，她一见到扎西阿爸就不能自已，想哭上个几天几夜。

十几分钟后，老板娘德吉的情绪才控制住了一点点，她慢慢地说："不用担心我。扎西怎么样了？好多了吧？什么时候出院？"

"嗯哼，嗯哼。"扎西的阿爸抑制不住咳嗽了几下，咽了下口水，"好多了。他估计不用住太久。我给你俩买了加工面，趁热吃，不喜欢的话我再去买别的。"

"叔叔，您感冒了吗？您在咳嗽，脸都通红，是不是发烧了？您要及时买药吃，大家不能同时都病，您还得照顾好扎西。"次仁看着扎西阿爸很不正常的脸色说。

"没事，我前几天就不舒服，过几天自然会好的。我从小就这样，感冒从来不吃药。刚才在外面晒得太久，头痛得厉害，其他没有什么。我很快会好起来的。"扎西阿爸一副无所谓的样子。

"扎西阿爸，我有个心愿，想请你帮忙，可以吗？"老板娘德吉有气无力地问道。

"你先吃面，不然放久了，结成一坨，就不好吃了。帮忙的事，我能办到的，我会尽最大努力。"扎西的阿爸看着面片说。面片已经没有了热气。

"我还是先说吧，吃饭不急。"老板娘德吉的心愿一直堵在胸口，堵得慌。

"什么事？"

"我想请你带我和女儿一起去拉萨，可以吗？"

扎西阿爸在认真思考。

"我知道这样会为难你，但我可以保证绝不添麻烦。万一到了拉萨，女儿回不来，在拉萨去往天堂，我也没有什么遗憾。如果她在路上离开了我们，我们包车回来，不会影响你俩前行。

考虑一下，行吗？"老板娘德吉说着说着又大哭起来。

这是行善积德，扎西的阿爸再没有犹豫，爽快地答应了。

这举措像冬日里的暖阳，让老板娘德吉心里涌出了不少温暖，抚慰了她受伤的心。过了一会儿，她哭得没有那么厉害，开始吃面片。

次仁听到这话一下子蒙了，没有想到阿妈的心愿是这个。一提到去拉萨，次仁怦然心动，立即把心里话说出了口："叔叔，我也想去，带上我，我也绝不会给你添麻烦。"

扎西阿爸考虑了一阵子，又咳了几声，慢吞吞地说："我的车是轿车，你们三个孩子坐后排会超载，挤着也不舒服，最好这次就算了吧，以后肯定会有机会。"

次仁并没有因此话而死心，反而更加坚定信心，说："我蜷在后备箱里也可以。只要能到拉萨，再多的困难我都能克服。请您一定带上我，我和拉姆要一起朝拜拉萨的各大寺庙，我俩要在拉萨结婚。"

扎西阿爸只好答应。他能够理解次仁的心情，向来只要能办到的事他都会尽力帮助。行善是一种传统美德，人为善，福即至。

"谢谢叔叔。您对我们全家太好了，您的恩情我会铭记在心。一见到拉姆，我就会告诉她这个好消息，拉姆肯定特别高兴。到了拉萨，我一定会在大昭寺的佛像前祈祷您和扎西健康平安，永远幸福！"次仁的高兴劲儿全部体现在说话的语气里。

扎西阿爸观察出了老板娘德吉和次仁的变化，看来，魅力无限的拉萨令所有人都魂牵梦萦。到了那里，大家一定会幸福久久！

"叔叔，您去给扎西送饭吧，凉了不好吃。代我问扎西好，待阿妈输完液，我们就去看他。您最好还是去门诊看一下，有些病是不能拖的。等大家都康复了，我们就一起坐车去拉萨。"

次仁高兴的神情仿佛他已经到了拉萨。

"好的。你阿妈不愿意吃外面的饭，就吃糌粑。我先把饭送过去，你俩就不要过来了，不知道那个流氓男人又会做出什么伤害你们的事。我有空的时候来看你们。"

一说到那男人，老板娘德吉的眼泪又开始往下落。那种感受无法用语言形容，只有亲历者才清楚。

说者无意，听者有心。扎西阿爸无意中伤到了老板娘德吉，他有点不好意思，可又不知道该说什么才能安慰她，干脆离开，只有这个办法。

扎西等得太久，心里着急。阿爸一大早出去就再没有回来，应该没有什么问题吧？三袋液体快输完了，阿爸再不来的话，他打算输完了出去看看。入院以来，他一直没有下床走动，应该下床试着走走了，他想早点出院，早点去拉萨。

扎西坐在床上，双眼始终望着门口。

"阿爸，您回来了，路上碰到熟人了吗？"扎西紧皱的眉头终于舒展开来。

扎西阿爸连续咳嗽了几声，快速走进来，把塑料袋放在扎西面前。过了一会儿，待胸口稍微舒服了一些后，他才慢慢回答："碰到以前的老熟人，聊了很久。先吃饭，不然凉了。"

阿爸给扎西买来了扎西平常最喜欢吃的和尚包子。

"闻着都香，肯定特别好吃。"

扎西饿得肚子咕噜咕噜响，一见到包子，就往嘴里猛塞。

"慢点吃，我不会跟你抢，别噎着了。好吃的话，我明后天再去买。整个一条街都是各种餐馆，什么都有。"扎西阿爸和蔼可亲地注视着扎西，他最大的心愿就是扎西早日出院。

扎西阿爸坐在窗边凳子上，从塑料包装袋里取出一个牛肉包子，拿在手上，还未送到嘴边，他又开始咳起来。

"阿爸，今天怎么咳得这么厉害？哪里不舒服，您还是去看看，不然感染到肺部就麻烦了。"扎西吞下两个包子，凝视着脸色异常的阿爸说。

"你吃吧，没事的。我慢慢地会好起来，可能是感冒了，不要紧。"扎西阿爸摇摇头。

"和尚包子"因寺院里的和尚喜欢食用而得名。包子皮薄、牦牛肉馅多，鲜美多汁，口感极好，是安多藏区最受欢迎的美食。扎西常常睹物思人，再一次情不自禁地想起了德吉。他想把所有美食给德吉分享，想把攒在心里的话说给德吉聆听，想让德吉时刻陪在身边。

想念是一种养成的习惯，想念是对爱的呼唤，想念是心灵的写意。从早到晚，无时无处不在，思念之痛，撕心裂肺。

扎西阿爸脱掉藏式衬衣，上身只穿了一件黑色的 T 恤衫，还是热得难受。他咳得满脸通红，而且发烫，但无论多么难受，他都能忍住。特别能默默忍耐是扎西阿爸经历生活的风风雨雨后逐渐养成的习惯。

"你吃得好香呀！看着都想吃，我好久没有吃过和尚包子了。"藏族高个子护士不知不觉已经到了床边。

"还剩一个，给你，解解馋，免得流口水。"扎西已经和这位护士熟悉了，没有刚来时那么拘束，有话直说。

"不用啦，帅哥。看一眼就够了。过几天我就可以轮休请假回家了，过赛马节的时候吃个够。估计那时候你已经出院了，不然我给你带一点过来。"护士微笑着说，边说边把体温计递给了扎西。

"我什么时候可以出院呀？"扎西看着护士，眼里充满了期望。

"这要看主治医师的安排，我个人感觉应该快了吧。住院只是止痛，还有治你的肺病，伤的话得慢慢养。伤筋动骨一百天嘛，没那么快完全康复。你这么急着出院，有什么事？"

"我要去拉萨！"

"真幸福呀！太羡慕你们了。那是个令人向往的地方，太诱人了。我上学的时候趁假期跟家人一起去过一趟，远远没有满足，还想经常去。我们家乡村子里的牧民大部分每年都去一趟，听他们讲起拉萨的一切，我做梦都梦见去拉萨，那是藏族同胞人人梦寐以求的地方，太迷人了。"护士说着说着就激动了。

"以后肯定会有机会的。"扎西把温度计塞到腋窝下，夹得紧紧的。他心里又把德吉和这个护士紧密地结合起来了，她俩身材特别相似，更增加了亲切感。

"姑娘，你说的那个节日是你们那儿有名的节日吗？应该是传统节日吧？能否简单介绍一下？"扎西阿爸边咳边问。

说起过节，护士的心已经回到了家乡。

每当草原水草丰美、牛壮羊肥的时候，家乡都会举办赛马节。

马是藏族人民日常生活中最亲密的伙伴，马是牧民心中的生命，马与藏族人民的物质追求和精神渴望紧密联系在一起。爱马是藏族人民的天性，赛马更是藏族人民生活娱乐的重要内容。

扎西阿爸听得津津有味，吃完包子依然全神贯注地听着，以为护士还没讲完呢。

过了一会儿，扎西阿爸慢条斯理地说："这个节日我以前听说过，但不清楚具体内容。今天开阔了眼界，了解了详细情况。我们藏民族文化多姿多彩，每个人都应该传承和发扬。"

休息片刻后，扎西阿爸向护士介绍了自己家乡的"雅顿节"。

"雅顿"是"盛夏庆典"的意思。雅顿节自古以来就是大草原上的传统民俗节日，有着敬畏自然、感恩自然并接受自然馈赠的内涵。每当夏季，绿草无垠、万花竞放、候鸟回归、碧水蓝天、牛马出牧、气候宜人，成千上万的民众会不约而同地带上帐篷和美食，到风景秀丽的草场和湖岸，或观光赏景、或竞马射箭，或载歌载舞，或走亲访友，或吃肉喝酒，或篝火锅庄，一派欢乐景象。

为期三天左右的节会中有文娱演出、安多扎念弹唱、篝火晚会、锅庄展演、藏戏表演、赛马节、牦牛节等多种活动。大草原的特色文化都会一一向八方宾客生动呈现。

护士在等待温度计测量结果的间隙聆听了扎西阿爸讲的这些节日文化。

"以后有机会一定去你们那儿转转，湿地、黄河湾我都没有去过，肯定有独特的魅力。我还要去忙，空了再聊。帅哥，把温度计给我。"护士微笑着说。

扎西取出左腋下的温度计，交给了护士。护士看了一眼温度计，说："放心吧，体温正常。"

护士记录下扎西的体温后说了声"再见"，然后迅速离去。

望着护士离去的背影，扎西阿爸的视线许久都没有从门口的方向收回来，心里想着许多问题。当然，这些问题都是关于扎西的伴侣的问题。

几分钟过后，扎西阿爸又开始咳了，而且咳得更加厉害，扎西看着就难受。

"阿爸，您刚才讲话讲多了，多喝点水，别再说话了，休息一会儿，实在不行还是去看病，拖不得，你的脸色差得吓人。"扎西觉得阿爸患的应该不是感冒。

这时，扎西阿爸的视线才从远处转向扎西。

静默许久，不知不觉中，扎西阿爸困得睁不开双眼，低下头睡着了。

"可怜的阿爸，晚上跟我挤在一张病床上，肯定没有睡好。再加上半夜咳嗽，睡眠严重不足，我尽量不要打扰阿爸。"扎西这样想着。其实扎西也没有睡好，但没有一点睡意。他不能自控，再一次想起德吉。特别是每当见到那位熟悉的护士，思念的海波，记忆的浪花，分分秒秒都在敲击扎西的心。此刻，窗外的两只鸽子成双成对地在屋顶飞来飞去，扎西羡慕那两只展翅高飞、咕咕欢叫的鸽子，如果他是鸽子，就可以看见德吉的容颜，就可以飞到德吉的身边！

扎西的思绪永远在窗外。

几个医生和护士迅速到达病房，准备拉二号病员去做手术。次仁一到扎西所在病房门口，就看到医生和护士在忙碌，只好在门外等着，直到二号病员被拉走，那个高个子女人也跟着走了。

扎西阿爸睡得太香，还没有醒来，次仁在门口就能听见呼噜声。他轻手轻脚走进去，向扎西微笑了一下，算是打招呼了。扎西用嘴示意次仁坐在床边。次仁怕影响叔叔睡觉，坐在床尾，看着扎西。

很快，扎西身旁吊架上输液袋里的液体输完了，扎西用手指了指架子，次仁立即起身叫护士去了。

孤独的老板娘德吉特别想去看看扎西，哪怕在门口望一眼都可以。遇到扎西以后，她发现自己心里有一块空缺的地方，开始期待扎西来填补。最近，她发现自己非常非常孤独。人生的痛苦是无穷的，它具有各种各样的形式，但其中最可怜的、最无可挽救的痛苦是孤独。她一个人的时候，心里总是空空的，感觉就好像被好多人抛弃和遗忘那样，深深的寂寞将整个人淹没，她更加忧郁，不知道如何是好。

"无论如何，今天输完液，必须去探望一下。"老板娘德吉坐在那儿这么想着，她咬紧牙关，尽力使自己有一点精神，不想在扎西面前损害形象。心已经飞到了住院部的病房里。

对于坐在旁边的肥胖男子的调戏，她置之不理，觉得反感，甚至恶心，前夫的模样又在她眼前晃了一下，只好闭上眼睛装睡。

那男人刚来没多久，不知道是什么病，在老板娘德吉旁边输液。一看打扮就知道那男人是牧民，头顶上系着厚厚几层围巾，脸又黑又大，黑色的藏装脏得发亮，暗红色腰带系在胯部以下一点，又大又红的珊瑚项链用铁丝串着，无节奏地在胸前晃来晃去。

那男人一坐下就色眯眯地盯着老板娘德吉。

扎西迫不及待地等着护士来拔针，盼望着早点下床活动。

护士就在隔壁病房，很快就来了，不是扎西熟悉的那位，不然，扎西的内心世界又得挣扎很久很久。

护士动作迅速又麻利，拔完针转身快速离去。

这时候，扎西阿爸突然抬起了头，睁开双眼就看见次仁坐在床边，望了望二号床，那个男人不在，扎西阿爸这才放心。

"孩子，你阿妈怎么样了？"

"叔叔，不用担心，我这会儿过来就是专门跟您说这个，她好多了，没有好转的话我不会过来。阿妈可能是悲伤过度，一天到晚都在哭泣，越来越憔悴。但您今天答应带我们去拉萨后，她好转了不少，饭也吃了，精神也有一点了。您可是救星，您的恩情我们会报答。"

"啊？阿爸，那么多人车里坐不下。"扎西还是排斥老板娘德吉。

"没办法，只能受点委屈，挤一挤了。先这么坐吧，实在不行再找车，听别人说有去往拉萨的卧铺车，到时候再看情况。"扎西阿爸边咳边吞吞吐吐说。

"叔叔，这会儿扎西输完液了，我带您去请医生看看，咳得这么厉害，我们看着都难受。"次仁站起来看着扎西阿爸说。

"不用，没事的。我自己的情况我知道，过几天自然会好。不必担心，很快就会好起来。"扎西阿爸还是坚持己见。

扎西依旧望着窗外，保持沉默，心情无比复杂，下床的喜悦瞬间消失了大半。

"扎西，你是有什么心事吗？你总喜欢望着窗外。"次仁心直口快，看出了扎西的异常。

扎西不说话。

"扎西，次仁在跟你说话呢，怎么不回应？没礼貌，不管你俩谁年龄大，你都要尊敬别人。"扎西阿爸看着扎西大声说。

"没事，叔叔。在牧区没那么多讲究，除了自己家人，外人无论比自己年长或年幼都是直接叫名字。有时候，我对自己家人也是直呼其名，这样反而感觉更亲切。我们虽然才认识几天，但跟家人一样。所以，不必见外，今后也是。"

"没什么。"扎西摇了摇头，轻声说。然后他慢慢站起来，穿上了鞋子。

扎西阿爸坐在扎西旁边，立即站起来用脚把板凳推到床底下。

扎西缓慢地挪动脚步，走了几步，不疼。

"阿爸，我可以走了，脚不疼。"扎西的语气里充满了喜悦。

扎西阿爸和次仁都全神贯注地盯着扎西走动，全身的神经绷得紧紧的，就像看着婴儿学走路一样。

扎西阿爸高兴地鼓掌，扎西小时候学走路时，他经常这样。

"那就太好了，我们可以早点出院了。"扎西阿爸的欢喜全写在了脸上。

"但愿仁青拉姆也早点出院，我们就可以一起出发了。一路上欢歌笑语，大家都开开心心，在拉萨庆祝我和仁青拉姆结婚。对了，扎西的女朋友在哪里？去拉萨怎么能不带女朋友呢？"热血青年次仁激情高涨、精神饱满地说。

扎西阿爸等着扎西回答。

扎西就是不想回答。

次仁巧妙地转移了话题："叔叔和扎西看起来都是上过学、有文化的人，我只上过几年小学，没什么文化，是个直爽的人，不会拐弯抹角，有话直说。说得不对的，请你们谅解。阿妈一个人操持旅馆，特别辛苦，虽然钱赚得不少，但身体不是特别好。她现在年纪不大，家里也没有负担，应该有个伴儿陪阿妈一起管理旅馆。叔叔，阿妈虽然没有上过学，但聪明伶俐，脾气特好，温柔敦厚。如果您的亲朋好友里有合适的，请您牵条线，撮合一下。拜托了。"

"嗯。"扎西阿爸应付性地回答道。

次仁从叔叔那张颧骨突出、布满皱纹、黯淡无光、饱经风霜的脸上猜出他是单身，期望跟叔叔成为一家人。

扎西慢慢地一步一步前行，已经走到了病房门口，说："阿爸，你俩聊，我在走廊里走一会儿就回来。"

扎西出去后，扎西阿爸从床底下取出板凳，与次仁面对面坐着。

接着，次仁继续谈到了阿妈家人的情况，以及仁青拉姆和自己的恋爱经历、自己家人的情况等。

次仁口若悬河，侃侃而谈，跟自己的阿爸都从来没有这么畅谈过。他俩东南西北，无所不谈，直到老板娘德吉突然站在了床边。

扎西阿爸迅速站起来，给老板娘德吉让位，并说："你输完液啦？看起来好多了。"

"你坐吧，我站一会儿，刚才输液时一直坐着，屁股都疼。扎西呢？"老板娘德吉的双眼一直盯着床头。

"你刚输完液，需要休息。站着累，你的银器腰带、银器奶桶钩都垂得很低。"扎西阿爸上前把老板娘德吉硬拉过来，按到板凳上，自己坐在次仁旁边。

看到老板娘德吉腰间的银制饰品，扎西阿爸再一次想起了扎西阿妈。

安多女性的腰饰特色浓郁，既美观又实用，是重要的饰物之一。经济条件不宽裕的家庭的女性，其腰带是在劣质细条皮革上镶嵌圆形白铜，腰带接头部位的珊瑚、绿松石都是假的。只有富裕家庭的女性的腰带制作精美，体积特大，在又粗又宽的高档皮革上镶嵌较大的圆形白银，大圆白银具体数量在银匠制作时根据体型胖瘦确定，大概有六个。大圆白银花纹繁多，每个大圆白银中间突出部位全部镶嵌红珊瑚作为点缀。腰带接头部位镶嵌的珠宝都是真货，价格不菲。安多女性腰间饰物除银制腰带外，还配有奶桶钩，大小跟腰带配套。

　　扎西阿爸时常内疚，总觉得亏欠妻子太多。自己作为企业的驾驶员，工资特别低，也没有其他收入来源。一个人的工资要养活三个人，生活拮据，连妻子偶尔才佩戴的白铜腰带也是妻子结婚时从娘家带过来的，带来的还有部分藏装、简易家具、生活用品等。老伴跟着自己一辈子省吃俭用、受苦受累。他常常不停地自责，可是，现实就是这样，他无能为力。

　　"扎西呢？"老板娘德吉看着次仁问道。

　　"扎西刚刚下床走了几步，说脚不疼，到走廊里去了。看样子，估计要出院了。"次仁的语气里充满了兴奋。

　　"那就太好了，我们可以早点去拉萨了，我已经迫不及待了。"老板娘德吉注视着扎西阿爸说。

　　扎西阿爸低着头，双手交叉放在腹部，像是在想什么事情。

　　到了这个病房以后，老板娘德吉心情愉悦了一些，终于止住了眼泪。今天运气太好，二号病床上的那个男人和他的陪护都不在，终于可以敞开心扉聊天了。扎西快出院了，真是天大的好消息。老板娘德吉现在的心愿就是女儿也早点出院。

　　"就是。拉萨是我们每个人都魂牵梦绕的地方，人人都迷恋那里，是因为那里太神奇了。阿妈，我和拉姆要在拉萨结婚，那时候，说不定扎西会在拉萨找到女朋友，这不就喜事连连吗？到时候一定要热烈庆祝。"次仁自称是预言家，预料的事都像是从活佛嘴里说出的一样准确无误。

　　围绕拉萨展开话题，次仁话最多，老板娘德吉偶尔接着说一点，扎西阿爸却不吱声。

　　次仁一直滔滔不绝地说着关于拉萨的话题，好像那里的一切已经呈现在他眼前。次仁想好了，这次去拉萨一定要买一个最好的曼陀林，弹起心爱的曼陀林，每天唱歌给仁青拉姆听，开开心心过好每一天。

曼陀林是意大利乐器，二十世纪传入了中国。而这个乐器最终在安多藏区流行起来，可能与曼陀林恰好和安多民间小调契合有关。

扎西在医院的院子里转了几圈，最后慢慢地走出大门到街道逛逛。紫外线太强，他没有帽子，在强烈的日光下，眼睛都睁不开。蚊子太多，脸上已经被咬了好几个包，他只能在路边坐下来低着头休息一会儿。

他坐了许久，看着来来往往的行人一个人静静发呆。为了战胜思念，扎西不止一次发呆，像是在等待，等待奇迹出现。

夕阳西下，扎西这才站起身，在一家小吃店买了四份饭菜，拎着塑料袋以不快不慢的速度回了医院。

到病房时，次仁背对门口方向，说得津津有味，直到扎西走到面前才停下来。

"扎西，你出去了呀，脚不疼吧？我在等你回来呢，准备问你想吃什么再去买。辛苦了，谢谢！"次仁脸红了，有点不好意思，吹牛吹得没在意时间。

"脚不疼。各位趁热吃。"扎西站在床边，给每个人递了一份饭菜。

"扎西，你坐板凳上吃，板凳上舒适，我坐床沿。"老板娘德吉立即站起来说。

"没事，你坐。我坐床上。"扎西拿起自己的盒饭，把枕头竖起来，坐在床头边。

老板娘德吉把盒饭拿在手上，并没有吃。

"阿妈，快吃，不然有好多苍蝇，会跟您抢。"次仁看到一群苍蝇在阿妈面前飞来飞去，担心影响到阿妈吃饭。

"我这会儿还不想吃，一会儿再说。"老板娘德吉聚精会神地注视着几天不见的扎西，只想趁此机会就这么凝视着扎西。

扎西低头专心吃饭，没有在意周围的人和事。

"阿妈，您精神刚有好转，饭必须吃。趁热吃一点，一点都不吃的话身体又会垮掉。您要是实在不想吃外面的，那我去把糌粑拿来。"次仁含着满嘴的菜，看着阿妈说道。

老板娘德吉摇了摇头。

过了一会儿，她拿起筷子把米饭一点一点往嘴里送，强迫自己吃一点。可是，她像是在吃毒药一样，根本咽不下去，只想专心致志地凝视着扎西。

善于察言观色的次仁猜出了阿妈的心思，强忍着没有说出口，狼吞虎咽地吃着盒饭。

病房里，安静得只听见许多苍蝇"嗡嗡嗡"的叫声，它们不停地飞来飞去，像是在寻找停留点。果不其然，一只又黑又大的苍蝇停在老板娘德吉的盒饭里的红烧牛肉土豆上，没有离开的意思。

老板娘德吉没有注意到，只有次仁看到了，但没有打扰阿妈。

扎西吃饭时动作比较缓慢，喜欢细嚼慢咽，加上医生要求他吃清淡的食物，饭里没有一点辣椒，他吃得更慢。

次仁像是在赶时间，几分钟就吃完了，把塑料空饭盒拿在手上。他看着扎西，准备等他吃完了去扔饭盒。

扎西阿爸又开始咳起来，咳得满脸通红，盒饭里的三样菜都有辣椒，他只吃了一半就停下了。

"叔叔，把饭盒给我。您的杯子在哪里？我去给您盛水，多喝水。"次仁边伸手边说。

"我自己来，你休息。"扎西阿爸站起来摇了摇头。

老板娘德吉预料到二号病床上的男人一时半会儿是不会回来的，所以，想跟扎西待得久一点。她把饭盒盖上递给了次仁，并说："次仁，我口渴，你去外面帮我们买清茶，我不想喝白开水。"

"好的，阿妈，我去找找，不知道有没有。"次仁立即站起身，拿上三个饭盒出去了。

次仁出去后，老板娘德吉终于有了更多和扎西说话的机会，精神振奋了不少。

"扎西，慢慢吃，吃太快了会噎住。我给你倒杯水，吃完了喝点水。身体养好了，才能精神抖擞地去往拉萨。到大昭寺广场的第一件事，我都想好了，就是我们几个一起拍几张合影，留作纪念。"老板娘德吉的嘴角微微上扬，似笑非笑，但她的心情确实高兴，充满关爱的眼神无法移开。

扎西肤色黧黑，五官清秀中带着一抹俊俏，身上散发出来的气质复杂，帅气中带着一抹斯文，但在那些帅气与温柔中，又有着独特的空灵与俊秀。这样的男人，世间少有，充满了诱惑，令人魂不守舍。

扎西只顾自己低头吃饭，不说话。他虽然算不上是讨厌这个女人，但莫名其妙地看不顺眼。她把旅馆的费用打了折，帮忙送他到了医院，垫付了药费，但这些理由无法说服扎西，就算有一万个理由，也改变不了扎西对老板娘德吉的看法。

"不用倒水，你身体还虚弱，多加休息。水，我早就准备好了，在床头柜里，一会儿再取。"扎西阿爸站在床尾，双手搭在床尾挡板上，注视着扎西说。

"那就好。扎西，你先吃，吃完了跟我说你想吃什么水果，想喝什么饮料，或者有什么想吃的零食之类的，我明天给你买回来。你的衣服这几天一直穿着，需要换了吧，想穿什么颜色和款式直说，我明天去买。"老板娘德吉尽量使自己热情又大方。

扎西还没有吃完，大概还剩三分之一。

"不用了，什么都不用买，谢谢你了。心意领了，不麻烦你了，已经给你添了不少麻烦。换洗的衣服在车上，不需要买。没必要换得那么勤，换了也没地方洗。再说还没有脏嘛，里面一直穿着病员服，外套偶尔才套上。"

扎西阿爸说完，心里立即就在想：老板娘德吉为什么对扎西这么好？如果是显摆有钱，那为什么对扎西这么说？听老板娘德吉的语气，应该不光是说说客套话，很有可能付诸行动。

扎西阿爸绞尽脑汁，百思不得其解。

"年轻人嘛，应该打扮打扮，好多老年人都喜欢打扮呢，更何况热血沸腾的青年人。我自己不喜欢打扮，但是希望年轻人打扮得朝气蓬勃，彰显出年轻人的精气神。"

老板娘德吉话还未说完，就被扎西阿爸打断了："谢谢你的关心。在医院里不需要打扮，我和扎西平常就不喜欢打扮，只要有穿的、吃的就行，没必要讲究。"

扎西阿爸从来都是省吃俭用、艰苦朴素，而且经常这样教育扎西，扎西早已养成勤俭节约的良好习惯。

跟扎西待在一起，老板娘德吉精神抖擞，一阵阵醉人的快乐浸透了她的心。

"好嘛，那如果需要买什么的话直说，不必客气。虽然我们才认识几天，不是亲人却胜似亲人。我没有把你们当外人，而是当成了自己的家人。"老板娘德吉一直含情脉脉地凝视着扎西。

"哦。"扎西阿爸感觉到了老板娘德吉这阵子的变化，看样子，她的心情好转了许多。

老板娘德吉又圆又红的大脸上洋溢着笑容，不是强装，而是自然流露。她静静地用热情的目光注视面前的扎西，像是欣赏一件无价之宝。

扎西阿爸此刻无话可说，一群苍蝇在面前飞来飞去，有点烦人。他把目光转向户外。夜幕降临，离病房很近的铁栏杆外，估计是医院工作人员的住宿区，从一楼到二楼都灯火通明。他不能控制自己，再一次想起了扎西阿妈。

"剩下的不吃啦？不吃我就拿去扔掉，放在这儿招苍蝇。明天我去给你买蚊香点上，不然，会咬得你到处是包，我们的帅哥可不能被蚊子破坏了容颜。"老板娘德吉被扎西脸上那几个又大又红的包惊呆了，看着就心疼。

"我自己去扔。"扎西终于说了一句话。

扎西用纸擦了擦嘴，拿起饭盒从老板娘德吉面前走过。

老板娘德吉没有抢着去扔饭盒，觉得过于热情，或许适得其反。人与人之间保持适宜的距离是一种智慧。今天如愿见到扎西，而且见面时间这么长，老板娘德吉已经心满意足了。接下来，她会继续默默祈祷扎西快乐、幸福，把所有的情感暂时放在心里。

扎西出去后没有及时回来。

老板娘德吉转过身，抬起头，口念经文，观望着病房门口的动静。

扎西阿爸一直沉浸在美好的回忆中。所有的情感，在岁月里沉淀得越久，越觉得珍贵美好，难以忘怀，每一次回忆，都倍感温暖。心中无尽的思念，无法轻易放下，刻骨铭心。

次仁气喘吁吁地回来了。

"阿妈，街道左右两边都找了，没找到清茶。大部分是小吃店和其他餐馆，藏餐馆只有几个，都说清茶卖完了，奶茶也卖完了。明天一早我再去看。"

"那明天再说吧。"老板娘德吉的语气和表情里充满了遗憾。

"阿妈，时间不早了，扎西和叔叔要休息。我们去外面宾馆住，明天早早地过来看仁青拉姆。"

扎西阿爸不停地干咳。老板娘德吉没能等到扎西回来，只能按次仁说的，准备去宾馆。

"叔叔，您咳得这么厉害，今晚早点休息，明天我陪您去看病。晚安！"次仁扶着阿妈，边走边向扎西阿爸挥了挥手。

"嗯。"扎西阿爸点了点头，坐在床尾，等待扎西回来。

扎西阿爸的目光又转向窗户外面灯火通明处，浮想联翩。

扎西很晚才回来。

"阿爸，还没睡呀？早点休息，你半夜又会多次咳嗽，明天还是去看病，别为了省钱影响健康，大不了我们不去拉萨了。"扎西紧皱着眉头说。

"不用担心，不要紧。我的身体我清楚，我不是为了省钱，去拉萨的钱是够了的，必须得去，不能半途而废。你要不要洗脚？不洗的话早点睡，出去逛了那么久，累了吧？"

"不想洗脚了，想睡觉，半夜二号病员回来了的话肯定搞得我们睡不好。这几天都没睡好，没精神。"扎西边说边脱掉外套，站在阿爸面前，准备上床睡觉。

"嗯，那就早点睡。我上一下厕所就过来睡。"扎西阿爸是想去厕所平缓一下情绪。

"晚安！"扎西阿爸按照每日惯例在扎西额头上轻轻亲了一下。

"晚安！"扎西快速脱掉鞋子，钻进了被窝。

扎西阿爸站起来，慢慢走到窗户边，再次望了望外面，然后轻轻关上了窗户，拉上窗帘，去了二号病床旁边的室内厕所。他待了好久，扎西已经迷迷糊糊地睡着了。

扎西当晚睡得比前几天香一点，特别是后半夜，睡得太香。

扎西早上醒来，睁开双眼看了看周围。窗帘拉着，房门关着，房内一片漆黑，但通过从窗帘透出的光能看出天已经大亮。阿爸不知道去哪儿了，二号病床上那个男人昨晚回来了，躺在床上。

扎西揉揉双眼，并没有立即起床，而是等着阿爸回来。

最近几天以来，昨晚是老板娘德吉睡得最舒适、最甜美的一晚，自我感觉虽然没有完完全全康复，但精神和身体比前几天都好转了许多。她起床后，去洗手间里的镜子前照来照去，很满意。洗漱完后，她还花了不少时间梳理又细又长的辫子，然后坐在床上等着次仁过来叫。

次仁今天比往常醒得早多了，在床上躺了许久后才慢慢起来穿好衣服。一觉醒来，次仁有一种预感，那就是今早能见到仁青拉姆了。这一刻他等得太久，喜悦之情油然而生。起床之后，他脸都没洗就直接叫老板娘德吉去了。

老板娘德吉住的房门开着，次仁没有进去，就在门口打招呼："阿妈，早上好！昨晚睡得好吧？"

"才六点过一点，天还未亮透，你这么早就起来啦，应该多睡一会儿。"老板娘德吉听到次仁的声音立即站起来，转过身，向门口处走来。

"我急着去见拉姆，我有预感，今天她就能从抢救室里出来，我们终于可以陪在她身边了。我们先去吃早饭，然后给扎西和叔叔带过去。"次仁兴高采烈地说。

"那样的话，晚上我睡病房里，你回这里住。"

"不，不，不，阿妈，您还要输液，需要休息，在病房里肯定睡不好，我睡那边。就这么定了，您别争了。"

次仁还是担心阿妈的身体健康问题，她刚有一点好转，千万不要反复了。

"只留你住的，我住的这间房退掉。"老板娘德吉说完关上房门，把房卡递给次仁。

次仁没接收房卡，边走边说："现在还不能退，那只是我的猜想，事实怎么样还不知道，下午再说。"

次仁确实特别着急，今天走路的速度比往常快了许多，老板娘德吉都跟不上。

次仁尽力放慢了速度，从宾馆往医院方向没走多久，就看见了一家藏餐馆。

等老板娘德吉走近了，次仁看着餐馆说道："阿妈，这儿有一家藏餐馆，应该有清茶、奶茶和早餐之类的，但这么早不知道准备好了没有。"

"问一下，如果没有的话就继续往前走吧。"

次仁上前掀开门帘，往里望了望。老板娘刚起床，正在梳理头发。

次仁带着老板娘德吉继续往前找。

路上的那些川味小吃店都开了，而且老板们都在热情地招揽客人。这就是差距呀！次仁在心里这样感叹着。

他们走到医院门口，再没看到藏餐馆，只能再继续往前走。

他们走了好久，终于看到了一家小型的藏餐馆，次仁快速上前撩开门帘，大声问道："老板，有早餐吗？有清茶吗？"

老板从里间的玻璃窗往外探出头，说："有是有，但正在做，要等一会儿。"

老板娘德吉已到门口，听到了老板的回话，点了点头。

"好的，那我们等。"次仁和老板娘德吉进去后，找了一个靠窗的位置坐下。

"老板，有什么早餐？"次仁双眼望向厨房。

"糌粑团和牛肉稀饭都有，喝的有清茶和奶茶。"

次仁征求了老板娘德吉的意见，决定都吃糌粑团、喝奶茶。

"四份糌粑团，其中两份带走；奶茶要两瓶，其中一瓶带走。"次仁对站在附近的老板说。

"好的，知道了，请稍等。"

老板娘德吉转过头望向窗外，看着冷冷清清的街道，口念经文，祈祷拉姆和扎西早日出院。

次仁一直望着厨房，像是饿得无法忍耐。

关于茶文化，次仁知道得不少。他从长辈的传授和实际生活中了解到，藏族人民普遍对茶养成了一种生理和心理上的依赖："宁可一日无食，也不可一日无茶。"在安多地区的藏族人都嗜好饮茶，茶是"生命之源泉，天神所赐的甘露"，像空气、阳光、粮食一样，终生不能离。饮茶和吃饭一样重要，不分男女、老幼、僧俗、贵贱，"无人不饮，无时不饮"。并且人们认为有茶就是幸福。由此形成的茶文化多姿多彩、绚丽璀璨，成为世界茶文化中的奇葩。

"阿妈，早饭送来了，赶紧揉糌粑吃。吃完糌粑我给您斟奶茶。"次仁看见中年藏族男老板面无表情地端着一盘子向这边走来。

"哦。"老板娘德吉转过头看着桌子。

这种涂得花花绿绿的藏式长方形胡桃实木桌子，老板娘德吉第一次见到。

"老板，这桌子哪里买的呀？"老板娘德吉好奇地问。

"拉萨。"

一说拉萨，次仁惊呆了，惊讶地说："那么远买回来，真佩服。"

"两千多公里，其实也不远。只要心离得近，再远的路程都是近的。"老板微笑着说。

老板弓着身子，把餐盘放在桌上，然后挺直腰板，收回笑容，说："你俩慢慢吃，我还得去忙。"

次仁没有立即准备揉糌粑，而是盯着面前这张桌子反复回味，琢磨着老板的那句话。

老板娘德吉已经吃了好几个糌粑团，见次仁还没有吃的意思，咽下嘴里的那一点后，问："你怎么不吃呀？之前都是你催我吃，今天变成我催你了，你在想什么呢？"

次仁这才回过神来，左手拿起碗，右手倒上清茶，放上酥油，装进糌粑，慢慢揉起来。他的心还未从拉萨收回来。

"想拉萨。"

老板娘德吉没再说什么，继续吃糌粑团，心不由自主也飞向拉萨。

今早的糌粑，是近几个月以来，老板娘德吉吃得最香的一次，也是最过瘾的一次。加上醇香的奶茶，世上没有胜过这个的美味佳肴，没有比这个更加温暖人心的珍馐美馔。此刻，她精神振奋了许多，前几天那种失魂落魄、悲不自胜的模样消失了。

这顿早餐，对于次仁来说，也是吃得最香的一次，都吃撑了。

"阿妈，味道不错吧，您的气色好多了。"次仁一眼就看出了阿妈的变化。

"糌粑确实提神。酥油新鲜，没有掺任何植物油，拉姆出院之前早餐就吃这家的糌粑，扎西家的糌粑留到路上吃。"老板娘德吉喜笑颜开地说。

"哦。"次仁一小口一小口地慢慢品尝着奶茶，仔细观察着有着蓝色龙凤呈祥图案的陶瓷小碗，猜测这些茶具也应该是从拉萨采购的。老板娘德吉用的茶碗上画有八宝吉祥图，未到这家餐馆之前，他在任何地方都从未见过这些独特的用品。不过，次仁相信这些生活用品很快会在安多地区流行起来。向来都是这样，不管任何东西，都是从拉萨向安多、康巴地区流传。

老板娘德吉像是要去赶集一样，一碗接着一碗，喝得特别快。尽管茶非常烫，她仍不管三七二十一地喝下去了。

次仁只顾着向老板娘德吉讲述跟仁青拉姆近几个月以来发生的一些美好故事，想让老板娘德吉开心，偶尔才停顿一下，缓慢地喝一口奶茶。尽心尽力让别人高兴，是所有善良之人的心愿，他们懂得照顾别人，并愿意为此付出努力。

次仁虽然只接受过几年的义务教育，但品德优良、性格开朗、品貌非凡、学识渊博，各方面都令人羡慕，是位人人称赞的男性精英。男女老少都说今后谁嫁给次仁，谁就会是世界上最幸福的女人。

次仁的心愿也是如此，他要尽最大努力使仁青拉姆成为人人羡慕的世界上最幸福的女人！

次仁的良苦用心，老板娘德吉直到喝完奶茶也没有体会到。

"喝完了就走吧，我去结账。"老板娘德吉边说边站起来。

"好的。我去结账，不麻烦您。"次仁立即站起来，边说边向厨房方向走去。

老板娘德吉在餐馆门口等着次仁。

次仁很快就出来了，左手拿着带走的早餐，右手提着保暖瓶，吹着清脆的口哨，那感觉像是去草原上过节一样。

老板娘德吉走在前面，一路口念经文，祈祷仁青拉姆和扎西早日出院。

他们到输液室时，门还未开，护士正在做准备工作。

"我没问题，你把早餐送过去，我输完液就去看他们。"老板娘德吉站在窗口处排队取药。

"那您先上一下厕所，不然一会儿输液的时候不好上。我先在这儿排着。"次仁在旁边看着老板娘德吉说。

"说得对。我去厕所，马上来。"老板娘德吉没想到次仁想得这么周到。

厕所在外面，这时候女厕所里需要解手的女人不少，老板娘德吉只能等着。

等她上完厕所回到输液室取药窗口，窗口处已经来了许多人，排着特别长的队伍。

幸好刚才来得及时，不然不知道要等到啥时候了。老板娘德吉这么想着。她以前是个慢性子的人，最近，变得急于求成。

"我来排，你还是早点把早饭给他们送过去，顺便问问拉姆怎么样了。"老板娘德吉拉过次仁，站在窗口处第一个位置说。

"好的，阿妈。我一会儿就过来。"次仁说完立即离去。

病房门开着，二号床上的病人一眼就看到了次仁，他瞪着次仁，破口大骂起来："你这个流氓，快滚出去，你敢踏进来一步，我就打死你！"

次仁装作没听见，置之不理，笑眯眯地直接进去了。扎西阿爸和扎西已经在吃稀饭，还好没吃多少。

"叔叔，扎西，早上好！我给你俩买了糌粑和奶茶。我和阿妈吃过了，特别好吃。别吃稀饭了，吃糌粑。"

"谢谢！早饭就吃稀饭，那个留到中午吃，不然浪费了。"扎西阿爸边说边站起来，给次仁让座。

二号床的病员依然口出狂言，越骂越难听。但根本没人理他。

"吃糌粑，几天没吃了，肯定想念了很久。别吃稀饭，给我，我去扔掉。"

扎西阿爸只能顺从，立即把自己和扎西的一次性饭碗放在地上。

等次仁把食物放在床头柜上，扎西阿爸先给坐在床头的扎西揉了四团糌粑，倒了一杯奶茶，然后给自己揉。

"嗯，确实好吃。几天没吃到，特别香。谢谢你！"扎西阿爸吃得津津有味。

"我们跟一家人一样，别那么客气，应该的。"次仁坐在床尾，视线没有离开扎西。

"你阿妈怎么样了？好些了吗？仁青拉姆怎么样？从抢救室出来了吗？"扎西阿爸边吃边问。

"阿妈好多了，明天再输一次液就输完了。拉姆还没有出来，我准备一会儿去看看，顺便把放在门口的糌粑袋拿过来，路上还得吃。"

"扎西明天输完液就可以出院了。我俩这儿没问题，你赶紧去看看仁青拉姆怎么样了。"扎西阿爸咳嗽加重，断断续续地说。

"叔叔，您得去看病，有些病拖不得。我去把糌粑拿下来后，我陪着扎西，您马上去看病。"

扎西阿爸摇了摇头。

"你俩慢慢吃，我去看看拉姆就下来。"

次仁立即离开，路上一直默默祈祷今天能够见到仁青拉姆。

二楼的护士办公室里挤了好多人，都是准备办理出院手续。次仁只好在旁边等着。

护士一抬头，就看到了站在边上的次仁，高声说："仁青拉姆的家属等一会儿，今早病人可转到普通病房。"

"好的。"次仁兴高采烈地答道。

心想事成，次仁激动万分。

今天上班的有三个护士，好心的护士把糌粑袋放在了护士办公室，不然可能已经被清洁工当作垃圾扔掉了。次仁拿上糌粑袋，跟护士一起去抢救室把仁青拉姆的病床拉到了护士办公室隔壁的病房，病房里有两张床，另外那张床上没有病员。

待护士们离开后，次仁深情地在仁青拉姆的额头上亲了一下，仁青拉姆还是那副悲伤的表情，慢慢地说："终于见到你了，这几天度日如年，我以为再也见不到你了，看来我病得不轻，不知道还能跟你在一起多久。"

没过几秒钟，仁青拉姆两行眼泪开始顺着黄色的脸颊往下流。

"不要悲观，你一向都是坚强的。我相信你很快会好起来的，有我在，振作起来。阿妈也到医院里了。我还有好多惊喜要给你呢。"次仁用双手轻轻擦掉了仁青拉姆脸上的眼泪。最近她消瘦了许多，让人看着心疼。

仁青拉姆已经预料到自己的病情，没有抱希望，只想跟次仁一起度过最后的这段时光。

她伤心欲绝，任凭次仁一遍又一遍地擦，眼泪依然不断涌出。

"高兴一点，别胡思乱想。我有个天大的好消息要告诉你呢。"次仁微笑着说。

次仁再三安慰仁青拉姆，在她紧皱的眉头上亲了好几下，然后坐在病床旁边的板凳上，慢慢地讲起了关于阿妈、扎西、扎西阿爸的情况，还讲起了最令人兴奋的去往拉萨的那件事。

"去拉萨，路上需要几天时间呢。万一我没能到拉萨的话，会给你们添不少麻烦。我就算了吧，回家待着，你们几个一起去。"仁青拉姆绝望至极。

"别这么说，我时时刻刻都要跟你在一起。你要相信自己，也相信我，你一定能到达拉萨。而且，我想好了，我要在大昭寺的佛像前跟你结婚呢！你必须振作起来，战胜病魔，开开心心地过好每一天。"

"说起来倒简单，可做起来难哪！悲伤哪里会那么快消失？别安慰我了，你越说我越伤心，别说了，你去外面转一转，让我一个人待着。"仁青拉姆闭上双眼，眼泪流到又细又长的脖子上，她擦都懒得擦。

次仁怎么忍心让仁青拉姆一个人待着，只能按仁青拉姆说的，保持沉默，双手握住仁青拉姆的右手。他凝视着心上人，祈祷她远离悲痛。

护士进来查看的时候，次仁才从美好的憧憬里回过神来，等着护士换输液袋。

"护士，大概要住多久呀？"次仁开始担心起来。

"应该不会住很久。"护士边说边转身离去。

"亲爱的，别哭了，会伤眼睛和身体的。你听到了吧，刚刚护士说你不会住很久。我们很快就会到达拉萨的。到了拉萨，一切都会有好转的，佛祖会保佑我们。"次仁再次用手轻轻擦掉仁青拉姆脸颊上的泪水和嘴唇上的鼻涕。

为了安慰仁青拉姆，次仁想了想，接着温柔地说："高兴一点，我不想看到你难过的样子，没有过不去的坎儿，这么一点小病算不了什么，你很快会康复的。只要到了拉萨，一切痛苦都会远离我们。那里是令人开心的地方，所以人人都向往。去过那里的人都说，朝拜拉萨是人生中最幸福的事。很多病人去那儿后康复了。胃痛，不是什么大病，很多人的胃都不好，得胃病的人不少呢，很正常，不要难过。你难过，我也难受，我想带给你喜悦，不想带给你悲伤！"次仁轻轻擦掉了拉姆的泪水，希望它不要再流下来。

此刻，说什么都没用，母女俩一个性子，保持沉默可能是最好的解药。次仁这么想着。

病房里安静得只听到仁青拉姆的抽泣声，次仁看在眼里，疼在心里，可是无能为力。

两袋液体输完了，还有一袋，护士像是掐准了时间一样，及时赶过来，换掉袋子，然后匆匆离去。

次仁依然坐在旁边，牵着仁青拉姆的手。她的眼泪虽然少了一些，但还是不敢说什么，仍旧保持沉默。

"宝贝，阿妈来陪你了。"

看到女儿的样子，老板娘德吉抑制不住情绪，话还未说完就哽咽了，泪水夺眶而出。

"阿妈，您来这边坐着休息。拉姆好多了，刚才护士说不用住很久，我们很快就可以去拉萨了。"次仁边说边站起来给老板娘德吉让座。

老板娘德吉坐在板凳上，想尽力控制住自己的情绪，不然女儿会更伤心，可是，她不能自已。

次仁一下子不知道该怎么安慰她，只能坐在床尾静静地看着仁青拉姆，直到有了尿意才站起来去上厕所。厕所就在病房内，他上完厕所回到床边，刚好看到最后一袋液体快输完了，转身去叫护士。

护士动作非常麻利，拔完针说："今天的输完了。"

"好的，谢谢！"次仁点点头说。

可怜的仁青拉姆依然泪流满面，令人揪心。

次仁看了一眼老板娘德吉，她也还在哭泣。

"阿妈，我去买午饭，顺便把扎西的糌粑袋送下去。"次仁语调深沉地说，心里也难受。

老板娘德吉轻轻点点头。

从二楼到一楼病房的路上，次仁的心比针扎还要痛。

次仁到了病房，低声说："叔叔，我把糌粑袋送下来了，谢谢！拉姆转到普通病房了，就在二楼。阿妈来了，我准备去买午饭，把餐馆的暖瓶和碗给我，我送过去。"

"好，麻烦你了。今天的午饭我请客，这钱一定要收下。"扎西阿爸边说边从衣兜里掏出了五十元。

"叔叔，不用，我这儿有，别那么客气。"次仁说完转身离去。

离开病房，他的心情确实有所好转。

医院的院子里，人们来来往往，行色匆匆，只有次仁缓慢地走着，东张西望，像是在找什么东西一样。

突然，次仁被前面的两个小伙子挡住了去路，他们笑眯眯地说："兄弟，你那天唱得太好听了，我们还不过瘾，这两天天天在等你出来，终于等来了你。来一段弹唱，不会耽误你太久的。"

"是呀，我们都在等。你已经是医院里的名人了，唱得太动听了，来一曲。"另外几个小伙子也围在次仁旁边。

"能够安抚别人的心灵、满足别人的愿望，也是一种慈善之举。既然如此，那就开始吧。"次仁想。

次仁把暖瓶和装着碗的塑料袋放在人行道边上，清了清嗓子，低声唱起了安多地区流行的山歌《吉祥山歌》。

听到非常动听的歌声，围观的人越来越多，观者如堵，观众对次仁精湛的唱技大加赞赏，不时报以热烈的掌声。

《相聚》《心愿》等一曲接着一曲，次仁声情并茂，充满激情，把这些歌从内心深处唱出来，唱给仁青拉姆及所有现场观众，把歌曲的情感表达得淋漓尽致。

山歌、民歌中的情歌，没有次仁不会唱的。放牧的时候，在辽阔的草原上放声高歌，与牛羊一起狂欢，其乐无穷。

次仁从小就会唱山歌，都是爷爷教的。

山歌，安多藏语里叫"拉伊"，是在草原上尽情肆意地演唱，用来表达情感的歌唱形式，旋律悠扬，音区宽阔，节拍自由，具有高原民族特色。旋律美妙的山歌能把人立即带入宽阔的草原以及牛羊遍地的优美画面中。

安多地区的山歌具有豪放、质朴的特点，比较高的音域是常用音域，演唱时多用喉部快速抖动发出持续的、零碎的、反复的短音。看似简单，其实颇有难度，乐句中间常常出现许多密集音符组成多变音符的情况，一般人难以驾驭。要真正唱好安多山歌，不仅需要有一副高亢甜美的好嗓子，还需要具备灵活娴熟的演唱技巧。

情歌，特别受到年轻人的喜爱。演唱者主要也是年轻人，情歌唱出了小伙子心中炽热的感情，唱出了姑娘心中美好的期盼，有着自由的节拍和悠扬的旋律，有很强的艺术感染力。

每当春暖花开、莺飞草长的季节来临时，安多姑娘和小伙子便穿上节日的盛装，三五成群地到草原上游玩，扎好帐篷，尽情欢娱，以歌声来寻找自己的意中人。在广阔无垠的草原上，为情所困的小伙子引吭高歌，诉说着内心的感受，那旋律是心灵深处的自然流露，毫不做作，毫不扭捏，痴情的姑娘听了无不动心。

当次仁唱这首《诚心相爱永不变》时，歌词、音调、表情、气势表现得精妙绝伦。现场的掌声经久不息，哨声震耳欲聋，一群年轻人甚至欢声高呼起来，热血沸腾。

> 神圣西藏路碑，
> 碑上自生神像，
> 虔诚朝拜永不变；
>
> 广阔海洋自生纹，
> 美丽孔雀落在岸，
> 如海深情永不变；
>
> 富饶祥瑞村庄，
> 庄上有我相恋人，
> 诚心相爱永不变。

这段歌词感人肺腑，歌声余音缭绕，许多观众被深深打动！艺术，魅力无限，令人神魂颠倒，忘记一切。

经过几个小时的演唱，次仁没有一丝疲惫，而是像演唱《格萨尔王传》一样激情澎湃。

欢呼声惊动了医院保安，他们立即赶到人群聚集处，要求围观群众迅速散开。许多人依依不舍，走几步就停下来回头观望。

停止了歌唱，次仁才意识到已经差不多到了吃晚饭的时间。他有些愧疚，耽误了家人吃午饭，拿起暖瓶和塑料袋以最快的速度向外走去。

次仁到了那家藏餐馆，一看挂在墙上的圆形时钟，已经下午六点十分了。次仁把暖瓶和碗还给坐在大厅喝茶的老板，并要求买五十个牛肉包子，分成两份，分别打包，再单独煮一个人喝的稀饭。

老板立即起身去向厨房，次仁坐在早上坐的那个位置，因为其他座位上都已经坐了顾客。虽然只有五张桌子，但别具特色，有一种特殊的亲切感。

次仁依然沉浸在令人陶醉的歌曲中，直到老板送来一碗免费的奶茶。他喝着热乎乎的奶茶，注视着餐桌侧面的花纹，思绪飞到了拉萨。

"小伙子，晚饭做好了。包子最好趁热吃。"老板已经打包了，说完放在桌上。

"哦，谢谢！钱给你还是给她？"次仁边问边站起来。

"到账台给我。"老板走在前面。

次仁站在账台前，仰视着账台的正中墙面上的小型木板贡台，装裱特别精美的相框里装的是释迦牟尼佛像，相框前点着酥油灯。他早上来的时候太匆忙，未来得及细心敬看。付完钱，次仁停留了许久。

正如藏族谚语所说："佛需要敬拜，人需要赞美。"次仁和家人去往拉萨的愿望越来越迫切，他不仅要拜佛，还要和仁青拉姆度过此生最浪漫、最美丽、最幸福的时光。

次仁走到扎西病房，扎西和扎西阿爸都不在房间。他把晚饭放在床头柜，坐在床沿等了一会儿，他们还是没有回来。

二号病床上的男人睡得特别香，呼噜声一阵高过一阵。

次仁继续等了一会儿，还是没人回来。他想了想，决定先把阿妈和仁青拉姆的晚饭送上去，过一阵子再来。他把装有清茶的暖瓶、瓷碗、一袋包子放在床头柜，提着剩下的晚饭和暖瓶去了仁青拉姆病房。

"阿妈，拉姆，对不起啊，我错了，害得中午你俩没吃上饭。晚饭我买了包子和清茶，给拉姆买了稀饭，扎西和叔叔的已经送过去了。"次仁满脸愧疚的模样。

"没事，饿一顿不会怎么样的。你先吃吧，我来喂女儿。"老板娘德吉的语气里充满了烦恼。

"您先吃，我来喂。"

"我不要，我什么都不想吃。你们自己吃，别管我。"仁青拉姆躺在床上，有气无力地说。

"吃一点，不吃饭康复得慢。能吃多少就吃多少，我来喂你。"次仁边说边把晚饭放在一边，把床摇起来，拉好护栏。

"阿妈，您到这边来先吃。我喂拉姆。"次仁绕过床尾，等着老板娘德吉过来。

老板娘德吉按次仁说的，坐过来，看着女儿，吃着包子。

次仁热情又耐心，拉姆小口小口地吃着稀饭，并没有觉得难吃。

扎西输完液就到外面散步去了。扎西阿爸在医院院子里的一个角落待着。他咳得厉害，怕影响病房里的其他人，所以输完液就出来了。他虽然没吃上午饭，但没感觉到饿，相信次仁会送饭。

傍晚，天气转凉，扎西还没回去，扎西阿爸先回病房去了。他一看到床头柜上的包装袋就知道次仁来过了，打开一看，食物还有一点热气。扎西阿爸坐在床头边，吃着包子，喝上清茶。

"喂，包子在哪里买的？闻着都香死了。还有清茶的味道，太美味了。"二号病床上的男人转过头看着扎西阿爸说。

"具体不清楚，不是我买的。说是在外面的藏餐馆买的。"扎西阿爸边吃边说。

"你去给我买一点，我要吃包子。"二号病床上的男人吩咐站在旁边的陪护女人。

"你刚做完手术，医生说不能吃油腻的食物，过几天再吃。"陪护的女人没有听从。

那男人瞬间怒吼起来："叫你去你就去，竟敢反抗，看我怎么收拾你这个婊子。"

陪护女人无奈之下只能顺从。不然，她又会遭暴打。

天黑尽了，扎西才回到病房。包子已经凉了，幸好扎西阿爸留了大半保暖瓶的清茶，扎西喝了平常喜欢的糌粑茶。

"阿爸，我每次喝糌粑茶的时候都特别想念阿妈。"

"我也经常想念。她去世得太早，如果现在还在的话该多好啊！这都是命中注定！这次去大昭寺一定多祈祷你阿妈在天堂一切安好！"说这话时扎西阿爸眉头那"川"字纹越来越明显。

"您以后如果找老伴儿的话，能不能找个跟阿妈有点像的呀？这样，我就能感觉到阿妈在身边。"扎西放下手中的碗，看着阿爸说。

"你今天这是怎么啦？出去了一趟想到了什么？从你阿妈去了以后，我第一次听到这样的话。你是不是最近有什么感触，还是做梦了？"扎西阿爸一脸疑惑。

扎西想了想，慢吞吞地小声说："阿爸，我总感觉次仁说给老板娘德吉介绍对象，说的是您，他没有明说，但我明白他的心思。我不喜欢这个女人，虽然她帮过我们，但跟您不适合。"

"你阿妈一直在我们心里，随时在身边，并没有真正离开。我们永远是幸福的一家人，其他人是破坏不了的。"扎西阿爸一下子变得特别深沉，收回凝视扎西的视线，低下了头。

扎西明白了阿爸的意思，没再说什么，双眼望向窗户外面。

时间在他们各自的沉思中飞速流逝。

对于次仁的到来，扎西和阿爸毫无察觉。

"叔叔，扎西，晚上好！我刚才来的时候你们不在，先给阿妈和拉姆送饭去了。你俩吃了吗？怎么样？"次仁微笑着问道。

片刻后，扎西阿爸从板凳上站起来，看着次仁说："孩子，过来坐。包子好吃，谢谢你啦！拉姆怎么样了？"

"叔叔，您坐。不必客气，我在这儿站一会儿。拉姆好多了，估计这两天就可以出院了吧。我也着急，想尽早到达拉萨，朝拜圣地，祈愿幸福。"次仁凝视着扎西。

"那就好。等出院了，我们以最快的速度去。"扎西阿爸还没说完，又开始咳起来。

"嗯，到了拉萨，得到佛祖的护佑，我们一定能够心想事成！我和仁青拉姆结婚，扎西找到女朋友，叔叔和阿妈找到伴儿。缘分说来就来，特别是在拉萨那种神圣的地方，神仙会赐予特殊的缘分。"次仁的视线转向扎西阿爸，这些话像是专门说给扎西阿爸听的。

扎西听到这句话很不耐烦，他不想听到关于"缘分"的事。

扎西阿爸沉默着，不是不想说话，而是不知道说什么。

"阿爸，我先睡觉了。你们俩慢慢聊。晚安！"

扎西不想听次仁再说有关女朋友的事。

次仁并没有因为扎西的这句话而离去。

"扎西看起来很斯文，特别有个性，少言寡语，但有一种说不出的独特的魅力，我估计有很多女生喜欢扎西。扎西这是遗传了叔叔您的基因，您年纪不大，应该找个伴儿，至少有个说话的人。如果哪一天扎西结婚了，没有时间陪您，您就孤单又寂寞了，日子不好过。"

次仁的这段话还没说完，扎西阿爸又开始咳嗽，咳得让人看着都难受。

扎西上完厕所，脱掉鞋子，上床躺着，拉上被子捂住头，不想听次仁说话。

"叔叔，走，我陪您去看看，咳得这么厉害，再不能拖了。"次仁站起说。

扎西阿爸摇摇头，等咳嗽稍微平息一点，才缓慢地说："没事的。过几天就会好，如果到了拉萨还没好的话再说。"

次仁本来还有好多话想跟扎西阿爸说，但扎西阿爸断断续续地咳嗽，为了不影响扎西阿爸休息，只好告辞。

"晚安！叔叔，扎西，再见！"次仁挥手，转身离去。

扎西阿爸关上房门，躺在床沿，头朝床尾，辗转反侧，难以入睡。

医院院子里空无一人。次仁想在院子里一个人坐一会儿，仰望星空，观赏月亮，可又怕太晚了会关门。他举起左手，撸起藏装袖子，看一眼手表，十点过三分，还是出去为好。

回宾馆的路上，空无一人，只有来来往往的车辆。寒风吹在脸上，寒意袭人，次仁只能加快前行的步伐，赶紧去宾馆里睡觉。

宾馆总台今天值班的还是那天认识的那个女孩，她正张大嘴巴打着哈欠，睡意浓浓。她一见到次仁，瞬间清醒，精神饱满地说："晚上好！欢迎光临！"

"美女晚上好！快把房卡给我，外面冷。"次仁感觉到自己的发型都乱了。

"昼夜温差大是整个高原的气候特征，马上就会好起来。说说话就没有那么冷了。"那个女孩边登记边说。

"天气转凉了，不知不觉，秋意渐浓。这次去拉萨，可以欣赏拉萨的秋景了，以前只赏过一次冬景。不过，听别人说，我们这儿和拉萨相比，温差更大，也许这时候拉萨还是炎热的夏季。夏景可能会更美。"次仁情不自禁地提起了去往拉萨的事，虽然不是炫耀，但无意中说出了口。

"真羡慕你们呀！我打算以后结婚的时候去那儿，那儿是全世界最浪漫的地方。不过，结婚是猴年马月的事情，我现在还是单身呢。"

"你肯定是眼光高，挑花了眼。"

"不是，我是想跟爱情结婚，不想跟躯体结婚。凑合着太痛苦了，身边就有鲜活的实例。只有真正相爱才会幸福。前辈们为了传宗接代结婚的观念，我不赞同。虽然我阿爸因这事经常打我，但我还是没有改变主意。可能外人会觉得我有毛病，无所谓，我从来不在乎别人说什么。每一个早晨，我都给自己一个微笑，告诉自己，人不仅要活得像钻石一样闪亮，还要像钻石一样坚强，不要在意别人的眼光。每天保持阳光、积极、热情的态度，好运就会每天跟着你。"

"看不出来，你是个情感专家呀！当服务员太可惜了，应该当咨询师。"次仁微笑着说。

"过奖了。不是那样，只是表达我的想法而已。认识你真好，认识了一个知音，结交了一个真诚的朋友。现在没那么冷了吧？早点休息。"女服务员把房卡交给次仁时说。

"你说得没错，现在暖和了。你也早点休息，后会有期。晚安！"次仁依然向女服务员微笑着。

"晚安！改天再聊。"女服务员笑容满面。

次仁吹着口哨上楼去了。那哨声清脆婉转，在四壁回荡，那么空灵，那么纯净，仿佛带着格桑花的芬芳，掠过牧场，从悠远、辽阔的草原深处，梦幻般飘然而至。

次仁从小就整天对着成群的牦牛和绵羊吹口哨，已经养成了习惯。牛羊是次仁最亲密的朋友，口哨是跟它们交流的最好方式。他对牦牛和绵羊的关爱，超越了关爱自己。"没有牦牛就没有藏族，而有藏族的地方就有牦牛的身影。"正如这句谚语所说，藏族人都崇拜牦牛。拥有一群健康的牦牛，胜过拥有金山银山。牦牛具有不可替代的地位，被牧民们亲切地称为"如意财宝"。

"咚，咚，咚。"

次仁刚到房间躺下，就有人轻声敲门。

次仁以为是敲门的人搞错了，没有理。

敲门的响声越来越大，次仁实在忍不住，只能去开门。

开门的瞬间，次仁惊呆了："怎么是你？什么事？"

"没什么事，我刚下班，不想这么早回家，想和你聊一会儿。可以吗？"女服务员春光满面。

次仁想，反正这会儿睡不着，聊就聊一会儿呗。

"可以，美女有请。"次仁低声说，有点羞涩。

次仁虽然穿着衬衣、衬裤，但在女服务员面前，特别忸怩，满脸通红。他立即转身回到床边穿上藏装，然后坐在床头。

女服务员关上房门，走到床尾坐了下来。深黄色昏暗的灯光下，女服务员更显得充满了诱惑。

"你刚开始订了两个房间，另外那间怎么没人睡呀？"女服务员注视着次仁。

"那是给我老婆的阿妈订的，她在医院里陪我老婆。我老婆这两天就可以出院了，然后我们跟别人一起去拉萨。"次仁真诚地说。

"你老婆一定很漂亮吧？"

次仁摇摇头。

"不漂亮，但温柔、善良，是贤妻良母型。我是要跟她的心过日子，不是跟她的外貌过日子。有句古老谚语说：'不要看嘴甜人的嘴，不要看貌美人的脸。'我在意的不是外表，而是内心。遇到拉姆这么好的女人我真的很幸运，遇见一个既爱我又疼我的女人，是我八辈子修来的福气。相信，你也一定会非常幸福。"

次仁说得有点激动，心里无法安宁，莫名其妙地兴奋，视线突然从女服务员身上转向电视屏幕。

女服务员还是那么自然地待着，落落大方，不像某些女人见到男人就做作。

"我们安多女人都勤劳、贤惠、聪明，找到这么优秀的老婆，那你有时间唱你的歌了。等你从拉萨回来，我要请你去我们家乡演唱安多扎念，连唱几天几夜，甚至更久。你们在拉萨朝拜多久呀？"

"现在还不知道。跟你说实话，我老婆患的是胃癌，不知道还能活多久。"次仁说着说着低下了头。

"因人而异。有些能活好几年，但愿她能够多陪你。人的一生，悲欢离合，都是命中注定。挫折和痛苦在所难免，只要坦然面对，淡定从容，顺其自然，没有过不去的坎儿。俗话说，家家都有难念的经。关键是对待事情的心态，心态决定一切。从你脸上可以看出，你的心态还可以。你是个阳光、热情、和蔼的人，才貌双全，气质绝佳，你的面相足以说明你会幸福美满。困难不会吓倒你，坚强永远跟定你，释迦牟尼佛一定会保佑你。一说到拉萨，我也有点心动，很想去，可是这段时间比较忙，以后有机会一定去。这次跟你们去的还有谁呀？"

女服务员伸长脖子，往前向次仁靠近了一点。

"我老婆的阿妈是宾馆老板，前几天有一位顾客住宾馆时不小心把脚扭伤了，阿妈把他们父子俩送到了这边医院，他们要去拉萨。他们有车，但是是轿车，不知道能不能坐得下，坐不下就只能坐卧铺车了。挤不下了，不然你也可以一起去。"

"这次只能说说而已了，以后再看吧。最近宾馆里太忙了，我走了就只有一个服务员。现在招服务员太难了，大家都上学去了，不像前几年。"

"哦。没想到你是老板，你很低调，我看不出来，没有老板的那种高傲的气势，看起来你是个有文化的人。我只上过几年的学，所以特别羡慕那些有文化的人。"

"算不上有文化。学历高不一定有文化，学历低不代表没有文化。我中专毕业后，不想当公职人员，觉得整天看别人的脸色过日子特别没意思，就自己创业，过自己想过的生活，自由自在，无比开心。"

女老板侃侃而谈，口若悬河，滔滔不绝，千言万语，漫无尽头。

接着，她谈到了自己的过去，关于上学、情感、生活等方面。之后她又谈了父母凑合的婚姻，分析了现代年轻人的爱情观、婚姻观、价值观。

下半夜了，次仁困得睁不开双眼，女老板却热血沸腾、心潮澎湃。

"今晚我回不去了，只能待在这儿。困了的话，洗一下脸就会清醒。要不，我给你唱首歌，你比我专业，多多指教。"

"唱首歌吧。"次仁无精打采地说。

女老板立即站起来，昂首挺胸，面对次仁，双手摊开，声情并茂地唱起著名的情歌——《不是心心相印的伴我不唱》。

> 我的歌是唱给骏马的，
>
> 没有鞍子的马我不唱；
>
> 我的歌是唱给牦牛的，
>
> 没有鼻圈的牛我不唱；
>
> 我的歌是唱给情人的，
>
> 不是心心相印的伴我不唱。

"唱得怎么样啊？"女老板笑嘻嘻地问。

"很好。但我对这首歌不熟悉，我擅长的是弹唱歌曲，情歌不拿手，还得多学习。这首歌歌词、曲调都特别优美，你的唱功也不错，表情非常丰富。"次仁尽力睁开双眼，困意浓浓地低声说道。

"说得这么小声，跟说悄悄话一样，我都没听清你说了什么。来，你来演唱一首扎念弹唱歌曲，提提神。"女老板走过去，硬拉次仁起来，站在房子中间。

"那我就唱一首《吉祥》，愿你吉祥如意！"

次仁举起右手捋了捋头发，这是次仁每次表演前的习惯性动作，担心头发影响形象。

女老板以为是次仁紧张。

"不用紧张，自然放松。"

次仁的歌声跟专业歌唱演员一样，美妙动听、扣人心弦，如同一泓潺潺的细流，洗涤了心灵。

"哇，你简直有明星的范儿，好崇拜你。这么随便一唱都令人心醉，那经过一番打造、开场个人演唱会的话，不知道会有多出名。不仅是在安多藏区，在整个藏区，甚至全中国、全世界都有可能出名。在安多藏区，目前还没有哪个弹唱家开过个人演唱会。你这么热爱唱歌，特别是传统安多扎念弹唱这么专业，作为传承人，应该开个好头。思想上墨守成规，必然导致行动上画地为牢。所以呀，思想上要先解放，相信我，我不会害你的。今晚我们就好好商榷，你从拉萨回来我们就付诸行动，怎么样？"

次仁慢慢走过来，在原来的位置上坐下来，沉默不语，看似在思考这个问题。

女老板特别高兴，这说明次仁把话听进去了。

"资金方面，我可以援助。需要联系相关单位或部门，我可以想办法。个人形象设计包装方面也能解决。总而言之，你就唱好你的歌就行了，其他的完完全全不用担心，交给我。"

女老板说的不无道理，次仁在心底曾经为自己立下过目标，也为梦想而努力拼搏过。可理想太丰满，现实太骨感。自从有了女朋友以后，他过上了平平淡淡地陪伴拉姆的日子，再也没有想过努力奋斗、实现目标的事。而今，理想被别人提起，他不甘心就这么毫无追求地放下热爱的事业。面对选择，谁不会非常纠结呢？人生有很多选择都无法两全其美，太难太难，比攀登珠穆朗玛峰还难。瀑布选择了悬崖，便跌宕成了一首奔腾的歌；雄鹰选择了蓝天，才成为勇敢者。选择对了，才会过上内心想要的生活。

"不必思虑那么多。男人嘛，以拼搏自己的事业为重，虽然不是人人都为了光宗耀祖，但起码不能让自己后悔一辈子。只有做自己内心特别喜欢的事情，并为之付出一切，努力奋斗，才能充分体现自己的人生价值！"

女老板像是次仁肚子里的蛔虫一样，把次仁的想法、顾虑、困惑全都分析得特别透彻。假如次仁有难言之隐，估计她也都能猜出来。

次仁对这句话没有做出任何反应。

"你再思考一会儿，我再为你唱首歌。这是我唱得最多、最拿手的情歌。歌名叫《会有一天来相爱》。"

> 圣神慈悲观世音，
>
> 诚心给她磕三头，
>
> 去世定会去天堂；
>
> 明净洁水在海心，
>
> 诚心来舀三铜瓢，
>
> 就能止住永久的渴；
>
> 知心情人在村里，
>
> 诚心来唱初恋歌，
>
> 会有一天来相爱。

安多藏区的情歌一首接着一首，女老板唱得特别投入，自我陶醉，自得其乐。

不知不觉中，次仁头靠床头睡着了。没过多久，呼噜声接连不断，很有节奏，像是某首歌曲的曲调。

次仁一睁开眼睛，已能感觉到天亮了，他不想再继续躺着。他穿上裤子，缓慢地起来，穿好鞋子、藏装，理了理波浪卷长发，离开了。

清晨的街道上，没有一个行人，也没有车辆，冷冷清清的，阵阵凉风吹来，次仁的心也凉了。这么早，路边没有一个早餐店开门，他只能漫无目的地在街道上走动。

次仁沿街一直往前走着，心里想着早饭吃什么。想以此来转移注意力，可还是不奏效。昨晚的那事已经深深地刻在了他心底，怎么压也压不住，他始终想着那事，简直不敢相信老实巴交、特别单纯、无比忠诚的自己突然间变了。那些励志的话犹如醍醐灌顶。流传世世代代的谚语说："帐篷柱子一样直，石刻雕纹一样深。"这番教诲令他受益匪浅，刻骨铭心。和仁青拉姆相识、相爱几年以来，他们俩只是偶尔牵牵手，再没有躯体的亲密接触，更没有支持或鼓励的话语。搬到仁青拉姆家居住的两个月，只有按部就班、早出晚归、毫无乐趣的日子相伴。所以，次仁至今还是一个普普通通的牧民，精力都花费在草原放牧上，不得不安于现状。仁青拉姆则在家和外婆一起忙碌于日常家务活儿。

走着走着，他已经到了昨天来过的那家藏餐馆，门开了，但估计早餐还未准备好。

"老板，早上好！我又来了。"

"欢迎光临！今天你一个人来的？需要什么早餐？"老板从厨房的窗口探出头，问道。

"还是跟之前一样。"次仁还是坐在昨天的位置上说。

"好的。坐一会儿，我马上做。"老板笑嘻嘻地说。

"哦。"次仁冷得声音发颤。

次仁双眼望向窗外，想着心中的事，头痛难忍，很快制订了计划，等着付诸行动。

老板先把次仁的早饭送过来了，微笑着说："请慢用，有什么需要改进的地方请提出来。"

"挺好吃的。"次仁低着头说。

"那就吃好。"老板见次仁板着脸，没再说什么。

次仁揉完糌粑，几分钟之内就解决掉了，非常着急似的，尽管奶茶非常烫，仍不到一分钟时间就喝完了。

他吃完早餐，身上暖和了许多，精神稍微振奋了。他立即站起来，抖了抖藏装，迅速走向厨房窗口。

"老板，结账。"

"好。你吃得好快呀。"老板在厨房熬茶，听到叫声，在围腰角上擦了擦手，向外走来。

今天老板穿得干净、整洁，纯白的藏式麻布衬衣、浅蓝色藏装、大红色腰带，显得精神饱满。次仁一眼就看到了老板脖子上戴着的藏式项链。挂件比较大，特别显眼。次仁知道这项链一定是在大昭寺里开过光的，比珊瑚、九眼石、黄金项链珍贵得多，因这种挂件产量有限，在安多藏区，能够戴上这种项链的人极少。这说明这老板从拉萨回来没多久。他的思绪再次飞到了拉萨。也许，拉萨是次仁命运的转折点。

"来，到账台来结账。"老板看出了次仁的异常。

"哦。"次仁转过身来。

"你今天是怎么了？怎么看都觉得不对劲。"老板疑惑地看着满眼通红的次仁。

"没事。我只是急着去拉萨。"次仁边低头掏钱边说。

"神圣的拉萨太迷人了。等我这边的租房合同到期，我就带家人去拉萨定居，在那边开餐馆，边生活边享受。拉萨藏语我基本上能听懂，除了敬语，也会说一些。你把早餐送过去后，有空的话过来坐，我教你些简单的日常用语，对这次你去拉萨朝拜会有所帮助。"

"谢谢！"次仁左手拿起找回的零钱，右手提着早餐和保暖瓶离开餐馆，快速地去了医院。

到了病房门口，门还关着。"咚，咚，咚。"次仁轻轻敲了三下。

门马上打开了。

"叔叔早！早餐买回来了。"

"你今天这么早呀。谢谢！又麻烦你了。扎西还没起床，进来坐一会儿。"扎西阿爸边咳边说。

"我不进去了。我先把阿妈和拉姆的早餐送上去。"说完，次仁把一个包装袋和一个保暖瓶给了扎西阿爸，提着剩下的包装袋离开。

楼上的病房门已经开了，老板娘德吉已经起床站在窗户边，仁青拉姆睁开眼睛坐在床上。

"阿妈，拉姆，吃早饭了，我买了糌粑和奶茶。"

"今天来这么早呀？我刚起来，你先吃，我来喂拉姆。"老板娘德吉精神不振。

"我已经吃过了。您吃，我来喂拉姆。您吃完了还要输最后一次液。"次仁急速地走到床边，把早餐放了床头柜上。

"不用喂了，我不想吃，想吃的时候再说。"仁青拉姆有气无力地说，双眼盯着天花板，仿佛那上面有奇花异物。

"今天没买稀饭，买了糌粑，喝一点糌粑汤。不吃饭不行，身体会更虚。"次仁看着床头柜，心里瞬间生出了愧疚感，不敢看仁青拉姆。

"不想吃。"说完，仁青拉姆的泪水夺眶而出。

"阿妈，您先吃。我到院子里面的公共厕所去一趟，回来再喂拉姆。"次仁仍然低着头，也不敢看老板娘德吉。

"那你去吧。"老板娘德吉转过身，看了一眼次仁的背影，慢慢地说。

次仁低着头，以最快的速度从老板娘德吉面前消失了。

次仁走到一楼医生办公室门口时，门还没开，周围一个人也没有。他看了一眼腕表，还差几分钟到八点。"医生快要上班了，来得正好。"次仁这么想着，然后蹲在门口等待医生们上班。

"阿妈，我一见到次仁就特别想哭，控制不住。次仁是个好人，难得的模范男友。最近几个月，都是次仁在放牧，没有出现一点问题。我没有这个福气，我感觉到我活不了多久，也许连拉萨也到不了。我死后，您给次仁分几头牦牛，作为补偿。"

仁青拉姆说不下去了，还有好多话都堵在喉咙，泣不成声。

精神支柱犹如灯塔和发动机，是推动人孜孜不倦追求的原动力。失去精神支柱，最终会崩溃。老板娘德吉知道女儿在世的时间不多了，失去唯一的精神支柱的话，她肯定会疯掉。

老板娘德吉坐在床边的板凳上，看着女儿脸色晦暗、虚弱无力、痛心入骨的样子，悲痛欲绝，压抑不住地失声痛哭。

"阿妈，我走后，您找个对您好的伴儿，要不然太孤单了，连个说话的对象都没有。我相信，这世上好男人占多数。上半辈子，您没能享福，下半辈子一定要好好享受，再别操劳过度。"仁青拉姆的心更加刺痛，哽咽着，费了很大的力气才把这句话一个字一个字地说出来。

这些话也刺到了阿妈的痛点，她号啕大哭起来，撕心裂肺，惊天动地。

护士进来输液，看到这个场面，什么也没有说，扎进针头，挂上液体，立即离去。

次仁很长时间都没有回病房。再回到病房时，第一袋液体快要输完了。

仁青拉姆躺在床上闭着眼睛，老板娘德吉坐在床边抽抽噎噎。早餐袋子还未解开。

次仁缓慢地走到老板娘德吉身旁，低声说："阿妈，别伤心，慢慢会好起来的。吃点糌粑，您还要去输液呢。"

老板娘德吉没有反应。

次仁不想再劝，坐在床尾，望着窗外，想着心事。

听到护士急促的脚步声，次仁才想到一袋液体输完了，刚才没注意到。

"陪护人员一定要注意液体的情况，快输完时一定要叫护士，不然空气会进血管。"护士看了一眼次仁说。

"好的，我一定注意。谢谢你！"次仁看着吊架说。

等护士走后，次仁才看了一眼老板娘德吉。

"阿妈，您不想吃饭的话，先去输液，走，我陪您去。早饭一会儿想吃的时候再吃。"

老板娘德吉根本听不进去，摇了摇头。

过了一会儿，仁青拉姆也劝老板娘德吉说："阿妈，吃点早饭，不然没力气，吃完去输液，我这边没问题。"

老板娘德吉依然摇摇头。

片刻之后，次仁看了一眼仁青拉姆，她的表情痛苦，还是决定继续劝老板娘德吉。

"阿妈，不要再折磨自己了，拉姆需要您，您不吃不喝，也不输液，怎么能让拉姆放心？再这么下去，我们去不了拉萨，只能回家。"

这次老板娘德吉没有摇头，可能是默认了。她瞬间站起来，急速向病房内的厕所走去。

"哐。"阿妈关厕所门的声音特别大。她没有开灯，闭上双眼躲在漆黑的墙角号啕痛哭。

从厕所里出来，老板娘德吉的双眼难以睁大，眯成了一条缝，特别畏光，像是受到了强烈刺激，非常难受。

"阿妈，您还是吃一点糌粑，再去输液。拉姆的第二袋液体快输完了，我去叫护士。您吃完了，我陪您去输液，不输液的话病情会反复。"次仁想尽力说服老板娘德吉，然后早日去往拉萨。

"阿妈，别那么犟了，算我求您了，吃点饭。"仁青拉姆的声音微弱，像是快要断气了一样。

站在床尾的老板娘德吉终于说话了："我不想吃饭，先去输液，次仁你不用陪，我自己能行。"

次仁还未来得及去叫护士，护士已经来了，给仁青拉姆输了第三袋液。

"这一袋输完了就没有了，你们注意看着。"护士边走边说。

"好的，谢谢！"次仁看着液体说。到现在，他还是不敢注视仁青拉姆。

"阿妈，这边这会儿不用帮忙，我送您下去，等输完液去接您！"次仁的声音非常低沉。

"不用，我自己去。"老板娘德吉不想多说话。

老板娘德吉感觉到自己憔悴无比，犹豫要不要去看一眼扎西。可见到自己狼狈不堪的样子，扎西会不会讨厌？最终，她还是决定在病房门口望一眼就离开。

从二楼到一楼，并不远，老板娘德吉却觉得特别遥远，她步履蹒跚，身子佝偻，一副老态龙钟的样子。

病房门开着，老板娘德吉轻手轻脚地走到门口，站在距离门边几十厘米处，伸长脖子，往里望了一眼，看到扎西精神不错，坐在床上，正在举碗喝茶。看到这一幕，老板娘德吉瞬间全身有了力气，振奋了精神。

"你这个臭婊子，真不要脸，在门口偷看别人的男人。寡妇快滚出去，再别到这里来，否则，我不客气。"

对于前夫的这些辱骂，老板娘德吉当成了耳边风，根本没有受到影响，再次望了几眼扎西，然后迅速离开。

扎西有所察觉，但未被搅扰，置之不理。扎西阿爸反倒觉得过意不去，但站起来只走了两步就被扎西叫住了。

"阿爸，别管闲事，会引火烧身。你去了也安慰不了她，少跟她接触。次仁说过的那些，你也不必在意。"

扎西阿爸坐下来，继续思考一些问题。突然袭来的猛烈咳嗽，打断了他的思路，他的胸口一阵一阵地痛，像是被针扎一样。

扎西还是特别担心阿爸。

"阿爸，再不能拖了，等会儿我输完液就陪您去看看。您别光想着节约钱，身体要紧，如果钱不够的话把桑塔纳卖了，拉萨就不去了。以前的那些人不会把我们往死里整。液体不多了，输完了就马上去。"

这些话，扎西已经说过无数次了，还是未能说服阿爸。扎西阿爸依然固执己见，摇了摇头，意思是没事。

扎西感到愧疚，他怎么也说服不了阿爸，这说明他对阿爸了解不深。确实，除了这次住院期间父子共处的时间比较长，平常他俩都是各自早出晚归，回来没多久就睡觉，甚至有时候一天都见不到，说话、交流也特别少。

扎西深深地、长长地叹了一口气！随后，他开始自责。责备的过程中，他自然而然又想起了德吉。对德吉，他也是了解不够深入。二人虽然相爱，但了解太少。因此，他下定决心，改掉往日陋习，今后尽力孝敬阿爸，让阿爸成为世界上最幸福的阿爸。这次去拉萨回来以后，一定尽量去找德吉，如果找到了德吉，就天天陪伴她，让德吉成为世界上最幸福的女人。

此时，仁青拉姆仍闭着双眼，不想睁开。睁开眼看到次仁，她又会想哭。

"次仁，我知道我的时间不多了，出院以后你不用管我了。你先回去，我的死会影响到你以后找女朋友甚至结婚。你今天很少跟我说话，我感觉到了你的异常，所以，请你早点离开，去寻找你的幸福，我不想拖累你。"说着说着，仁青拉姆又开始哭泣。

"我还有一个最后的心愿想拜托你，我阿妈劳累了半辈子，没有幸福过，下半辈子不能再这样，但愿命运有所改变。如果你觉得有适合和阿妈做伴儿的男人，一定牵线搭桥。再次拜托你了。"仁青拉姆像说遗言一样。

次仁的心里特别难受，仁青拉姆像是在做永久告别。他不知道答应还是拒绝，只能沉默以待。

多愁善感、脆弱无比的仁青拉姆常常默默哭泣。自从父母离婚以后，她情绪特别敏感，负面情绪占据多数。虽然从外表有时看不出来，但一直在无形中消耗自己。特别是近期胃病发作以来，她经常哭得上气不接下气，今天更是如此，越说越悲伤，哭得死去活来。

看到泪流满面的病人，护士心里也不好受，边收拾输液管子边说："拉姆，别伤心了，伤身体，你的病情已经好转了许多，明天就可以出院回家了。"

护士的这句话并未能安慰仁青拉姆，她认为所谓的出院回家就是等死。

次仁弓下身子，用纸巾轻轻地擦掉了仁青拉姆脸上的眼泪和鼻涕。

"不哭了，高兴一点，明天我们就可以去拉萨了。要把痛苦都留在医院，千万千万不能带出去一点点。只要启程了，佛祖会知道，在佛祖面前不能耷拉着脸，不然，佛祖会不高兴。今天躺着别动，明天再慢慢起来，下午我去医院门口看看有没有服装店，给你买些新衣服，高高兴兴地去拉萨。"次仁的这些话也未能安慰仁青拉姆。

次仁无能为力。

"次仁，帮我拿一下便盆，我要小便。"仁青拉姆声音小得像是在说悄悄话。

过了几分钟，次仁没反应。

"次仁。"仁青拉姆用尽全身的力气喊了一声。

次仁这才从美妙的憧憬中回过神来，立即从床尾的板凳上站起来走到床头边。

仁青拉姆还是以泪洗面，断断续续地低声说："拿一下便盆，我要小便。"

"哦。"次仁有点慌张。他弯下身子，从床底下取出便盆，给仁青拉姆。

次仁又低声说："拉姆，你休息一会儿，我去外面给阿妈、叔叔他们买午饭，送完就回来，你还是吃稀饭吗？"

仁青拉姆轻微地点了点头。

次仁走到扎西所在的病房的门口，看到二号病床上的那个男人凶巴巴地盯着外面。次仁并没有因此而害怕，大胆走进去，问坐在板凳上的扎西："扎西，你好！输完液了呀？我准备去买午饭，你想吃什么？叔叔呢？他喜欢吃什么？"

"臭流氓！快滚出去！"二号病床上的男人咆哮着。

"阿爸给我们买午饭去了。"扎西依然低着头，轻声说。

次仁一下子冲出房间，向院子里飞奔而去。

外面细雨绵绵。次仁在这样的细雨中行走，让肌肤感受到了雨点的柔情和细腻，让淡淡的惆怅渐渐被湿润的雨珠洗涤。

雨中漫步，总有许多思绪缠绕在左右，许多意念涌上心头，是什么样的感觉，次仁自己也不清楚。

进进出出的行人还是不少，飘下的雨滴并未能阻止他们行进的脚步。

"孩子，今天你可以继续为我们唱歌吗？你的扎念弹唱太好听了，永远都听不过瘾。唱几首，好不好？"一位藏族老阿妈手持转经筒，向次仁乞求着说。

"老奶奶，我可以唱一首，一会儿还得去外面买午饭。"次仁其实今天没有心情唱歌。

"好，那唱一首，谢谢你！好人会有好报。"慈祥的老阿妈恳求道。

次仁想了想，今天估计唱不出前两天的效果，决定来一段锅庄舞。他伸开双臂，哼起最新流行的安多锅庄舞的曲调，几句过后，缓慢地舞动起来。不一会儿，围观的人越来越多，而且大部分人跟着唱起来，跳起来。圆圈越来越大，一层、两层、三层……

最开心的表达方式是唱歌，最欢快的动作是舞蹈。次仁从小就能歌善舞，今天作为锅庄舞的领舞者，所有的欢快都体现在了肢体动作上，看似特别夸张，其实是自然流露。

锅庄，是藏语"果卓"的音译，意思为"圆圈舞"，即围成圆圈跳舞的意思。

次仁上小学的时候，课间操就是锅庄舞，老师经常传授锅庄文化，希望所有学生都传承并发扬。

表演持续到该吃晚饭的时候，陆陆续续有好多人离开，次仁这才停下脚步歇息。他本想休息一会儿再给大家表演一段在安多藏区农村盛行的"迪厦"，可天公不作美，这时候雨下得比较大了，虽然不是暴雨，但估计没过一会儿就会被淋成落汤鸡。于是，他休息半分钟后，慢慢地向病房方向走去。路途中，他回味着"迪厦"文化，以及小时候跟着曾外祖父一起跳"迪厦"的情景、动作，遨游在欢乐的海洋里。

次仁以前听老人们讲，在他们小时候，"迪厦"表演是所有娱乐节目中最隆重的，也是首演节目。表演时除了群众，还会有附近寺院的活佛或高僧参与。

雨，越下越大。次仁回到病房时，老板娘德吉正在低声跟仁青拉姆说话。次仁直接进房间坐在床尾，没有打扰母女俩说话。雨水和汗水夹杂在一起，次仁满脸湿漉漉的。

老板娘德吉坐在板凳上转过头，看了一眼次仁，看见他双眼浮肿，眼球通红，神情疲惫。

"你昨晚没睡好吗？干什么去了？"老板娘德吉的眼神有

点不悦。

"睡得还可以，只是睡得比平常晚一点。"次仁敷衍着说。

"那就在旁边那张床上睡一会儿，需要买晚饭的话叫你。"老板娘德吉用手指了指旁边的病床说。

"不困，不想睡。"次仁无精打采地说。

"那躺在那儿，休息一会儿，不然没精神。"

"不用了，等到雨小一点了，我就去买晚饭。医生说拉姆可以出院了，扎西也是明天出院，明天我们就可以去拉萨了。一会儿我去给拉姆买换洗的衣服，阿妈，您需要买什么？"

"不用买换洗的衣物，出院以后可以在路上买。我没有需要的。"

"那你俩休息，我去走廊里散步。"

次仁见到阿妈和仁青拉姆还是内疚，说是散步，其实是躲避。

次仁跳完锅庄舞回到病房才感觉到疲惫，浑身乏力，想闭上双眼休息一阵子。他望见扎西阿爸提着一个大袋子走过来，猜测到应该是买了盒饭。

"孩子，过来吃晚饭。"扎西阿爸大声说。

"您冒雨买饭去啦？"

"在护士那儿借了一把伞。快进来吃饭，你中午饭也没吃，肯定饿坏了。我看到你在院子里，没打扰。"扎西阿爸在病房门口等着次仁。

"麻烦您了。谢谢！"次仁向病房门口走去。

一见到扎西阿爸，老板娘德吉礼貌性地站起来，等走近了，说："请坐。扎西怎么样了？"

"不知道你们喜欢吃什么，我买了盒饭，趁热吃。"

扎西阿爸说完从包装袋里取出三盒盒饭递给了次仁。

"你们慢慢吃，我把扎西的饭送下去。明天早上办完手续，我们就出发去拉萨。"

"好的。谢谢叔叔！明天见。"次仁站在扎西阿爸旁边微笑着说。

扎西阿爸急匆匆地离开了。

次仁希望叔叔多留一会儿，这样，就可以让叔叔和阿妈多聊天，打下一些基础。

扎西阿爸回到一楼病房，扎西站在窗户旁，望着外面，正在发呆。

窗外滴答滴答的雨声在室内听得很清楚，特别有节奏感，那种感觉唯美至极。扎西阿爸猜到了扎西在想心事，没有说话，害怕打扰他。等到扎西转过身来，才让扎西吃盒饭。

"最近，你总是心事重重，高兴不起来，在想什么？可以告诉我吗？"扎西阿爸前几天就察觉到了异常。

扎西低着头吃饭，默不作声。

"你跟你阿妈是一个性子，总有些事深藏在内心深处，不愿说出来，不过，没关系，这是你个人的秘密。我想的是你说出来心里好受一些，憋在心里会难过。"扎西阿爸又想起了扎西阿妈。

如果是在以前，扎西肯定不会告诉阿爸，但看见阿爸日渐衰老，两鬓斑白，不想令阿爸担心。他吃完盒饭，擦擦嘴，低声说："阿爸，您说得没错，我有心事，是因为女朋友。阿爸，您别骂我，大学里有女朋友不是什么新鲜事，也不是什么见不得人的事。现在的大学生谈恋爱都是正常的事。我最近特别想她，分分秒秒都在想。我打算从拉萨回来以后就去找她，跟她结婚。您不反对吧？"

扎西阿爸猜中了扎西的心事。吃完饭，他语重心长地说："只要你满意，过得幸福就行了。我不会反对。"

"谢谢阿爸！您是天底下最好的阿爸！"扎西再也不用担心阿爸会反对。

扎西阿妈去世后，扎西阿爸再也不是一个对家人严格束缚的人，从来不会强迫扎西违心顺从，一切都是按照扎西的意愿，顺其自然。他没再过问女朋友的事，只说："那我们尽早从拉萨回来。"

"哦。婚期到时候您来定。"

"哪儿有那么简单，还要看女方父母同不同意。同意的话到时候要请示活佛来定时间，然后举办仪式。"

"女方家肯定会同意，应该没问题。就算不同意，我也要想办法让他们同意。"

"别想那么远了，到了拉萨先好好朝拜，不知道以后还有没有机会去，其他的事回来再说。"

"哦！"扎西再次想象着结婚的场景。

扎西和阿爸今晚比往常睡得早多了，大雨滂沱的时候睡觉最舒服，这一夜，是他们最近睡得最香、最沉的一夜。

第八章

　　早晨，还没有睁开双眼，扎西就听见窗外麻雀叽叽喳喳的欢叫声，清脆而又动听，像是专门在唱给扎西听。扎西闭目静听，格外享受，这种感觉，许久都没有过。这是一种吉祥的预兆，说明今天是个好日子，一定会有好运。扎西闭着眼睛，这么想着，心里确实比前几天舒适多了。

　　扎西伸了伸懒腰，脱掉病员服，慢慢地直起身，穿上上衣和外套，坐了半分钟左右，然后穿上裤子。扎西阿爸也已经醒来，猛咳了几声，缓慢起床。

　　"阿爸，您再睡一会儿，现在还早，起来了又会咳嗽。"

　　"睡得够久了，还是起来活动活动，然后准备出发。"

　　"那吃完早饭再去办手续，现在还早。那您一会儿打半瓶开水，我去给次仁他们送糌粑。"扎西今天变得积极主动。

　　"送倒是可以，可是碗不够。"

　　"碗，昨天吃早饭的碗还没有还给餐馆老板呢。"扎西微笑着说。

　　"看我这记性，都忘了。"扎西阿爸揉了揉后脑勺。

等扎西洗完脸，扎西阿爸补充说："仁青拉姆的病房在二楼护士办公室隔壁。"

"阿爸，我知道了。"扎西提着糌粑口袋上楼去了。

病房门已经打开了，仁青拉姆穿着病员服坐在床上，老板娘德吉穿着藏装躺在病床边上，次仁背对着门，站在窗户边，望向外面。

"扎西，这么早就起床了呀？是不是因为去拉萨激动呀？"老板娘德吉看到扎西，格外激动，强装笑颜，笑眯眯地问。

"嗯。"扎西看到仁青拉姆可怜兮兮的样子，不想多说话。

老板娘德吉迅速下床，以最灿烂的笑容迎接扎西。

次仁转过身来，一副魂不守舍的样子，低声说："扎西，早安！"

"早饭吃糌粑吧？保暖瓶给我，我去打开水。"扎西看着床头柜上的暖瓶说。

"你不用去，次仁去就行了。"老板娘德吉的声音听起来是高兴的。

"你坐，我去。"次仁把身旁的板凳放在扎西面前说。

次仁昨晚在板凳上坐了一晚上，彻夜无眠，像是在惩罚自己一样。此时的次仁无精打采，蔫蔫的，跟生命垂危中的仁青拉姆一样。

"昨晚上没睡呀？阿爸说你们晚上是去宾馆里睡，怎么没去呢？"扎西看着次仁无精打采的样子说。

次仁什么也没说，只是摇摇头。一说到宾馆，他就紧张，不想去想宾馆里的那件事，可克制不住。此刻，他只想提着暖瓶飞快走出病房，像是逃离罪孽之地。

次仁提着暖瓶打开水，很久都没有回来。

老板娘德吉一眼就看到扎西精神饱满的样子，心里很高兴，自己的精神也振奋了不少。不知道怎么回事，她在扎西面前表现得特别羞涩，像是一个未出嫁的姑娘。她想跟扎西说说话，可不知道从何说起。

扎西坐在床尾边的板凳上，背对着老板娘德吉，双眼望向窗外。窗外的天空特别湛蓝，没有一丝云，灿烂的阳光洒下来。几只麻雀成双成对，飞来飞去，像是故意在扎西面前秀恩爱。

心直口快的人心里藏不住任何话。这些话，老板娘德吉这几天来一直想对扎西说，可没有找到合适的机会。话到嘴边，她最终还是又咽下去了："女儿在旁边，听到了会怎么想？肯定会嘲笑，而且坚决反对。还是留到只有扎西的时候再说吧。"

扎西微驼的背也迷人，头发这几天长了许多，看起来像个特别成熟的中年男人，令人充满幻想。

"阿妈，开水打来了，快吃糌粑。扎西还得赶紧拿剩下的给叔叔吃。你们吃完了就办手续，然后上路。"次仁急忙赶回来，急促地说。

次仁的话把老板娘德吉拉回了现实。

"哦。"老板娘德吉立即绕过扎西，到床头柜边取碗。

老板娘德吉盛了糌粑后把袋子交给扎西，笑嘻嘻地说："谢谢啦！扎西。你俩也赶紧吃。一会儿我们办完手续就去叫你们。"

"不用过来叫，直接到停车场车辆旁边来就行了。那我先下去了。"扎西微笑着说。

"哦。"次仁快速应答道。

扎西微笑的样子更动人,魅力无限。扎西离开一阵子了,老板娘德吉还美滋滋地愣在那里。

次仁感觉到了老板娘德吉的心思在扎西身上,考虑到仁青拉姆在场,没有当场戳穿。

"阿妈,吃早饭,别想那么多了。您先吃,我去给拉姆喂糌粑汤。"次仁走到床头,看着碗说。

"你先吃,我来喂。"

"我要阿妈喂。"仁青拉姆这几天总是怀念童年时期,回忆着过往的点点滴滴,想在最后的这几天里亲近阿妈,找回小时候阿妈喂糌粑的感觉。

老板娘德吉的脸好像绽放的格桑花,堆满了灿烂的笑容,洋溢出满足的愉悦。

老板娘德吉从衣服口袋里掏出五十元钱,交给次仁。

"阿妈,您今天怎么这么高兴?"仁青拉姆低声问道。"你要出院了,阿妈当然开心。"老板娘德吉边搅糌粑汤边说。

看到阿妈兴高采烈的样子,仁青拉姆实在是忍不住,就将心中的疑惑说了出来。

"阿妈,您今天见到扎西后怎么像变了个人似的?"

"因为扎西要带我们去拉萨。"

仁青拉姆没再追问。老板娘德吉已经用勺子把糌粑汤喂进了仁青拉姆嘴里。这顿早餐仁青拉姆吃得特别香,精神也有所好转。

次仁匆匆吃过糌粑团,喝了几口开水就去办出院手续。老板娘德吉收拾东西，然后给女儿洗漱。最后，老板娘德吉自己也洗漱、梳头，好好装扮了一番，直到自己满意为止。

办完手续，扎西和扎西阿爸到停车场时，次仁他们已经到了。走在明媚的阳光下，那灿烂的笑绽放在每个人脸上，整个世界都是格桑花的芳香。舒心的日子，满怀希望，新的启程，每个人都期望一切都如意！

大家商议了一阵子谁坐副驾驶位。

仁青拉姆想坐在后排次仁旁边，她想珍惜时光，在次仁的陪伴下走完人生的最后一段路程。

老板娘德吉也想坐在后排扎西旁边，陪伴扎西开始这段新的旅程。

在扎西阿爸和老板娘德吉的劝说下，仁青拉姆坐在前排副驾驶位，扎西坐在后排左边，次仁坐在后排右边，老板娘德吉坐在后排中间位置。

汽车还未驶出医院大门，扎西阿爸又开始猛咳起来，扎西听到咳声就难受。

"阿爸，这会儿医院里病人多，一会儿次仁去还藏餐馆餐具的时候给您买一瓶止咳药吧？"

等到咳嗽减少后，扎西阿爸说："没事的，不用买，如果需要的话路上可以买。"

"那您开到中午，吃完饭我来开车，您休息。"

"哦。我给你们放放音乐，不然会无聊。"扎西阿爸按了一下播放器开关。

音乐声音不大不小，恰到好处，音箱里传来人们耳熟能详的流行歌曲《桑吉卓玛》。

> 我最心爱的桑吉卓玛
>
> 桑吉卓玛啦……
>
> 我是远方飞来的小鸟
>
> 请你相信我…

静静地用心聆听，每个人都觉得这首歌是在唱自己的心声，引出无限遐想，让人遨游在梦幻世界，忘乎所以。

第一首情歌，打动人心。接下来的歌，亦是如此。

草原上的公路，又直又长，就像一条长长的飘带一直伸向天边。无边无际的大草原，如同一幅巨大的画铺展在天地间，绿得那么纯粹，绿得那么邈远，真的无法用语言来形容。夏末草原上的各色野花斑斑点点，点缀在这片绿色的海洋里，让草原变得五彩斑斓，令人心旷神怡。在医院里待了几天，车上所有人都感觉到了今天的草原比往常更美丽，恍如仙境。

风景太美！他们从拉萨回来的时候就欣赏不到了。所以，扎西阿爸将车开得非常慢。

驶过这个草原，绕过一个小山丘，拐道弯，又到了另一个大草原。扎西阿爸眺望远方，白色帐房点点，跟芝麻一样大。趁着车辆不多，他关掉音乐，加快了行驶速度。他一路上断断续续咳嗽，特别难受，但咬紧牙关忍着。他真想停下车，下车到外面狠狠地咳个够，可又担心大家肚子饿，怕耽误大家吃午饭，只能坚持开到前方有餐馆的地方。

一望无际的草原，可望而不可即。

行驶了近两个小时，路边没有一个餐馆，看来离帐房还很遥远。扎西阿爸准备休息几分钟。刚好，仁青拉姆说想吐。

扎西阿爸减速停车，看着窗外，说："女士先下吧，先上厕所，男士后面来。"

车外，微风拂过，格外舒适。

仁青拉姆在公路边蹲了好久，终究没有吐出来。

扎西上车时看出了阿爸的疲惫。

"阿爸，您休息，我来开。"

次仁也劝说道："叔叔，您肯定累了，咳得这么厉害，好好休息。"

扎西确实想练一练车，从驾校毕业后，他就只在县城里开过。

扎西和扎西阿爸交换了位置。扎西阿爸也想让扎西试试车技，反正以后要经常开车，还是早点适应为好。阿爸相信扎西，坐在后排靠着座椅，闭目养神，并没有像别人一样不停地唠叨指挥。

前行了一个多小时，远处的帐篷越来越清晰，车辆越来越多，人越来越密集，扎西猜测到应该是在过节。

"阿爸，前方不远处像是在过节，那儿应该有吃的吧，我们在那儿吃午饭吗？"

"哦！"扎西阿爸缓慢地说。

继续行驶了半个小时，公路上密密麻麻的全是车，堵得水泄不通。扎西停下车，看了一眼电子腕表，差几分钟下午三点钟。扎西肚子饿得咕咕叫，打开车门，提醒大家说："需要透气的下车休息一会儿，看样子一时半会儿走不了，不知道堵到什么时候。"

除了仁青拉姆，其余的人都立即下了车。路边处处坐着赶路人，看样子，会堵很久。

扎西一下车就去前面打探情况。

次仁在地上坐了许久，坐不住了，也往前走去。

老板娘德吉倚靠着车身站着，站得太久，脚都站疼了，只好打开车门坐在后排。

"拉姆，你需不需要下车透透气？"

"阿妈，不用了，车窗一直半开着。别担心我，让我静静地待着。"仁青拉姆紧靠座椅，闭着双眼说道。

没过一分钟，车辆突然震颤了一下，吓得仁青拉姆立即睁开了双眼，往后看了一眼，后面停着一辆黑色越野车。

老板娘德吉也吓坏了，立即打开车门从右边下了车。

扎西阿爸站在车旁，望向前方。一听到响声，立即转过身来。后面的黑色越野车的驾驶位上坐着一位戴着墨镜的小伙子，从副驾驶位下来一位大概二十岁的女人，穿着深蓝色绸缎藏装，打扮得花枝招展，体态丰满。

这女人笑呵呵地前行几步，走到扎西阿爸跟前，娇声娇气地说："大哥，对不起！刚学开车，技术不好，追尾了。小问题，别生气，我照价赔偿，你看一下，大概要多少钱？"

扎西阿爸作为一名老驾驶员，而且是专业的，听到响声，就知道问题不大。但他还是认真负责，仔细观察了好几遍，确定汽车尾部只是有一点点剐蹭痕迹，车牌被撞歪了。

扎西阿爸的性格就像绵羊一样温顺，不会吵架，也没有因撞车而生气，并不想为难别人。

"确实问题不大，你看着办吧。"扎西阿爸并不在意那点钱。

"这样可不行。我可是要去拉萨的人，佛祖早已在心中，千万不能自私自利，就算未能帮助别人，至少不能亏待别人。"那女人能说会道。

"我们也是要去拉萨，都是同路人，且是同行的朝圣者。朝圣者都善良无比，算了，不用赔了，你是初学，难免出现一点点失误。没事的，就当作没发生。"扎西阿爸和蔼可亲地说。

扎西急匆匆地赶过来了，隐隐约约听见阿爸说"没事的"，就放心了。他没提这件事，而是对阿爸说："阿爸，我在前面碰到次仁了，他说他过两天想办法借钱坐飞机赶到拉萨，估计我们路上需要三天时间，次仁说他一定能赶到。"

站在扎西旁边的老板娘德吉惊讶地问："啊？怎么啦？"

扎西继续说："我还没说完呢。这几天是这个草原上藏族同胞们的赛牛节。今天赛牦牛，所以前面车辆限制通行。明天是牛背上扎念弹唱比赛，晚上是民歌表演。后天是情歌赛，这几天还有其他的娱乐活动。次仁说必须得观看，不容错过。"

"那肯定特别精彩，估计所有安多藏区的人民都会参加，你们不看吗？急着赶往拉萨呀？我要去观看，等几天再去拉萨。这位帅哥，谢谢你啦！带来了特好的消息。"那女人说完，从怀里掏出一张五十元钱塞到扎西阿爸手中。

"不必这么客气。我说过不要的。"扎西阿爸准备把钱还给那女人。

"再见!"那女人迅速转身回到车上去了。

下午,正是紫外线最强烈的时候,空中没有一丝云,没有一点风,头顶上的烈日炽热,像团火球。此时,外面连一只小鸟都没有,不知道躲到哪里去了。扎西想回到车上躲一会儿,在外面待久了,强光照得他眼睛直流泪。

"阿爸,我在车上休息一会儿,外面太晒了。"扎西看着阿爸说。

这正合老板娘德吉的心意。

"我也上车上坐着。估计很晚才能通行。你在外面也坐着,老站着腰疼。"

扎西本想在汽车后排座位上躺一会儿,没想到老板娘德吉也说到车上休息,他只能坐到驾驶位上闭目休息,等待通行。

老板娘德吉进到车内。刚才车窗都开着,次仁的事估计仁青拉姆已经听到了,不好安慰,就没再提起,只是安静地坐在后面想着什么时候才能跟扎西说说心里话。

见到刚才那个女人,扎西不由自主地想起德吉,想起曾经。那女人穿着的藏装就是德吉在舞蹈队表演时穿的藏装,一模一样。往事一幕幕,甜蜜一幕幕。

那女人是宾馆老板,跟踪次仁,想要跟着次仁去拉萨。虽然这次追尾确实不是故意谋划,但她没想到这么快就能单独跟次仁在一起。遇见心动的爱,总有奇迹不断涌现。

次仁一路神速前行，犹如长了一双隐形的翅膀，很快就到了主场那边。活动现场彩带飘飞，人潮涌动，好一派热闹的节日景象。所到之处，美女如云，无论是本地人还是各地的游客，全都穿着节日的盛装，把自己打扮得像花一样漂亮，应着蓝天下的邦锦梅朵，如同仙境。赛马倒是常见，赛牛次仁只见过两次，骑牛弹唱比赛，他第一次听说，这些都深深吸引着次仁的好奇心。

爱马、爱牛是藏族人的天性，赛马、赛牛更是娱乐生活的主要内容，已成为藏区古往今来最持久、最普遍的群众性活动，并形成节日。

各种原因导致次仁极少能观看牦牛比赛，其实赛牛比赛马更有乐趣。他清晰地记得前几年观看牦牛比赛的场景。

一声尖锐的哨响划过赛场，只见起跑线处的几头牦牛奋起四蹄，耸背、纵身、扭腰、掉头，浑然不顾背上主人叱喝抽打，朝着赛场外撒腿就跑，只留下空荡荡的赛道。场外，数万观众大都笑翻在地。牦牛比赛，对于参赛者和观赛者来说，搞笑远远比比赛结果更重要。所以，牧民常说："赛马看技巧，赛牛看笑话。"由于牦牛生活在高寒牧区，只善于在陡滑的高山或雪坡上长途跋涉，不善于奔跑，更别说被人骑着跑了。虽然说牦牛经过一点训练已经比较听话了，但到了赛场也会经常耍牛脾气，或停止不前，或掉头往后跑，让骑手和观众都忍俊不禁。

次仁最主要是为了观看牛背上的扎念弹唱比赛，艺术的无限魅力让他神往。

主场主席台上的喇叭里传来高亢的扎念弹唱歌曲，令人心潮澎湃，次仁全身的神经都亢奋起来。次仁心想，幸好那天找医生请求让仁青拉姆今天出院，要不然，错过了，自己肯定会后悔一辈子。随后，他使劲朝人群中间挤去。

不知不觉，扎西坐在车上睡着了。醒来一看前面，还是那么多车，堵得根本没动。他感觉时间不早了，看了看腕表，六点一刻了。仁青拉姆还是坐在旁边闭着眼睛。扎西转过头往后看了一眼，扎西阿爸坐在右边，老板娘德吉坐在左边。

"扎西，醒了呀！刚才你睡得真香，还打呼噜呢，真羡慕你的睡眠。"老板娘德吉温柔地说。

"要不是肚子饿了，估计我还不会醒。"扎西的肚子饿得咕咕叫。

"再忍一忍，没办法，没想到会这样。前面就算有吃的，可能也是凉粉、凉面、酿皮之类的，这些你不喜欢，拉姆也不能吃，只能到住的地方吃了。"扎西阿爸也饿得没精神。

"主要是没水，要不然可以吃糌粑。要不，我到前面去看看有没有人带水。"老板娘德吉打开车门说。

"不用了。"扎西边说边下了车。

扎西关上车门，往前走。当他在路边歇息时，暮色渐渐袭来，冷风瑟瑟，天边那轮红日早已消退了正午的热情，徒留下些许柔和的橘黄。扎西不由得盯着它看，想领略它退场时的美艳。正遐想之际，一只黄白相间的漂亮蝴蝶从他眼前飘过，思绪便随即跟着蝴蝶飞向远方。

前面的车辆开始挪动时，扎西才跑回原位，开车前行。两个小时以后，他们才走完大草原上的这段路程。又走了一段路，他们终于到了有村庄的地方。

"阿爸，我们先在这儿吃饭，再往前去找宾馆吧。"扎西把车速控制得特别慢。

"哦。"扎西阿爸又咳了两声。

"下车后，我去给你买止咳药，感觉不像是感冒。"老板娘德吉转过头看着扎西阿爸说。

"不用，没事的。"扎西阿爸照旧固执己见。

车外，一片漆黑。尽管扎西停下车好一会儿了，可仁青拉姆还是不想下车，也不想吃饭，动都懒得动。老板娘德吉以为女儿自己能走下车，一直在车门前方等着。

又过了好久，依然没有动静。老板娘德吉只好打开车门，说："宝贝，下车吧，吃点饭，稀的肯定有。如果没有，我给你喂糌粑汤。"

仁青拉姆闭着双眼，摇摇头。

"你走不动的话，我来背你。吃点饭，不然病情又会恶化。"

仁青拉姆眼眶里早就噙满了泪水，伤透了心。天底下的男人没有一个是好人。此刻，她悲痛欲绝，哪儿有心思吃饭。

老板娘德吉猜出了女儿的心思，她能够理解，母女同病相怜，可是她无能为力。

"那你在车上坐着，关上车窗，别着凉了。我去餐馆要开水，给你喂糌粑汤。"老板娘德吉实在想不出其他办法。

仁青拉姆遭受的打击太大，禁不住失声痛哭起来。

扎西和扎西阿爸在餐馆里等了很久，母女俩没来。

扎西阿爸以为她俩没找到地方，返回来准备叫母女俩吃饭。

透过车窗，他看到仁青拉姆在抽泣，看起来特别伤心。老板娘德吉不在车内，也不在车周围。扎西阿爸就在车旁等了一会儿。冷风吹得呼呼响，扎西阿爸又开始咳嗽，胸部刺痛。

"我到餐馆要开水去了，我俩在车上吃糌粑汤，你俩慢慢吃。"老板娘德吉很快就回来了，低声对扎西阿爸说。

扎西阿爸按住胸口，咳个不停，缓慢地向餐馆走去。

无论老板娘德吉怎么劝说，仁青拉姆都不肯吃，连水也不喝，泣不成声。老板娘德吉心里焦急，这样下去，女儿不知道还能活多久。她越想越气愤，欲哭无泪，没有心情吃糌粑汤，倒掉碗里的糌粑汤，收拾好袋子，放在后备箱，回到后排位置上坐着，等着去宾馆。

扎西和扎西阿爸一前一后过来了，老板娘德吉赶紧用衣袖擦掉眼泪，强装笑颜，等扎西坐上驾驶位后，说："就近找个宾馆住吧，仁青拉姆不舒服，想早点休息。"

"嗯。"扎西其实也是这么想的。

行驶了半个小时，到达一县城郊区，扎西看见一宾馆，直奔而去。管它贵也好，便宜也好，就住这家。藏式宾馆条件都差不多。

汽车停在院子里，在老板的指引下，老板娘德吉背着女儿直接去了一楼楼道口房间，什么东西都没有拿，扎西登记完后跟着阿爸去了二楼中间的房间。

仁青拉姆和阿妈彻夜未眠。

扎西阿爸去敲门时，母女俩虽然穿好了衣服，但两个人都是有气无力的样子。特别是仁青拉姆，非常憔悴。

仁青拉姆的病情不仅严重而且危险，为什么医生还让出院？扎西阿爸百思不得其解。

"我把糌粑和开水都拿下来了，吃早饭。吃完了我们出发。"扎西阿爸站在门口说。

"好的，进来坐一会儿。"老板娘德吉接过物品说。

"不了，我们在院子里等你们。我先去检查一下车况。"

"哦。"

在老板娘德吉的强迫下，仁青拉姆吃了一点点糌粑汤。

老板娘德吉本无食欲，但强迫自己吃了剩下的半碗糌粑汤。

仁青拉姆被阿妈搀扶着缓慢走到院子里，天刚蒙蒙亮。新的一天，她头昏脑涨，浑身无力，恐惧无比，害怕生命的最后一天很快就会到来。

在扎西阿爸的帮助下，仁青拉姆坐到了副驾驶位，其他人还是按照昨天的位置坐，由扎西驾驶车辆。经过打听，国道的路况都非常好。扎西心中有底，不需担心。再加上，昨晚扎西想到了一个好办法，那就是早上去车站，跟着客车行驶，根本不需要问路。

上午路过的地方，都是藏区。尽管风景美不胜收，但只有扎西欣赏。"什么样的心境就有什么样的风景。"扎西认为自己总结出来的这句话确实有理。

道路两边，餐馆数不胜数，在一家川味餐馆门前，扎西停下了车。

老板娘德吉怎么劝说，仁青拉姆都不肯下车，说不想吃饭。

老板娘德吉只能又喂她糌粑汤。只吃了两口，仁青拉姆瞬间将头伸到车门外，吐了一阵子，还带血，她感到胸部剧烈疼痛，全身难受。

吃完饭，他们继续前行。扎西阿爸坐在后排，一直在考虑该怎么办。

"我想了好久，我觉得你们母女俩还是坐飞机去拉萨吧。傍晚应该能到机场，我身上带的钱不是很多，留些油费和食宿费，其余的给你们。"

老板娘德吉听出来扎西阿爸特别着急，明白他心里是怎么想的。

"还是跟你们一起去。"老板娘德吉说。

扎西阿爸不好再多劝。

一路上，大家各想各的事，所有人都沉默无语。

两天后，他们终于到了能够看到藏族人的地方。大家都知道距离拉萨还很远，但见到穿藏装的同胞，心里莫名感觉非常亲切，不再那么沉闷。

自从那天呕吐以后，仁青拉姆只吃下过两次糌粑汤，而且就那么一点点，这几天全靠喝水撑着。她日渐消瘦，痛得厉害，仁青拉姆预料到自己到不了拉萨，但为了不让阿妈过度担心，什么也没有说。

穿越这座城市后，开始进入藏区。傍晚时分，扎西在路边停下了车。刚下车，无边无际的像大海一样的青海湖呈现在扎西眼前，湖水特别清澈湛蓝，犹如镶嵌在草原上的一面大镜子。四周群山连绵不断，形成了一幅极美的图画。

不愧是中国内陆最大的咸水湖！扎西在心里赞叹着。

扎西阿爸准备下车看看。这时，扎西已经上车了，冷得瑟瑟发抖。

"阿爸，别下车，冷得很，别着凉了，到前面有宾馆的地方我们住下来。"

"好。"扎西阿爸是想下车撒尿，既然冷，那只能忍着。

扎西阿爸以前就听别人说过，青藏公路是世界上海拔最高、线路最长的柏油公路，个别人会有高山反应。沿途景观大气磅礴而且丰富多样，可看到草原、盐湖、戈壁、高山、荒漠等景观，此外，还有许多野生保护动物。

扎西上车后，不得不开空调。

空调开久了，仁青拉姆头更痛，但为了大家，只能忍着。自从这次住院后，平常喜欢小题大做的仁青拉姆学会了忍耐，头痛欲裂也默不吱声，咬紧牙关，忍受痛楚。头越痛，她越恶心。想要呕吐的感觉一直都存在。

到了宾馆门口，打开车门，还没来得及下车，仁青拉姆就吐了，她精疲力竭，吐出来的液体中血液越来越多。

老板娘德吉也头痛难忍，不听扎西阿爸的劝阻，非要自己背仁青拉姆到房间。仁青拉姆现在站起来都困难，在几个人的合力配合下，老板娘德吉背着仁青拉姆像个醉翁一样跟跟跄跄地走进一楼的房间。把仁青拉姆平放在床上后，她低声对扎西阿爸说："你们自己吃晚饭，我不想吃，不吃了。"

扎西阿爸知道劝也没用，边咳边缓慢地说："早点睡觉，明早走的时候叫你们。"

老板娘德吉点点头。

扎西阿爸关上门，到自己房间去了。晚饭，还是吃的糌粑。

老板娘德吉和仁青拉姆再次彻夜失眠。

一天又一天，仁青拉姆不吃也不睡。

汽车缓缓翻过昆仑山、冈底斯山、唐古拉山、念青唐古拉山，跨过通天河、沱沱河、楚玛尔河，终于驶进羌塘草原。

天空阴云密布，雪更大了。狂风卷着洁白的雪花，呼啸着，翻滚着，遮天盖地而来，整个世界皑皑茫茫，大地和天空被大雪混成一片银白，什么东西都像隔着一层纱，模模糊糊看不清。扎西的眼里，整个羌塘都变成了白色的世界。

扎西并没有因此而抱怨，而是放慢驾驶速度，睁大眼睛，看着窗外说："阿爸，外面下大雪，路可能滑，今晚就在这儿休息吧，明天就能到拉萨了。"

"嗯。"扎西阿爸话还没说完，一股酸溜溜的味道涌满嘴里，直想吐。

扎西边开车边看路边宾馆，想找一家藏式宾馆。

扎西阿爸控制不住，闭上嘴"嗯"了两声。

扎西猜到阿爸要吐，立即停下了车。

扎西阿爸以最快的速度打开车窗，吐得招架不住。紧接着，他又猛烈咳嗽，咯血、胸痛、发热、呼吸困难等症状同时发作。

雪花从车窗飘来，寒气也随之奔涌而入，扎西阿爸咳个不停，立即关上了车窗。

"阿爸，再坚持一会儿。先把她们送到宾馆，我就带您去看病。"扎西感觉到了阿爸病得不轻。

　　沿着这条路直行一会儿，扎西模模糊糊看见公路右边有一家灯光闪烁的宾馆。此刻，天已黑尽，再加上外面下雪，凉意蔓延至全身，他虽然路上加了一件厚外套，但还没下车，已经感到冷飕飕的，跟家乡的数九寒天一样。但只要想到德吉，他心里又会暖融融的。

　　扎西把车停在了铁门门口，按了几下喇叭，一个老态龙钟、穿着军绿色冬季大衣的保安开了门。进门左拐，就是宾馆的门。

　　扎西把车停在宾馆门口后，打开了车内照明灯。

　　"宝贝，我们到那曲了，我背你去宾馆房间，明天就可以到拉萨了。"老板娘德吉揉了揉肿胀的眼皮说。

　　尽管头昏脑涨、浑身难受，但她还是强硬支撑着。老板娘德吉不想在扎西面前失态。

　　一开车门，老板娘德吉差点晕倒，幸好屁股靠着车站住了。

　　她停顿了几秒钟，从车尾绕到副驾驶位，使劲拉车门，怎么也拉不开。扎西阿爸已经下了车，走到老板娘德吉面前，用力拉开车门。

　　扎西坐在驾驶位，外套衣扣松开，低着头，右手伸向外套内兜，像是在掏取东西。

　　"拉姆，拉姆。"扎西阿爸弯下腰连叫了两声，仁青拉姆闭着眼，没反应。

　　扎西阿爸用右手食指戳了戳仁青拉姆的右臂，也没反应。

　　深思几秒钟，扎西阿爸用右手手掌摸了摸仁青拉姆的额头，凉得像冰块一样。他又捏住仁青拉姆鼻孔几秒钟，确认已经停止了呼吸，印证了扎西阿爸前几天的预测。

扎西阿爸直起身，转过头，向身后的老板娘德吉摇摇头。

老板娘德吉瞬间失声痛哭，无比哀伤，仿佛世界末日从天而降。

扎西听到哭声，才往右边看了看，这时才发现。扎西立即下车从车前绕到阿爸跟前，问："阿爸，怎么办？放在车上还是抬到房间里？"

扎西阿爸考虑了一会儿，说："还是放在车上吧。宾馆里估计老板忌讳，不让放吧。"

老板娘德吉头晕得厉害，全身开始摇晃。无意间，一下子扑到扎西怀里，双手用力抱紧扎西的腰，头贴肩膀。扎西理解一名失独阿妈的悲痛，并没有反抗。

扎西外表看起来冷傲无比，其实内心特别脆弱。悲悯之情油然而生。

扎西阿爸看不下去，徐徐走到车尾，从放在后备箱的行李里挑选需要的衣物和食物。

"欢迎各位光临！"一位穿着羔皮藏装的中年男人站在宾馆门口笑眯眯地说。

"松开，别人看到了会笑。我送你去房间休息。"扎西冷得声音都发抖。

老板娘德吉松开了手，声音嘶哑地说："我不去里面，我在车里陪着女儿，她一个人会孤单。"

"车上晚上特别冷，会感冒的，感冒的话就去不了拉萨了。"扎西想尽力说服老板娘德吉。

"有空调，真的没事。我要陪着女儿。"老板娘德吉还是那么任性。

宾馆门口那男人见中年女人哭得死去活来，伸手拉起藏装领子，盖住头部，走到副驾驶位车门前。车门没关，他一看就明白了是怎么回事。而且他刚才就注意到了这几位客人都穿着安多地区的藏装，知道他们是千里迢迢去拉萨的朝圣者。他揭掉头上的藏装领子，面对扎西，藏北口音的藏语中夹杂着一部分汉语，说："你们不用担心，你把女孩抱起来放到我背上，我背她进去。我不会在意这些的，别站在外面，赶紧进去，里面有空调。"

既然陌生人都不介意，那扎西更无理由介意。他迅速按照藏北男人说的，在扎西阿爸的帮助下，从车上抱起仁青拉姆，放在那男人背上，然后关掉车灯，锁上车门，跟随阿爸进了宾馆。

藏北男人把几个客人安排在一楼最里面，两间紧挨着，这样便于相互照顾。

扎西去前台准备登记、付款，女服务员手工登记，速度缓慢。还未付款，藏北男人已经急急忙忙过来了，站在十几步远处，对女服务员说："房款只收一半。"然后他看向扎西，慈祥地说："安多的小伙子，明早走的时候来叫我，我来帮忙，我就住在一楼一号房。"

"谢谢您！没想到在这寒冷的地方遇到善解人意、无比善良的您，真是温暖人心！我们是跨越几个省去拉萨朝拜的，在佛前一定会多次祈愿您生意兴隆、健康长寿、扎西德勒！"

扎西激动地说。不同区域的藏族同胞之间根本没有陌生感。

"谢谢！我为了养家糊口，不得不忙于赚钱，因为有五个孩子。虽然这里离拉萨不远，但我只去过两次，真是佩服你们安多人。不多说了，路途遥远，早点休息。晚安！"

"晚安！"扎西的心情舒缓了一些，付完钱取回身份证，快速回房间去了。

扎西阿爸已经脱掉了外衣，躺在床上，只开着旁边床头墙上的一盏灯，灯光浅黄、微弱，扎西没再劝说阿爸去看病。一个人匆匆吃完糌粑汤，就直接睡觉了。

早晨醒来，扎西慢慢睁开双眼，房内一片漆黑，什么也看不见，只听到扎西阿爸在厕所里的咳嗽声。扎西还没有完全清醒，不停地打哈欠，感觉远远没有睡够。他伸了伸懒腰，继续闭上双眼，躺在床上。迷迷糊糊地快要睡着时，扎西阿爸脚步轻盈地从厕所里出来，到床沿坐着。

"阿爸，再睡一会儿吧，估计时间还早。"扎西轻柔地说。

"不睡了，睡不着。你睡够了就起床，不然老板娘德吉会等得焦急。"扎西阿爸知道时间不早了，只是因为这里靠北，天还未亮。

"我不想睡了，躺两分钟就起床。"扎西慵懒地又伸了一下懒腰，连续打了好几个哈欠。

扎西阿爸整夜辗转难眠。扎西睡得太香，根本没有察觉。咳嗽、高反让扎西阿爸全身难受，还流鼻血，但他仍坚持忍耐。

"下午就能到达拉萨了，实在不行，朝拜过大昭寺就去就医。"扎西阿爸这么安慰自己，压根儿没想到会越来越严重，而且高反也严重，"按理说，从高原到高原，不应该有反应，怎么会各种不适都堆积在一起呢？"

扎西手伸到床头柜上开了灯，看了腕表：快七点钟了。尽管他睡意正盛，但只能起床。宾馆里特别暖和、舒适，总有不想起床的感觉，比人们常说的春困还困，令人哈欠不断。扎西起床后第一件事就是拿上烧水壶打来自来水烧开水，管她吃不吃糌粑，反正开水是要送过去。趁烧水的间隙，他去洗手间洗漱台用冷水洗了把脸，这才完全醒过来，精神振奋了许多。

"阿爸，您休息一会儿。我把糌粑和开水给她送过去，回来再吃早餐。"扎西提着保暖瓶和糌粑袋子说。

"哦。"扎西阿爸声音嘶哑。

扎西怎么劝，老板娘德吉都不肯吃，实在没办法，只能搅好半碗糌粑汤放在桌上，然后回自己房间吃早餐。

匆匆吃过早餐，扎西让阿爸带上东西在车上等着，自己则去背仁青拉姆出来。

扎西到房间时，老板娘德吉吃过早餐，在床沿坐着。一见到扎西，她立即擦掉眼泪，尽量控制情绪，强打精神。

扎西吃力地背仁青拉姆出来，放在了车子后排座位上，让阿爸坐到副驾驶位，这样便于母女近距离待着。

今早虽然没再下雪，但室外寒冷无比。待老板娘德吉坐到后排后，扎西迅速坐上驾驶位，驾车继续前行。

下午的时候，到了当雄。此地阳光灿烂，没有羌塘草原那么冷。再不吃午饭，扎西就没有精神了。

扎西把车停在公路边，准备去右边那家川味小吃店吃午饭。这次不用劝说，老板娘德吉自己主动下车，站在车门口东张西望，像是在寻找什么东西。

扎西阿爸动作迟缓，慢慢地下车，径直向扎西看到的那家川味小吃店走去。

他们坐下来，喝了些小吃店免费的茶水，扎西的阿爸感觉稍微舒服了一点点。

扎西和阿爸都吃了牛肉面，老板娘德吉吃了半碗酸辣粉，把汤喝得一干二净。

老板娘德吉偶尔会说说话，看起来情绪稍微平稳了。这让扎西父子放心了。

中午的饭钱，老板娘德吉非要付，扎西没有争抢，没有之前那么见外，也不讨厌老板娘德吉，反而觉得她可怜巴巴的。

待扎西阿爸和老板娘德吉坐上车后，扎西坐在驾驶位，看了一眼后视镜中的自己，特别满意，驾车继续前进。

按照计划，他们当天到了拉萨西郊。这里的气温比其他地方高多了，湛蓝的天空透亮、纯净，没有一丝云朵，阳光灿烂，令人眉开眼笑，乐而忘忧。

再往前行驶没多久，就能远远地望见令人瞩目的布达拉宫。扎西欣喜若狂，激动无比，像个过新年时穿上新衣的孩童。

"你们快看，从这儿能望到布达拉宫，特别漂亮。"扎西兴奋地说。

"哦。"扎西阿爸睁大双眼往前看着。

老板娘德吉抬头往前方望了几眼，然后拉着女儿的手，继续念诵经文。

拉萨好大呀！好美！扎西在心里惊叹着。

路上的车辆越来越多，街道上车水马龙，井然有序地行驶着。

扎西热得冒汗，完全打开车窗，才有所缓解。

扎西特别激动，热泪盈眶。特别是在布达拉宫前面的道路上缓慢行驶时，看到转经队伍非常庞大、人山人海，对此赞不绝口。

扎西阿爸和老板娘德吉都双手合十，仰望布达拉宫，祈福亲人和朋友们健康长寿、心想事成、万事顺利！

大昭寺广场前，人流如潮！扎西从车内敬拜大昭寺以后，向大昭寺广场左面的一条巷子里驶去，终点站是巷内的办事处旅馆，听说那里既方便又便宜，而且老板是家乡人，没有语言障碍。

车子停在院内，下午七点刚过，客人都朝拜去了，院里静悄悄，空无一人。一下车，紫外线特强，艳阳照得人睁不开双眼。

"看来，必须得买顶帽子，还要一副墨镜。"扎西没想到会这么晒。

一位穿着黑色T恤衫的中年男人戴着一顶大大的礼帽，向这边走来，一看到是家乡的车牌号，特别热情，跟扎西聊了几句，把他们安排在一楼最好的两个房间，并一再嘱咐需要什么的话随时来找。

扎西跟随老乡去登记处登记后，背仁青拉姆到房间里。等阿爸放完行李过来后，坐了一阵子，和老板娘德吉商量第二天的行程及具体安排。

扎西阿爸的头没之前那么疼了，但还是咳得自己都恼火，整个人颤抖不已。

"阿爸，您回房间后坐着别动，我一会儿就去给你买止咳药，顺便买些其他需要的东西。"扎西一直担心阿爸病情会加重。

"不用了，过两天就会好的。"扎西阿爸挥挥手说。

"您总是这么说，可没好转呀！"扎西语气里充满乞求。

"真的不用。"扎西阿爸依然那么固执。

"你们俩晚饭想吃什么？我这就去买。"

"我这会儿还不想吃，太阳落山了再去门口随便吃个小吃。"扎西阿爸声音更加嘶哑。

"那你休息一会儿，我俩回房间去，待会儿去吃晚饭的时候叫你。"扎西看了一眼坐在床沿的老板娘德吉说。

老板娘德吉点了点头。

等到太阳落山，八点过了，天不再那么炎热，舒适多了。扎西让阿爸在院子里等着，自己去叫老板娘德吉吃饭。

刚才路过的地方，一家接着一家全是餐馆，川味的、藏式的，什么样的都有。扎西看来看去，走得腿酸脚疼，最终选定一家川味小吃店。这家小吃店里座无虚席，还得排队等着空出座位。扎西阿爸和老板娘德吉在餐馆门口的台阶上坐着，往里望去，看穿着，大部分顾客都是安多人。

"阿若，亲爱的老朋友，多年不见，拉萨真神奇呀！什么时候到的？"人群中一中年男人停下脚步，注视着扎西阿爸，笑眯眯地问。

扎西阿爸听见了这男人的话，只是以为他在跟别人说话，没搭理。

"阿若，老朋友！"那男人在扎西阿爸的手臂上用牧民惯用的手法重重地拍了一下。

扎西阿爸这才意识到这个家乡人是在跟自己说话，转过头，看了一眼，立即站起来，微笑着说："老朋友好！没想到是你，几十年不见，你肚子越来越大，胖了不少，我差点没认出来。"

老板娘德吉听见有人说话，也转过头望了一眼那男人。

"这位是你的新老婆呀？怎么这么憔悴？磕头到拉萨来的吗？那也不至于吧，我见过很多磕头到拉萨来的，都不是这样的。"那男人有话直说。

"不是，是同路人，路上认识的。我们开车上来的，刚到没多久，出来一起吃晚饭，明天开始就去朝拜。"扎西阿爸边咳边说，咳声越来越响。

那男人仔细观察着扎西阿爸的脸色，注视许久后语重心长地说："老朋友，我劝你吃完饭最好立即去就医，你病得不轻，肯定是肺上的问题。我们村里十几个人都得了什么肺结核，就是咳成你这样，早早地离世了。我这是关心你，不要介意，别认为是不吉利的话。"

"好的。谢谢你的好意。你的伴儿都走了，一会儿会走散的。你住哪里？改天再慢慢聊。"扎西阿爸心里明白那男人说的是实话。

"办事处旅馆二楼。"那男人转过头朝人群方向看了看说。

"我也住在办事处旅馆。那改天再聊。再见！"扎西阿爸的语气略带伤感。

"再见！"那男人挥了挥手，然后离开。

扎西从餐馆对面的公共厕所出来了，扎西阿爸和老板娘德吉还没进餐馆，在厕所门口时听到阿爸和那个男人的对话，疑惑那熟人会是谁。

扎西跑到阿爸跟前，看着阿爸问："阿爸，刚才遇到了谁？"

扎西阿爸难忍咳嗽，没能回答扎西的问题。

"阿爸，再别忍了，越来越严重，必须去看看。就算不去医院，这附近肯定有诊所，走，马上去。"扎西再次哀求道。

扎西阿爸摇摇头，过了一会儿，才慢慢地说："没事，明天拜完大昭寺再去也不迟。"

有几个安多人吃完饭出来了，扎西以最快的速度跑进餐馆占位置，因为后面还有好多人等候。

扎西阿爸吃的是三鲜汤泡米饭。老板娘德吉吃了一碗酸辣粉。扎西吃的是最喜欢的干饺。饭桌周围全是安多人，说着亲切的家乡话，让人感觉是在家乡而不是拉萨，扎西满脑子全是德吉说话的样子，低头吃饺子，一句话也不说。老板娘德吉说的几句话他根本没听进去，只感觉像只苍蝇的声音。

吃完饭，扎西被阿爸的咳嗽声拉回现实。

既然他坚决不肯去医院，扎西只能带他回旅馆休息。

来来往往的行人中有不少情侣并排走着，充满甜蜜，嘻嘻哈哈。虽然藏区的情侣都不会在公共场合表现得太亲密，但在内心深处都是非常默契，亲密无间。扎西既羡慕，又嫉妒，没办法，他只能在心中默默祈祷早日与德吉相见！

商铺里的货物琳琅满目，各种各样，堆积如山！扎西看这个好看，看那个也好看，看得眼花缭乱。要是德吉在身边，他就要把所有好看的东西都买下来送给德吉，德吉肯定特别高兴。扎西像是在安慰自己。

扎西阿爸不想进店，就在街边等着。

老板娘德吉跟着扎西的脚步，看了这家又看那家，一家接一家，越看越伤心，要是女儿能够到达拉萨，她想把这些所有好看的饰品都买来给女儿戴上。她看着看着，眼泪夺眶而出，不想再看，想着快到旅馆门口了，不如回旅馆算了。

扎西走到阿爸跟前时，双手提着几个大袋子，像个批发商老板一样。

"阿爸，走，回旅馆去。她回去了吗？"

"可能是回去了吧，没看到。"扎西阿爸一直在回味刚才那个老朋友的那些话语。

回到房间，扎西放下采购的物品，倒头就睡，也许是太累了，睡得特别香甜，连扎西阿爸在夜间多次咳嗽都没有听见。

扎西阿爸被咳嗽折腾得凌晨时才睡了大概半个小时。他躺着难受，只能靠床坐着，等待天亮，后来实在是坐不住，就起来熬茶。

拉萨天亮得很晚，跟家乡相比，晚一个多小时。

扎西被阿爸的咳嗽声扰醒，睁开双眼，看见阿爸在房间来回踱步，像是在巡查一样。

"阿爸，早安！"扎西轻柔地说。

听到扎西的声音，扎西阿爸去窗户边打开了窗帘，天刚亮，但还没完全亮透。窗户对着街道，从这边望去，只能看到房屋。

"早上吃糌粑，我已经熬好了茶。"扎西阿爸声音低沉。

"哦。"扎西只好赶紧起床去洗脸。

"你需要的盛到碗里，剩下的我给她送过去。"扎西阿爸把碗和糌粑放在小圆桌上说。

"哦。您揉糌粑团还是喝汤？我给您做好。"

"搅汤。"

待扎西准备完后，扎西阿爸给老板娘德吉送早餐去了。

吃完早餐，扎西从昨晚采购物品的塑料袋里取出今早需要的帽子、哈达、酥油等东西，又到隔壁房间，叫上老板娘德吉，送上一顶白色棉布圆帽，一起去大昭寺。

大昭寺广场上，已经到了很多朝圣者，售货老板在各自的铁皮小摊架旁招揽顾客，热闹非凡。当走到大昭寺广场中间时，朝圣者更多，后面还有成群结队的大队伍接踵而来。

"阿爸，我们走快一点吧。大昭寺门口方向好多人，估计排队进去的人特别多，会排很久。"扎西伸长脖子一直望着大昭寺金顶方向。

"好。"扎西阿爸也想快一点，可不知道怎么回事，他今天脚步特别沉重，难以快速前行。

大昭寺门口，人山人海。

扎西在阿爸后面排着队，刚停下脚步，就被一双充满肉感的手蒙住了双眼。扎西一下子惊呆了：难道在这里碰到了认识的人？

扎西平常并不敏感的鼻子在瞬间被浓浓的香水味刺激到了，连续打三次喷嚏，声音高亢而又响亮，前面的很多人都转过头来看向这边。蒙眼人并没有因此而松开双手。

"哪位美女呀？"扎西在猜测到底会是谁。

那美女温柔无比地说："你说呢？"

"肯定是白度母。"扎西调侃道。

那美女突然在扎西左脸颊上重重地亲了一下，然后松开手，大声说："是你亲爱的老婆啦！"

老板娘德吉排在扎西阿爸前面，闻到香水味后就转过头看着扎西旁边那女人。

扎西阿爸吓了一跳，转过头来，看到那美女，脸色突然大变，尽力控制住自己，没想到她居然追到这儿来了。

扎西简直不敢相信她会跟来。为了确认，扎西侧着头瞟了一眼，真的是她，身着一身大红色绸缎藏装，里配黑色藏式衬衣，戴着一串象牙佛珠，白色礼帽下的脸画得跟唱戏的演员一样。

"你涂那么多粉，不害臊吗？"扎西说得比较客气。

"还不是为了给你看。你满意了，我自然不会涂那么多了。为了能跟你一起朝拜，我在这儿等了好多天，每天从清晨到傍晚。这里紫外线那么强烈，肯定要防晒嘛。你没有看到吗？这里的人除了极个别的，都戴着口罩呢。"德庆卓玛的语气里充满了委屈。

朝拜队伍越来越拥挤，德庆卓玛紧紧贴着扎西后背，沉浸在甜蜜之中。排在前面的长者们见到这个女人画得跟鬼一样，不仅朝她吐口水，还叽里咕噜说着什么。

扎西一时无语，伸长脖子看前面的队伍有没有动静。

"什么时候才开门呀？早点拜完就摆脱她。"扎西焦急地想。

"我是一个人来的，要跟你在这里度蜜月，所以我就选了步行街最高档的那家星级酒店。朝拜完了，中午你和阿爸搬到那边住。"

老板娘德吉再听不下去了，转过来往前看，人头开始攒动，几秒钟之后，大昭寺的大门终于开了。

德庆卓玛排在扎西后面，声音压低，不停地说话。扎西没心思听，想着关于德吉的一切，随着队伍，缓慢挪动脚步。前面的队伍里，扎西看到了十几个老乡，男女老少都有，他们的藏装背面都缝制有一小块方形红色布，这标志着他们是请示活佛后来到拉萨。看到这个标志，扎西顿感格外亲切，当然，更加想念德吉。

经过一个多小时，他们拜过几个小佛堂后，终于到了大堂集体诵经处。扎西阿爸和老板娘德吉从队伍里出来，往前几步，蹲在一位老僧面前，扎西跟着过去。德庆卓玛跟着扎西也过去了。

这位德高望重的老僧人讲的是拉萨藏语，他们听不懂。扎西试着用汉语交流，似乎老僧人听不懂。扎西打算求助别人。

扎西翘首以待。一位穿着安多藏装、手捧酥油灯的中年妇女向这边走来。还没有等到扎西开口，她就蹲在老僧右边进行交流，然后问扎西他们有什么请示事项。扎西把仁青拉姆的事告诉了那妇女，那妇女反应极快，把拉萨藏语翻译成安多藏语，详细讲给扎西他们听。

这里是按照传统习俗，为离世的亲人或朋友写上名字和属相，由僧人诵经的地方。关于仁青拉姆的葬礼，老僧讲得很周全、详细。

按照亲人的意愿，他们要为仁青拉姆举行水葬。这段时间是拉萨传统节日——沐浴节，藏语叫"嘎玛日吉"（洗澡）。在藏历七月六日至十二日举行，历时七天。时值夏末初秋，万里高原风和日丽，天高云淡。无论城市、农村还是牧区，男女老少都是全家出动，来到河边溪畔欢度一年一度的沐浴节。届时，藏族人民在河滩、草坪、树荫下搭起帐篷，围上帐幕，铺上卡垫。老年人在河边洗头擦身，年轻人在河中洗澡游泳，孩子们在水里嬉戏打闹，妇女们也毫无顾忌地尽情沐浴，把身体和全家的衣物都洗得干干净净。休息时，一家人坐在帐篷里，品尝芳醇的青稞酒和喷香的酥油茶，帐篷里时时飘出阵阵欢声笑语。这七天中，人们不仅天天到河边沐浴，还把家里所有被褥、坐垫等统统洗干净。

因此，出殡时间选在凌晨，节日期间，僧人不便在河边诵经，就在大昭寺里诵经，尸体由亲人用白布包裹送到古如桥头拉萨河畔，即康巴人煨桑的地方整体投放即可。

扎西阿爸从外套内兜里掏出十张五十元放在老僧前面，并说着离世亲人们的名字。

老板娘德吉从藏装里层钱袋里取出几沓钱，放在老僧面前，低声说："只有一万元，略表心意，请为我女儿多诵经。"说完，她站起来，双手合十举过头，五体投地，向老僧磕了三次头。

扎西再三向那位翻译的安多女人道谢！

德庆卓玛认真听完后，明白了是怎么回事，特别可怜这位阿妈，亢奋之后突然变得伤感。

接着，他们继续挤入队伍中朝拜，离正中的佛还有一段距离，队伍中的每个人都口诵经文，只有扎西阿爸在队伍中咳个不停，怎么也压不住。

所有的朝拜者，都是在释迦牟尼佛前停留的时间最长。按照顺时针方向，分别在右边、左边、前边，拜三次，所有人都久久不愿离去，远远没有满足。

一楼、二楼的佛堂特别多，他们一个一个拜完，走出大昭寺，到出口处时已是下午两点过。

一到出口，所有人都戴上帽子。扎西昨晚给自己买了一顶黑色棒球帽，拿在手上，已经捏出了汗。他在寺院里面被挤得汗流浃背，现在虽然阳光特别刺眼，但比在里面略微舒适。

黑色帽子、黑色墨镜、黑色衬衣、黑色藏装、黑色休闲裤、黑色运动鞋，扎西全身是黑色，黑色吸热嘛，在阳光照射下，扎西热得只想在阴凉处休息一会儿。

"扎西，你今天打扮得好酷，估计你走几步，美女们就会忍不住看你，回头率肯定特别高。我紧挨着你，沾沾光哈。"德庆卓玛得意扬扬地说。

"阿爸，对面有藏餐馆，去那儿吃饭然后休息一会儿吧？这会儿太热了。"扎西拉住阿爸说。

"好，你们先去，我到公厕去一趟就来。"扎西阿爸望着前方说。

扎西阿爸被尿憋得难受。他昨晚几乎整夜都在咳，为了止咳，喝了不少水，进大昭寺没一会儿就有尿意。他憋到现在，实在特别难受。

"我们去那里面吃藏面、喝甜茶，藏面是拉萨的特色小吃，配着炸土豆，特别好吃。我来这儿以后天天早上都吃，吃上瘾了。"德庆卓玛也热得冒汗，排队排得腰酸背痛，想休息一会儿。

扎西走在前面，掀起餐馆门帘，观望好久，里面座无虚席。他本想换个地方，德庆卓玛却自作主张，强行把扎西往里推，说："所有藏面馆都是这样，就在这儿，等几分钟就会有人出去。"

德庆卓玛脱掉藏装左袖，和右袖交叉绑在腰间，望着厨房窗口说："我去点餐，这里都是先买单然后自取食物。你们占位置，我马上就来。"

确实，几分钟之后，餐馆中有客人吃完离开，扎西见门口还有好多人在等，迅速跑步过去坐在那里东张西望。老板娘德吉缓慢地走过来，坐在扎西对面。

"扎西看上去不像个结了婚的人，结婚的人脸上充满甜蜜，扎西脸上却布满忧伤。这个女人到底是怎么回事？难道是自己看上了一个有妇之夫？"老板娘德吉心中有无数个疑问。

没过一会儿，德庆卓玛用端盘端着食物过来了，放在桌上，坐在扎西左边，等着扎西阿爸。

"阿爸怎么还不来？再不来，面都凉了。藏面是煮好了的，吃之前在热骨头汤里泡几下就可以了。要不我们先喝一点甜茶，等到阿爸来了再吃。"

扎西和老板娘德吉都不说话。

德庆卓玛给每个人斟上一杯甜茶，注视着老板娘德吉说："阿妈，您别用这种异样的眼神看我，我们都是一家人。扎西的阿妈就是我的阿妈，我要像对待亲生父母一样孝敬您和阿爸。"

德庆卓玛话还没说完，扎西就有点生气了，严肃地说："你别瞎说！她不是我阿妈，我阿妈永远在我心里，时刻陪着我。"

"哎呀！你别生气嘛，是我错了，我认罪。我误会了，误以为阿爸最近找了个新老婆，我还准备说父子同时举办婚礼呢。对不起啊，消消气，在这么神圣的地方生气不好。咱们千里迢迢来到这里是为了祈福更加开心、健康、幸福！"德庆卓玛的语气像是在哄小孩。

扎西阿爸举步维艰，走进来坐在了扎西右边。扎西双手捧着甜茶杯子请阿爸喝，从侧面看过去，阿爸的脸色比早上更差了。扎西还是特别担心，说："阿爸，吃完藏面就马上去看病，再不能拖了，看着都吓人。"

扎西阿爸喝了一口甜茶，有点烫，放下杯子，低声说："今天就算了，昨晚没睡好，想休息。明天再说。"

"你不能再拖了。保重身体要紧，健康才是最重要的。"

老板娘德吉终于说了一句话,这是她最近的感悟。

看着扎西对那女人的态度,他俩根本就不像是夫妻。老板娘德吉没再多想,低下头,用筷子一根一根地夹面条,细嚼慢咽。

"阿爸,快吃面,凉了就不好吃了。"德庆卓玛站起来,弯下腰,面带微笑,伸手端起碗,举到扎西阿爸面前,表现得特别热情。

吃午饭过程中,只有德庆卓玛一个人说话,即使没人搭理,她也殷勤招待。

扎西阿爸前后只喝了两杯甜茶,并不是因为茶不好喝,而是因为全身难受。

"扎西,快喝吧,喝完了我们去房间休息,我累了。"

"哦!"扎西立即举起杯一口气喝完一杯,迅速站起来,说,"走。"

扎西阿爸站起来,佝偻着身子,步态蹒跚。

"阿爸,您的帽子还没戴。"扎西拿起桌上的黑色毛呢圆帽跟在阿爸身后。

走出餐馆,八廓街上热闹非凡。街道两旁都是铁皮摊位,各种商品丰富多彩,顾客蜂拥而至。街道中间,是转经的朝圣者,人流如潮。往西走几十步,就到了大昭寺广场。这时候,广场中央高大的白塔上桑烟缭绕,寺前有许多信徒在磕长头,扎西也想磕一些,但是看到阿爸无精打采、痛苦无比的样子,放弃了,随着阿爸回房间。

到了广场前面岔道处,德庆卓玛一眼就看到商店门口有一个公用电话，对扎西说："亲爱的，等我几分钟，我给阿爸打个电话就去你们那儿搬东西。"说完她飞速向那家商店跑去。

外面太热，扎西想早点回到旅馆，把藏装脱掉。往旅馆去的路边，有许多水果店。扎西买了一个本地小西瓜，请老板切好后给阿爸、老板娘德吉各分一块，边走边吃，以此解热。

德庆卓玛打完电话，悲痛万分。阿爸说，阿妈罹患胃癌，救治无效，昨夜离世。阿爸要求德庆卓玛立即回去。

德庆卓玛望了一下四周，扎西不在。她抽泣着跑到步行街酒店，以最快的速度收拾行李，退完套房，背上背包，飞速跑到拉萨百货大楼停车点，打的士向拉萨贡嘎机场奔去。

不知不觉，扎西在旅馆房间没躺多久就睡着了，醒来后发现太阳落山了。

扎西想在吃完晚饭后到八廓街转经。

躺得太久，屁股都疼。扎西下床揉了揉屁股，穿好藏装，说："阿爸，起来吧，我们去吃晚饭。"

等了几分钟，扎西阿爸没反应。

"阿爸，该去吃晚饭了。"扎西站在床边大声说。

继续等了几分钟，扎西阿爸还是没反应。扎西以为阿爸睡得太沉，没打扰。给阿爸带回来也是可以的，扎西边想边出门去了。

扎西用力敲了敲隔壁老板娘德吉的房门，没人开。等了一会儿，再敲，还是没人开。他没再等，一个人出去了。

扎西很晚才回来，到房间里已经晚上十点半了。扎西准备让阿爸吃糌粑,清茶不用熬,暖瓶里还有很多。

"阿爸,吃晚饭了。"扎西边脱藏装边说。

扎西阿爸没反应。

"阿爸,您不想吃晚饭吗?"扎西声音比刚才大了一点。

扎西阿爸仍然没反应。

阿爸今天太累了,再加上最近晚上没睡好,那就让他继续睡。扎西这么想着,一躺在床上就睡着了。

凌晨,扎西被尿憋醒了。昨晚,他怕睡过头,到甜茶馆喝了些清茶。这个办法真管用!扎西一醒来就在心里暗自庆幸着。他打开床头灯,穿好藏装,上了一下厕所,洗完脸后过来叫阿爸。

连续叫了好多次,扎西阿爸都没有反应。

睡得这么沉,跟吃了安眠药一样。扎西想着是不是再让阿爸睡一会儿。

他看一眼手表,凌晨四点零五分了。差不多了,还是叫醒阿爸吧。

扎西走到阿爸旁边,轻轻拉了拉放在被子外面的阿爸的衣服袖子,没反应。扎西只好握住阿爸的手使劲拉。这一拉,扎西刹那间瘫倒在地,号啕大哭。

老板娘德吉敲门后,扎西才站起来去开了门。

"扎西,怎么啦?"老板娘是听到哭声才过来的。

"阿爸……抛下我……一个人,走了。"扎西哽咽着说。

"唵嘛呢叭咪吽,唵嘛呢叭咪吽,唵嘛呢叭咪吽。"老板娘德吉念了三遍六字真言,坐在扎西睡的床边,在想该怎么办。

"都怪昨天那个妖女,活活把我阿爸给气死了,我回去了再报仇。"扎西悲愤交加,无比痛苦。

老板娘德吉也泪流满面,说:"先别想那么多了。想想用什么方式安葬。我觉得,最好还是跟我女儿一样安葬吧。"

扎西想了想,站在床边,头痛欲裂,没法再想,只能这样。

扎西抱着阿爸,痛哭了许久。在老板娘德吉的劝说下,他才把阿爸轻轻放到床上,在阿爸额头深深地亲吻了几下,然后开始准备哈达、经幡、白布、桑、糌粑等东西。

准备好了以后,扎西把车从停车场开到房间门口,老板娘德吉把女儿放在车辆后排。扎西把阿爸放在副驾驶位,边哭边驶向大昭寺广场。

凌晨的气温比白天低了许多,寒风吹得冷飕飕的,扎西的心凉得像数九寒天里凝结的冰块。

按照拉萨的习俗,扎西驾车缓慢绕着大昭寺转了一圈。然后按老僧人说的,他顺着北京东路走到底后绕过加油站直行到古如桥对面桥头,在路边停下了车。

河滩边的草坪上,拉满了长长的五彩经幡,随风飘舞,煨桑台估计在中间,在路边看不到。

许久以后,老板娘德吉拖着疲惫的身躯和沉重的脚步,一步一步像蜗牛爬行一样来到扎西跟前,一头扎进扎西的怀里,声嘶力竭地痛哭。

老板娘德吉下半身湿透了,始终瑟瑟发抖。

扎西没有反抗。

当红红的太阳从东边升起，扎西已经感觉到了阳光的温暖。

阳光的温度越来越高，老板娘德吉的躯体逐渐暖和起来，哭得没有刚才那么厉害。

他们一直就这么躺着，不知不觉睡着了。

扎西又有尿意，感觉到老板娘德吉睡着了，轻轻地起身，沿着河滩，往前走去。

再往前，扎西已经看到前方不远处陆陆续续有好多人走向河边，过沐浴节的人已经来了不少。所以他没再往前走，撒完尿，就在能够看到老板娘德吉的地方站着，望向河中央，口念六字真言。

中午的紫外线特别强烈，天气炎热，老板娘德吉被热醒了，睁开眼，没看到扎西，迅速站起来往四处看了看，才发现扎西在前面河滩边躺着，于是，走上前去，躺在扎西身旁。

"我还以为你回去了呢。我实在是舍不得离开，天黑了再回去。"老板娘德吉转过头，看着扎西说。

扎西今天忘戴了墨镜，用帽子遮住了脸。

扎西不想说话，虽然此时眼里没眼泪，但心里一直都无比伤心。

"我选择水葬就是想天天到这里来看看，陪陪她，跟她说话。没离开拉萨之前，我天天都会到这里来。你会来吗？"老板娘德吉停顿了一会儿，继续说，"我是个脸皮特厚的人，不怕你笑话，我来拉萨，其实是为了你。正如谚语中所说：'鸟儿停在哪里自有意愿。'我的意愿就是跟你在一起。之前，一直没有机会说，今天选择在这里说心里话，也许你觉得不合适，但我觉得没什么。生老病死是人生的自然规律，他们已经去了天堂，我现在唯一的精神支柱就是你，你现在也孤苦伶仃。我不在意年龄差距、长相问题、过往历史，我第一眼就看上了你，我相信这是命中注定。我们的未来我也规划好了。"

虽然扎西无任何反应，也不说话，但老板娘德吉相信扎西会听着。

老板娘德吉用衣袖揩了揩鼻涕，接着说："我看起来特别苍老，我也不知道是什么原因，实际上才四十岁。女人在四十多岁时还可以生孩子，我想再生两个，万一其中一个出事的话还有另外一个。等到我们朝拜完毕就回去。"

"别说那么多了，烦人。别在我身上算计什么，我是不会回去的，就留在这里生活，反正回去也是一无所有。你自己回去。"扎西语气里充满了气愤。

老板娘德吉听出来扎西生气了，静默一会儿，改变姿势，坐在沙滩上，面朝拉萨河，望向河中央，真诚地发誓说："有他们两个在这里做证，我说的全是实话，真心诚意！永不改变！"

面朝天热得难受，扎西翻了个身，趴在沙滩上，这样舒服多了。

老板娘德吉面朝扎西，侧卧着，静静地待着。

老板娘德吉又一次睡着了，醒来时，扎西在拉萨河边洗脸。

沐浴节的水肯定是圣水。老板娘德吉这么一想，也到河边洗脸。之后，又静静地待了许久。

"下午了，我们回去吧。"扎西终于说话了。

　　"哦。"老板娘德吉再次注视了拉萨河中央很久，然后依依不舍地离开。

　　扎西和老板娘德吉从经幡处走到桥头，公路两边停满了车，桥右边就是老僧人说的景象，拉萨河两岸人声鼎沸，热闹非凡。

　　扎西费了好大的劲，花费了不少时间，才把车子从拥挤的车群中驶出来，待老板娘德吉在副驾驶位坐好后，原路返回。

第九章

被阿姨从邻居家送回来以后，德吉在自己卧室里拉上窗帘，没有脱掉藏装，只脱掉沾满污垢的鞋子躺了一会儿，越躺越难受。

没有人清楚，德吉的阿妈究竟是悲伤过度在自家院子里自杀还是被家暴害死。消息封锁得这么严密，连德吉都这时候才知道。

德吉得知阿妈离世的消息，整个世界突然变暗，视线模糊了，心情也变得非常沉重。她脑子里一片空白，身体开始失重，似乎要倒下了。泪水夺眶而出，涕泗横流，悲痛欲绝。

德吉不想待在这个痛苦的地方，硬撑着坐上人力三轮车去大街上找了一辆的士，包车去了乡下姥爷家。一路上，她紧闭双眼，假装睡觉，眼泪仍像打开的水龙头一样无休无止，再加上晕车、没有吃午饭，她瘫倒在座位上。

好心的司机把德吉送到目的地后，把她背到了大门打开着的姥爷家院子里。姥爷一家正在吃晚饭，德吉的舅舅从窗户里看见陌生人背着德吉进来后，马上放下碗筷，跑出去让陌生人把德吉直接背到了卧室里。

德吉躺在床上有气无力地抽泣着。

德吉舅舅问司机怎么回事，司机回答说不知道。

德吉舅舅家最近买了一辆车，舅舅穿上外套准备把德吉送往医院。姥爷、姥姥以最快的速度走到德吉身边，心疼地看着孙女，问这问那，德吉都轻轻摇头。全家人都担心，个个都说把德吉送去医院。德吉仍轻轻摇头，过了几分钟后，深深地叹了一口气，慢慢地从干裂的嘴唇里吐出"晕车"两个字。

那为什么一直在哭泣？全家人都没有明白。

姥爷坐在床边的凳子上守护着德吉，让其他人去吃饭。姥爷沉默着，一直在想到底是怎么啦，双手一上一下紧紧拽住德吉的右手，祈愿她早点康复。看着脸色，姥爷就知道德吉没有食欲，没问她想吃什么，让坐在另一边的姥姥煮点稀饭喂给孙女。

德吉吃完稀饭，已经是晚上九点多了，姥爷和姥姥不放心，静静地陪伴到晚上十点才回卧室睡觉。

平日里总睡不够，今晚在失眠中度过。德吉躺在床上抽泣，被子上擦了好多眼泪和鼻涕，翻来翻去，短暂的几个小时像是度过了几百年。

第二天，第三天……姥爷和姥姥精心照顾着孙女，几天之后，终于有所好转。在姥爷的开导下，德吉身体逐渐开始康复，但心里的创伤仍旧像个毒瘤一样侵蚀着德吉。

一场雨后，阳光带着清新的空气飞来，显得那么温暖明媚，姥爷家院子里碧绿的草坪上空回响着悦耳的鸟叫虫鸣，到处飘荡着令人陶醉的香气。姥爷、姥姥、德吉端上茶水，在院子里喝茶、聊天。

姥爷、姥姥堆满笑容的脸庞一下子阴沉了，要是德吉不说，他们还不知道关于女儿的这个噩耗，姥爷判断德吉阿妈是"被打死"。

世上最坏的消息，莫过于白发人送黑发人。姥爷和姥姥异口同声地立即念了几遍六字真言，悲伤、难过但没办法，只能念念经、点些酥油灯，祈愿女儿一路走好，在天堂没有痛苦！

姥爷刚起身，准备去经堂时，一个面带笑容的小伙子站在门口，挥了挥手，大声叫着德吉的名字。德吉背朝着大门，听见叫声，转过身往大门口看了看，又是那个讨厌的恶人。德吉瞪了一眼，转过身去，像根本不认识一样不理。

"亲爱的，我来看望你。好久不见，好想你！"王杰边往里走边说出了憋在肚子里的话。走近了以后，他把手提袋放在一边，向两位老人打了招呼："姥爷、姥姥好！我是德吉的同学王杰。"

"来，请坐，我去给你拿茶杯。"姥爷做了一个请坐的手势。

"不，不，我自己来，不麻烦您。您休息。"

"怎么能让客人动手呢？姥姥去拿一下。"

"不麻烦姥姥了，我不渴，不用拿杯子。"

"那就坐一会儿。"

王杰毫不客气地坐在德吉左侧边姥爷刚才坐的椅子上，像见到了自己的明星偶像一样凝视着德吉。

德吉压根儿不想看到王杰，更不想理这个恶魔，过去的一切都是他造成的。她再一次情不自禁陷入了痛苦的泥潭之中，不能自拔。眼泪止不住，喉咙、胸口仿佛快要被撕裂，心在不停地流血，站起身，跟跟跄跄往卧室方向走去。

王杰紧跟过去，双手扶住德吉，轻声说："亲爱的，你别生气，因为我太爱你了，我是来让你开心的，不是来气你的。原谅我，好吗？"

德吉一时气得不知道该怎么赶走令人恶心的王杰，尽最大力气甩开王杰的手，还往王杰身上吐了一口口水。王杰仍然笑眯眯，无所谓，德吉怎么样都可以。况且，他早就明白德吉心地善良，不会怎么样。

姥爷心里也不欢迎这个玩伎俩的坏人，刚才只是假装客套。看到他把德吉气成这样，他决定立刻赶走他。

"王杰，你走吧。德吉最近身体不舒服，你不能再气她了。你走，就是救德吉，要不然……"姥爷也气愤。

"姥爷，我今天来是向德吉求婚的，一会儿我就走。请您让我把话说完。"

瞬间，身体虚弱的德吉晕倒在地上。几个人都被吓得目瞪口呆，姥姥慢慢地扶德吉起来。

"你赶紧走，不然，不知道会发生什么事。"姥爷气势汹汹地说，此刻，姥爷是真的生气了。

"好嘛，那我改天再来求婚。我走了，你们都保重。"王杰只好离开。

过了一会儿，姥爷看着孙女蜡黄的脸色，担心她病倒，轻声问道："宝贝，我把王杰赶走了，你怎么样了，需要去医院不？"

"不用了，我故意的。"德吉用左手手背擦了擦眼泪和鼻涕。

"那我去把大门关上，你就在卧室里休息。"姥爷关大门去了，姥姥和德吉在卧室里聊天。

王杰并没有一走了之，而是在大门外坐着，他担心德吉的身体，时时刻刻都在牵挂。虽然最近未能天天见面，但爱像大海一样深，即使只能想念，也是一种幸福。王杰野心勃勃，掩饰不住急切，暗地里一直关注德吉，对德吉像是私人侦探在跟踪监视对象一样，对德吉的行踪、举动、亲属关系等情况了如指掌，只想让一厢情愿的自己成为世界上最爱德吉的男人，爱上了就必须占有。他对爱情过分敏感，又极度缺乏安全感，不惜代价、不择手段，无论如何必须成功。

自从王杰闯到德吉姥爷家的那一刻起，德吉的内心充满了恐惧：他真的逼婚的话怎么办？拒绝的话会被害成什么样？同学扎西会在哪里？为什么不联系？什么时候才能见到？一系列问题愁得德吉的眉头从未舒展开来，忧伤的情绪很明显地表露在脸上，德吉的姥爷一直在想该怎么办。想来想去，认为只有去一个神圣的地方才能忘掉忧愁。

姥爷心里也悲伤，但从来不表露在脸上，所有问题都自己悄悄扛，默默地埋藏在心底。女儿英年早逝，他不希望孙女的命运也如此，分分秒秒在心底祈祷孙女永远健康、幸福！活佛在孙女出生的第一天就赐予德吉这个名字，象征吉祥如意。

　　每个人对于幸福都有不同的感受。对于爱情，有各自不同的观点。德吉认为，最大的幸福就是遇见心动的爱，跟心爱的人永远在一起。

　　女人，遇见心动的爱会刻骨铭心；男人，遇见心动的爱会变化无穷。遇见，一定要感激；心动，一定要珍惜。时间，会沉淀最真的情感；风雨，会考验最真的爱恋。

　　姥爷年过七旬，经历了风风雨雨，坎坎坷坷，时常鼓励德吉为真爱而结婚，不要欺骗自己，凑合的时代已经过去，再不能像父辈们一样生活在亲情里。没有爱的婚姻就是监狱，不要把自己囚禁在传宗接代里，过着无味的生活，只能在心中念着在梦中与心爱的人相会。

　　待德吉的脸色好转了许多的时候，姥爷把老伴和德吉叫到卧室里，看着挂在墙上的布达拉宫的彩色照片，说出了自己的想法。

　　去过圣地的姥姥当然同意姥爷的意见，德吉低着头并没有回答。

　　姥姥当年和一群中青年朝圣者一起，在开春后的一个藏历吉祥的日子里，从老家起程，每天起早贪黑，徒步前往魂牵梦萦的圣地。

　　圣地拉萨之所以成为佛教徒必须朝拜之地，是因为大昭寺内供奉着文成公主当年从长安带去的释迦牟尼12岁等身金像。

　　众多信徒不分酷暑严寒，忍饥挨饿，不在乎途中生病，甚至抛尸荒野也在所不惜，一步一个长头磕，耗时几百天或几十天到大昭寺释迦牟尼等身金像下，就是为表达对信仰的极度虔诚。有些信徒一生只有一个愿望，就是能亲自到这尊佛像前顶礼膜拜，祈求佛祖庇佑。

德吉从来没有去过拉萨，偶尔听到去过的亲戚或认识的老乡谈起拉萨。一谈到拉萨，大家都很激动，似乎有说不完的故事。有些东西，无法用言语说出来，只有亲自去圣地慢慢用灵魂感悟……她也从来没有想过去拉萨的事，不敢奢望，因为德吉的一举一动、一言一行都要服从阿爸的安排。这段时间，阿爸刚好出差了，不知道什么时候才回来。

"姥爷，阿爸不会同意的。我看，还是算了吧，再加上光是路费就要花掉不少您省吃俭用积攒的积蓄，还有其他费用，不是小数目。还是不去了。"德吉从小受阿妈教育影响，总是过着节俭的日子，花每一分钱都要精打细算。

"钱嘛，还可以挣，不要紧，关键是要幸福。不要在意花多少钱，也不用怕你阿爸，我会跟他说的。听我的，还是去一趟拉萨，一会儿我就去请示活佛，选个吉日出发。如果飞机班次多的话一天就能到，路上不用担心，姥姥给你做向导，了解清楚就没问题。在圣地，你想转多久就转多久，不要急着回来，为我们家庭所有亲戚祈祷。"姥爷语重心长，他曾经去过拉萨两次，本来节省的积蓄够两个人花的时候，计划跟老伴一起再去一趟。但为了孙女的幸福，姥爷只能从此打消这个念头，宁愿为孙女付出一切！

德吉坐在床沿，仰望着墙上相框里的布达拉宫的照片。

布达拉宫是全球海拔最高的宫殿，依山而踞的浑厚之美，五色相间的色彩之美，美到极致，令人震撼！赞美雄伟的布达拉宫的文章和诗歌特别多，尤其是像格桑花一样盛开在每一个藏族人民心中的仓央嘉措情歌，令无数人更加向往拉萨，更加向往布达拉宫，在这里净化心灵、洗涤灵魂。

细心的姥爷察觉出了德吉的犹豫。姥爷自德吉幼小时就特别宠爱她，把最好吃的食物留给德吉，最舍不得使用的生活用具留给德吉，最难买到的书籍买给德吉，上学的学费也资助不少……

特别孝顺的德吉有些愧疚，总觉得亏欠姥爷太多太多，心里实在过意不去。

"别再犹豫了，就这么定了。我去银行取钱，你俩看看需不需要做准备。"姥爷立即站起来，向姥姥使了个眼色，然后往隔壁卧室衣柜方向走去。

"既然姥爷态度坚决，那就去吧。钱，等工作分配拿到工资后还给姥爷。"德吉对姥爷感激不尽，这个想法在心里驻留了很久。

德吉自认为，除了心理上的准备，还需要物质上的准备。连日来，她依旧宅在卧室里，看书、写日记。

出发的前一天，德吉倍加想念扎西，虽然一天的路途并不漫长，但这次是去往神秘、古老的拉萨，多么希望能够跟心上人一起去《玛吉阿米》这首情歌诞生之地。

这个夜晚，皎洁的月光像一匹银色的柔纱，从窗口垂落下来，德吉躺在床上辗转难眠，激动的心难以平静，像是绽开了的朵朵鲜花就要蹦出来似的。朦朦胧胧的夜晚，更容易使人展开想象的翅膀，遨游在美好的憧憬里。

第十章

　　德吉只用了一天就到了离太阳最近的地方，从贡嘎机场坐民航局客车抵达拉萨时，天色还没有完全黑，她在民航局下客点选了一辆打扮得花枝招展的人力三轮车去了大昭寺广场附近的一家旅馆。

　　这时的大昭寺广场依然人山人海，德吉向大昭寺方向膜拜了一会儿后就去旅馆休息了。这一夜，德吉仍然抑制不住内心的激动，难以按时入睡。

　　第二天，德吉早上比平常醒得晚一些，这里天亮得比老家晚一个多小时。德吉起床后就在旅馆吃了自带的糌粑，糌粑不仅有各种营养素，还耐饿。第一天朝拜，去大昭寺、布达拉宫；第二天，去小昭寺、罗布林卡；之后，去色拉、哲蚌、甘丹、查叶巴……大大小小的寺庙数不胜数，短期内速度再快也拜不完。十几天时间转眼间过去了，德吉感觉只过了两三天，虽然舍不得，但得尽早回去等待工作的消息，同时，还要去同学扎西的家乡打探他的去向。

　　回到家里，阿爸出差还没有回来，德吉奔向姥爷家。姥爷和姥姥在客厅里看电视，舅舅外出还未回家。看到德吉精气神好多了，姥爷和姥姥都乐呵呵的，高兴得合不拢嘴。德吉把礼物一一呈给姥爷和姥姥，两位老人特别喜欢。

对德吉讲述的这次朝拜经历，姥爷和姥姥打起精神，听得津津有味，连瞌睡都赶得无影无踪。朝拜圣地的经过和感受几天几夜都讲不完，完整内容要是写成书的话可以写厚厚的一本，甚至几本。怪不得那么多的作家、画家、摄影家在拉萨都特别有创作的灵感，这里的一切，用妙笔画不完、用美文写不完，只有用灵魂去慢慢感受。

次日，德吉就去同学扎西的家乡找扎西。缘分这东西太神奇了，她就在客运站邂逅近了像是专门来迎接德吉的扎西。扎西本来是来接另一个人的，却意外地遇见了想念已久的心上人。等德吉走下车，他一下子拥住了德吉，不必言说，这拥抱包含了一切。足足十几分钟，他们不顾他人异样的看法，紧紧相拥。等乘客走完了以后，激动万分的扎西才慢慢松手，带着德吉回家了。

没过几天，扎西就给德吉带来了一个特大的惊喜——求婚。这幸福，来得太突然，德吉还没有做好心理准备。但这是她盼望已久的事。他们在吉日里，在亲朋好友的祝福声中举办了隆重的婚礼。从此，健康、吉祥、快乐、幸福永远相伴！

去拉萨那天，德吉从被窝里伸出右手，拿起放在床头柜上的手电筒，看了看手表，凌晨四点五十五分。德吉慵懒地伸了伸手脚，打开床头灯，穿上藏装，整理好被子后就去洗漱了。

姥爷和姥姥起床后先后来到客厅，准备生火。

"姥爷，姥姥，你们不用起床的，继续睡吧，这会儿还早呢，再加上这会儿天气冷。你们不用生火，我昨晚把开水和茶水都倒在暖瓶里了，我吃糌粑就行了。你们休息，司机来了我就走。"德吉边刷牙边劝姥爷和姥姥休息。

"那不行。孙女要去令人向往的圣地了，全家人都激动。生火能让身体暖和。你洗完了别急着走，一定要吃饱早饭，不然路上会饿。我买了些零食，但不多。吃完饭，一定要吃防晕车药，别忘了。"姥爷总是像个啰唆老太婆一样千叮咛、万嘱咐。

姥姥则很少说话，再细小的事她都心中有数。她蹲在火炉前，打开火炉门，用火柴点燃了引火纸。

姥爷坐在藏式沙发上，左手捻着佛珠，右手摇着转经筒，心里在祈祷孙女一路平安。

"好的。那你们坐那儿休息，我自己来。"

德吉匆匆洗了脸，梳好头，转过身看见蹲在火炉前的姥姥。阿妈和姥姥长相、动作等各方面特别像，德吉的眼前突然闪现出阿妈的身影，想念的泪水在眼眶里打转，加上昨夜的失眠，德吉没有食欲。但为了让最关心自己的姥爷和姥姥放心，她用茶水填满了胃。

汽车司机已经在大门口按喇叭了。听到声音，德吉怕止不住眼泪，匆匆和姥爷、姥姥告别后，就拿上行李大步快速走出去了。

姥爷和姥姥紧随其后。德吉走后，他们站在大门口许久，即使德吉坐的轿车早已不见了影子，他们依然在漆黑的夜色中远眺着公路，不愿意回房间。

德吉坐上车，过了一会儿，才突然想起还未吃防晕车药，在手提包里找了找，没找到。想了想，药应该是放在客厅桌子上了。她把车窗摇下来一点，留了透风的缝隙，调整好座椅和坐姿，闭上眼睛，静静地待着。

她怎么也控制不住思绪，眼前浮现的是阿妈和扎西的身影，他们的说话声音似乎在耳畔回响，德吉的眼眶一直是湿湿的。有着心底最亲、最爱的人在精神上的陪伴，路途上，德吉不会寂寞，不会无聊，不会痛苦，只是心很累。

按照预计的时间，德吉中午到达了机场。德吉今天的状况比平常坐车时好多了，没有呕吐，只是头有点痛，没有影响食欲。她在候机楼买了一张飞机票后，就去前面的小吃店吃了一碗汤饺。

国际机场的面积特别大，商店非常多，服装、书刊、食物等各类商品琳琅满目。离检票、登机还有半个小时，德吉坐在休息区椅子上闭目养神。

此时，王杰带着几个亲戚，再一次来到了德吉姥爷家。姥爷家的大门敞开着，自从德吉走了以后，姥爷白天再没有关过平时除特殊情况外都关着的大门，像是在迎接德吉回来一样。

姥爷在院角洗碗，一听见有人叫"姥爷"就马上往大门口方向看去。又是那个小子，幸好德吉走了。姥爷心里不欢迎那个小子，但表面只能假装客套。

王杰和几个中年男人都穿着节日里才穿的那种崭新的藏装、靴子，戴着珊瑚项链，个个喜笑颜开。王杰双手捧着一条献给活佛的那种又宽又长的绸缎哈达向姥爷走来，威风凛凛的样子显得特别霸气，走到姥爷跟前弯腰恭敬地把金黄色哈达献给了姥爷。

"姥爷，您休息。需要干什么活儿我来干。这几位是我亲戚，现在开始我们都是一家人。亲人，只有越走动才会越亲。今天专门来拜访家人，顺便给家人说一下选择的结婚吉日。"王杰用一种傲慢的眼神看着姥爷。

"哦，那就恭喜你了。提前祝你新婚快乐！扎西德勒！"姥爷看了看王杰后面的那几个人，没有一个认识的。这样好，万一被王杰逼出什么事儿来，不用太在乎外人的看法和说法。

"德吉在哪个房间？我要去告诉她这个好消息。"王杰往德吉卧室方向望着。

"德吉不在。"姥爷一脸严肃。

"啊？去哪儿了？快告诉我，我要去找她。"王杰着急了。

"德吉已经在飞机上了，要去圣城拉萨。"姥爷的两只眼睛始终盯着远处的天空，像是远眺从湛蓝的天空飞过的飞机。

"姥爷再见！我要去机场赶往拉萨。"王杰灿烂如花的笑脸勃然变色，吩咐几个亲戚回去，自己则要包车去机场，以最快的速度赶往拉萨。

此时的王杰急得像热锅上的蚂蚁，天气本不热，王杰却热得冒汗。把自己比喻成世界著名侦探家的王杰，已经探知德吉的心上人扎西已经去了拉萨，如果不及时赶到，后果……

他从坐上车的那一刻起，就不断地催促司机开快点。没一会儿，司机被催得生气了，心想：别人都说开慢点，这人却像精神病人一样催得厉害，不想要命了？

王杰一路上急得心慌，不由自主想这想那，越想越复杂，越想越难受。头痛得像被念了咒语一样，他怎么换坐姿都无济于事，只能闭上双眼，默念祈语，但愿能够成功，早日完婚！

当广播提示前往拉萨的旅客朋友们开始登机时，德吉才像从沉睡中醒来一样慢慢睁开双眼，望了望四周——去往拉萨的藏族同胞真不少。

在人群中，特别是女性中，德吉个子比较高，身材纤细，加上飘逸的长发，显得非常耀眼，有不少陌生的男人向德吉微笑。站在德吉后面的男人特别在意这些微笑，心底深处，无缘无故生气，悄悄地在心里骂那些不要脸的男人。

德吉背上背包，排在等待检票的队伍里，右手上拿着身份证和登机牌，左手随意摸了摸头。德吉从来没有坐过飞机，有些紧张，想象着坐上飞机会是什么样的感觉，会跟什么样的人坐一排，什么时候到拉萨。

突然间，一双大手从德吉脑后伸过来，轻轻地盖住了德吉的双眼。

德吉闻到了一股男人的体味，问道："哪位呀，这么神秘？"

男人变柔了声音说："你猜。"

"听声音，是个熟人。但猜不出来是谁。"德吉在想到底会是谁？

这时，男人变回了原声："猜对了一半，再猜猜。猜对了有奖励。"

"班长大人，有什么奖励？"德吉听出来是上大学时的班长的声音。

班长把手放下来，笑眯眯地从背后看着德吉，第一次这么近距离与心爱的人接触，难免有些激动。他刚才观察了许久，发现德吉是一个人，没有同伴。在这里邂逅，说明他们非常非常非常有缘。在去往圣地的路途中相遇，谁不会激动？他本以为，跟德吉擦肩而过之后再不会有机会，谁会料到，机会来得这么突然？

机不可失，时不再来。班长在心底暗下决心，这一次他一定要抓住机遇，再不能像曾经大学时那样暗地里爱恋，偷偷地喜欢。

"奖励是到了拉萨请你吃饭。你是一个人去拉萨呀？"班长心潮澎湃，表面上却假装若无其事，很稳重的样子。

"嗯。你呢？"德吉边慢慢挪动步伐，边问站在后边的班长。

"我跟家人一起来的，一共五个人。我爸最近身体不好，所以想去一趟圣地，了却多年前的心愿。我没想到会在这里遇见你。能在去往圣地的路上相遇是一种特殊的缘分。先上飞机吧，到了拉萨有的是时间，慢慢聊。"班长说完转过头，朝排在最后面的父母和兄弟挥了挥手，意思是就排在这里了。

"来，老同学，我来帮你背包，包不大，但看起来重，背久了肩膀会疼。我们的行李都托运了。"班长以同学的名义表现得非常热情，暂时把爱恋隐藏得很深很深。

"不用了，谢谢班长！包里没多少东西，很轻。班长乐于助人的习性还是没有改变，你还是把最亲的家人照顾好。"此时正好轮到德吉安检。一查完，她立即拿着身份证和登机牌大步流星向机舱走去。

班长在检票口等着家人，并没有急着跟德吉一起进机舱，想的是不要急于求成，到了拉萨，有时间，说不定回去以后也会有时间。慢条斯理，永远都是班长的办事作风。

班长的心被一阵又一阵醉人的快乐浸透了，始终无法平静，就像当年班长爱上德吉的那种感觉。不敢正视，不敢说话，心跳加快，面红耳赤……只有亲身经历过的人，才能感觉到那种滋味。

有人说，没有恋爱的大学生活是不完整的，那些日子里，爱过、哭过、笑过，虽然每个人的大学生活都不一样，但是也有惊人的相似之处。对于思想开放的人来说，在大学期间追求异性很正常。可对于观念陈旧的人来说，即使遇见心动的爱，也难以启齿，只能躲避或隐藏，在记忆深处铭刻一辈子。

班长的亲哥哥是一位文学爱好者，在当地是一个小有名气的才子、诗人。当年爱上了一个颜值比较高的女生，因自卑而没有勇气表白，他至今单身。他将对心上人的爱恋，和自己的忧郁、善感写成组诗出版发行，只能这样表达自己的情感。哥哥成为鲜活的例子，班长不想走同样的路，可是，有时候莫名其妙地觉得希望渺茫，始终没有信心。命运将如何？幸运之神是否会降临？

德吉按号坐在自己的座位上，不知道怎么回事，此刻更加想念同学扎西。也许是偶遇班长后，思绪回到了校园时光。

默不作声、紧紧相拥的情景总是完美地浮现在德吉眼前，无论走到哪里，无论经过多少次离别，都可以忍受。只要最后的最后，命运安排她和扎西再次相见、相拥、相守，所有过程中的苦，就一定能撑过去。

生性像诗人一样多愁善感的德吉，最近特别喜欢看情感小说，这次朝拜带了某藏族女作家根据真实事件创作的最伤感现实主义长篇小说《等待的心》。她为小说中人物命运的跌宕而悲伤落泪，此时此刻，感觉自己就是小说中的人物……

等飞机飞行一段距离后，班长假装上厕所，从第二排慢慢向德吉所在位置的方向走来。德吉坐在大概跟飞机翅膀差不多平齐的位置，闭着双眼，像是在闭目养神。班长没有打扰德吉。"她左右两边的位置都是空的，要不要坐在这里？"班长纠结了一会儿。

后来，班长还是回到了自己的座位，等待着飞机降落贡嘎机场。

班长今天穿着单层藏装，在飞机上热得难受，从未痛过的头此时特别不舒服，巴不得马上下飞机。

每一种等待都有漫长而曲折的过程。班长在座位上如坐针毡，怎么调整坐姿都不舒服。他没有心思看屏幕里正在播放的电影，也没有心思阅读报刊，更没有心思欣赏窗外的风景。无奈之下，他只能坐在那儿像一个顽童一样玩弄脏兮兮的手指甲。

他的思绪飞到了拉萨，仿佛看见自己和心上人在大昭寺广场手牵着手，把最幸福的笑容留在了照相机里……

终于到了贡嘎机场。飞机还在地面滑行中。班长急切地解掉安全带，像解开了束缚一样，全身轻松了许多。他迅速站起来准备去跟德吉打招呼时，一位空姐急速走过来温柔地说："先生，请您系好安全带，飞机还要滑行一段距离。"

班长只好坐下来，很不耐烦地说了声"嗯"。

德吉以前听别人说，晕车的人也会晕机、晕船。上飞机之前，她有点紧张，以为会晕机。结果，今天例外，坐车、坐飞机都没有一点反应，这种感觉太好了！也许是因为前往圣地拉萨吧，德吉这么一想，烦恼瞬间减少了许多。

其实，快乐很简单。生活就像一艘在大海上航行的船，有时顺风，有时逆风；有快乐，也有烦恼，只要用一颗宽容的心面对一切，快乐就会时时刻刻陪伴。心情愉快了，自然就会面带笑靥。

飞机一停下，班长解开安全带，以最快的速度走到德吉身旁，帮德吉从行李架上取下行李，背上背包，等着德吉穿好外套一起出去。

"慢慢来，人不多，不挤。我的行李托运了，一会儿还得等着取行李。"班长深情地凝视着爱恋已久的心上人。

"包我自己来背。你先走吧，不然，你的家人会着急。"德吉穿好外套，在座位上等着别人先走。

"不会的。我们一起走，去坐民航局的客车。晚上我们住在一个亲戚家，你一个人嘛，跟我们一起去。朝拜也一起去。"

班长表现出非常热情的样子。

班长的阿爸在前面向班长招手，示意他快点跟上。班长装作没有看见，等着德吉。德吉打算最后一个下飞机，不想在人群里挤得更热。

"你们先走，我太热了，慢慢来。把包还给我，我一会儿要吃药。"德吉拉了拉背包的背带。

说到吃药，班长才想起德吉会晕车。"那我帮你背一会儿，你吃药的时候我再给你。走吧，再不走就只剩下我们了，会被关在飞机里。"

班长背着包走在前面，德吉跟在后面，慢慢地挪动着步伐。

取托运行李的地方，旅客很少，转盘还未转动。

德吉假装要上厕所，把背包要了回来，背上包找厕所。

"我就在这里等你。取完行李，我们一起去坐车。"

班长的阿爸站在身旁，看到儿子非同寻常的眼神，有点好奇："她是谁呀？你对她那么好。"

"大学同班同学，她一个人去朝拜。所以叫她跟我们一起走。"班长害羞似的低下了头，心跳更快了。

德吉"上完厕所"就直接出去了，在出口处买了车票后立即坐在客车中间部位的一个空座位上，想甩掉班长。

没过一会儿，班长跟家人就紧接着也上了这辆客车。

德吉假装看着窗外，班长直接坐在了德吉身旁。

"我去找你了，没找到。所以，到车上来等你。结果你先到了，幸好赶上了这趟。听说是旅客坐满了就走，估计快了。你吃了防晕车药没有？晕得厉害不？"

"吃了，应该问题不大。"德吉像是在考虑什么问题，双眼始终紧盯着窗外。

客车里的温度并没有低于飞机里的温度。窗外艳阳高照。这里比家乡的气温高多了，热得让人头疼。尽管德吉脱掉了外套，只穿了一件衬衣，但还是热得难受。她本想闭上眼睛假装睡觉，现在只能请班长帮忙，让司机打开空调。

班长也怕热，一热就大汗淋漓，像被雨水淋过一样。

开了空调，确实舒服多了。班长的精神也振奋了许多。为了不让德吉感到寂寞、无聊，他开始跟她聊天。为了便于今后的发展，他们聊的都是大学时候的一些事情和一些同学。

一提起学校、同学，德吉眼前浮现的当然依旧是同学扎西的身影。

德吉的思绪再一次回到了以前上大学时候的某些时光……她根本没心思听班长说的话。

一阵凉爽的风吹过后，德吉在不知不觉中，迷迷糊糊竟然睡着了，睡得很香、很沉。

班长叫了好几声，才把德吉叫醒。这时，距离布达拉宫已经很近了。班车里的乘客大部分是朝圣者，很激动，说话嗓门特别大。班长和德吉也很兴奋，只有几分钟就要到终点站了。

民航局停车场就在布达拉宫左侧，从侧面仰望，布达拉宫更加雄伟壮丽。

乘客们迫不及待地挤着下车，车门口有很多等着接游客的人在往班车里观望。

班长和德吉等到所有人下完后才慢慢走出去。

班长的亲戚是个中年男人，热情地向班长和家人打招呼。看到班长和德吉一起下车，他以为德吉和班长是情侣。

"小伙子眼光不错，找了个气质美女。"班长亲戚的视线没有离开过德吉的身影。

"班长，我要去找宾馆，先走了。你们慢慢来。"德吉有点气愤，班长的这个亲戚真可恶。她快速向停车场外面走去，任班长在后面怎么叫喊都不理。

停车场大门口有很多人力三轮车，德吉既怕热也怕晕车，不想坐的士，就叫了一辆藏族人蹬的三轮车，沿着北京路急速向大昭寺方向奔去。

班长只能望着德吉离去的背影叹气。黄昏时分，德吉绰约多姿的背影更加迷人，那种美让人不得不惊叹！班长的灵魂与德吉身影紧紧相拥在一起！

"走了，还愣在那儿干什么？"班长的阿爸边随亲戚往停车场门外走着边叫着儿子。

班长并没有在意亲戚的话语，只是一直在想该怎么办。他的笑容不见了，头略微向下低着，眉头紧皱，眼睛漫无目的地看着地面，静默无语，缓慢地走向亲戚和家人站着的位置。

亲戚一按汽车遥控，一辆崭新的黑色越野车车灯亮了。班长没有听从亲戚的指挥，自行坐在了最后一排靠窗的位置。

喧闹的城市，夜幕已经降临，路上依然车水马龙。亲戚开的越野车，挪动得特别慢。亲戚和班长家人们聊得雀跃。班长双眼始终紧盯着窗外，似乎无话可说。

亲戚的家，离老城区特别远，在西郊的某个小型住宅区。

到那儿的时候，班长已经饿得无精打采，可能是饿过头了，已经没有什么食欲。他一直在想：该怎么办？

亲戚家里准备的是牧区盛行的、待客档次最高的牛肉包子，外加几个小菜，有酸萝卜、泡菜、凉拌素菜等。班长吃过几个包子后说困了，然后到客厅隔壁卧室睡了。其他人吃完晚饭也立即睡觉去了，因为次日凌晨要起床去大昭寺排队朝拜。

班长跟哥哥睡一个房间，两张藏式单人床紧挨着。

今天，班长可不像平常一样按时入睡，他按捺不住内心的激动，越躺越兴奋，心里像是有无数个小鹿在欢乐地蹦蹦跳跳。这些小鹿蹦了许久许久，直到三更半夜才慢慢歇息。

直到凌晨的时候，班长才迷迷糊糊睡着了一会儿。哥哥的呼噜声响个不停。班长看了一眼手表，凌晨四点整。

按照计划，班长匆匆起床穿上藏装，悄悄离开亲戚家快速向大门口走去。他在公路边等了很久，一辆的士也没有。站在街道上，凉风飕飕，吹得班长瑟瑟发抖，更加着急。他早就听别人说过，这里昼夜温差大，没想到这么大，宛如两个不同的季节。

"赶紧来呀，以最快的速度来呀。"班长在心里默念着，双手插进袖口，来回踱步。

整整等了三十分钟，终于从远处的十字路口驶来了一辆的士。班长立即伸长脖子，不停地招手。

的士临近时，班长还大声地叫着："停下！停下！"

的士停了，前排的副驾驶座上有人瘫坐在那里。班长不管三七二十一，打开后排车门上车，说了句："大昭寺。"

一股浓浓的啤酒味道从前排扑鼻而来，不用想都知道是酒鬼喝了通宵才回家。

"师傅，你先送他还是送我？"班长担心耽搁时间。

"他先上的，先送他。"司机是个汉族人，说着家乡话。

班长不知道哪儿来的一股怒气，气势汹汹地说："凭什么？人人都知道出租车是不允许拼车的，你明知故犯！我要举报你！"

"好嘛，那先送你。我一晚上没睡觉在跑车，你别气我了。"司机为了赚钱，态度、语气不得不客气些。

"那你快点，我赶时间。"班长掐算了一下昨天的时间。从民航局停车场出来到亲戚家用了一个半小时，按照这个速度，大概六点才能到大昭寺附近。那时候，大昭寺门口排队的朝圣者会不会已经有很多很多了？万一人潮汹涌，德吉已经排在前面怎么办？

一系列的问题塞满了班长的脑袋。他时常这样，总是对还未发生的事情产生很多疑问，然后开始着急，白白浪费脑力，头发越来越稀疏，像个从事脑力工作的小老头。

这个时候的街道上，除了偶尔有出租车，连个人影都没有。的士车速度确实快，比班长想象得快了许多许多。他还沉浸在思索中时，的士突然停下了，司机提醒说："到了。"

班长下车付费后就经过措美林快步向大昭寺方向走去。到了大昭寺门口，一个人都没有。他看了看手表，五点四十分。大概因为这里天亮得晚，班长自认为到得不早，却是第一个。第一个意味着吉祥、如意、胜利，很多人在很多场合喜欢勇争第一。班长暗自雀跃，看来是个好的开头、好的兆头。

班长缓慢地走到大昭寺门口，面朝西面，盘腿坐在地上等着德吉到来。

很多未曾到过拉萨的人都听去过的人讲述朝圣的经历。班长第一次到拉萨，亲身感受以后，觉得拉萨仅外观就比想象中还令人感动，美得令人惊叹不已。

渐渐地，陆陆续续有朝圣者排队。班长睁大双眼，生怕看不到德吉似的仔细地观察着每一位朝圣者。

白发苍苍的老者、年幼的孩子都穿着不同区域的藏装，说着不同口音的藏语，千里迢迢、风尘仆仆，只为朝拜拉萨及周边的寺院。

朝拜大昭寺的队伍越排越长，越排越挤。班长适当往后移动，直到家人来了，期待已久的德吉还没有来。

班长走到阿爸跟前，告诉阿爸，自己要等着德吉，和德吉一起进去朝拜。

阿爸没说什么，算是默认了。

昏暗的夜光渐渐退去，天亮了，一个熟悉的身影终于出现在班长的视线里。

此刻的班长更加神采奕奕，喜悦的心情无法言说。虽然只有几步之遥，但也要用最炽热的心前去迎接心爱的人。

"嗨，德吉，早上好！"班长脸上显露出有生以来最灿烂的笑容。

"你不是跟家人一起来的吗？怎么你一个人在这儿？"德吉停下脚步，瞟了一眼班长后面观望着排队的人群。

"他们在队伍的前面。我远远地看到你了，来给你做伴儿。"班长说话还是那么含蓄。

"不用，我不需要伴儿。你还是去陪你的家人，他们会等着你。我要慢慢地朝拜，刚才在广场上欣赏大昭寺外景花了不少时间。这么神圣的地方，跟家人一起拜才有意义。排队的人这么多，里面肯定非常拥挤，说不定，会挤到关门。你去照顾你家人。"

"没事，门已经开了，他们不会等我的。我要跟你一起朝拜，速度再慢都可以，难得来一次，我不能带着遗憾回去。拜完这里，我们就去八廓街有名的餐馆吃饭。"班长始终深情地凝视着德吉。

"真的不用。你还是去陪家人。吃饭就算了，我是饿了才吃，跟你们不是一个时间点。"

"我还是要陪你。不要那么倔强，好吧？"

看来是赶不走班长了，德吉没有再说什么，在队伍尾部排着队，耐心地等待。班长紧跟在德吉后面，跟德吉这么近距离相处，班长当然兴奋不已，仿佛平静的湖面激起了欢腾的浪花。他尽量装作若无其事的样子，跟平常一样沉稳地和德吉聊着第一次朝拜见大昭寺的感受。

队伍排得越来越挤，每向前挪动一步，都需要很长时间。虽然前一天晚饭吃得少，今早未吃上早饭，但班长一点都不饿。如果是平常，他早就饿得慌了。

大概过了半个小时，德吉和班长的双脚终于踏进了寺院的大门，里面仍弯弯曲曲排了特别长的队。班长倒是希望在队伍里排很久很久，这样，跟心爱的人在一起的时间就会更长久。他默默祈祷，　辈子都要跟德吉身贴身、心连心在一起，直到时间的尽头。

按排队的顺序，一个一个拜过一些小殿堂以后，大约中午时分，德吉和班长参拜了位于大昭寺正中间的释迦牟尼十二岁等身佛像，敬献了油香钱，为亲人们祈祷身体健康、万事如意、阖家幸福，为自己祈祷心想事成、万事顺意、工作顺利！

德吉和扎西是真心相爱。真爱一个人，是灵魂的陪伴，哪怕无缘结婚，也会相爱一辈子。真正爱上一个人，是心里再也容不下别人。那是灵魂住进了心灵，光是思念都是幸福的。德吉虽然至今未能见到扎西，但心里始终有扎西陪伴，那是灵魂深处的陪伴，犹如冬日暖阳，温暖了心灵。遇见了心动的真爱，是此生最大的幸福。

德吉和班长继续按顺序朝拜，花了不少时间，还仔细观赏了美轮美奂的壁画。

大昭寺的建筑、历史、故事等，书籍、网络上都有介绍，但只有走进去才能真正感受到大昭寺千百年来在藏族人民心中拥有怎样不容置疑的至高地位。难怪人们最向往的地方是大昭寺。

大昭寺怎么看都看不够，怎么拜也不过瘾。很多朝拜者直到寺院里的僧人提醒即将关门时，才依依不舍地离开。

德吉和班长从大昭寺侧门出去时，依然有不少信徒在往后观望，似乎心灵和灵魂都还留在里面。一出侧门，门口就站有不少藏族男人。

这些皮肤黝黑的男人都是司机，根据需求，运送朝圣者或者游客们到各寺庙朝拜。虽然有政府客运公司的客车，但不方便。因此，这种包车的生意红火，收入不菲。不仅车辆高档，司机们穿着也高档，有不少人羡慕，也有不少女人爱慕这些司机。

"包车，包车。"

"色拉、哲蚌、甘丹。"

"山南、日喀则朝拜。"

司机们在热情地揽客。这些司机中，一个熟悉的身影立即出现在德吉视线里，那人戴着深蓝色鸭舌帽，一副黑色墨镜遮住了眼睛，穿着一身某名牌黑色休闲套装，看上去特别特别酷。

德吉走出侧门时，第一眼就在人群中看到了这个每天日思夜念的身影，虽然只有几米的距离，德吉却像百米赛跑运动员冲刺一样飞奔过去。

几秒以后，班长才看见站在不远处的同学扎西，一下子蒙了。

德吉和班长近距离并排走出侧门时，扎西其实一眼就看到了。他虽然不敢相信，但按常理推测，以为德吉是班长的女朋友，一瞬间，悲伤的潮水奔涌而来，一切努力、所有等待、全部付出都被汹涌的潮水吞噬。扎西正在想：我必须离开此地，躲避这刺眼的一幕。

然而，德吉却向自己这边奔跑过来，他这才终于明白是误会了。扎西和德吉在人群中张开手臂，紧紧相拥，心潮澎湃，热泪盈眶。这泪水，包含了所有语言、所有情感、所有相思、所有爱。

德吉和扎西并不在意周围所有人的指指点点、评头论足，在沉默中，心连心、魂连魂、身贴身，融为一体，直到永远……